雨雁霜

陈德文

南京大学出版社

林中鸠唤雨

月边雁警霜

———寺门静轩《江户繁昌记》

目　录

人生易老 （代序）

　　还剩几天，又要过年了。明年是戊戌年，是戊戌变法 120 周年纪念。想起那个日子，心里就沉重。墙上的六页挂历，两个月撕一回，最后一张眼看也保不住了。就这么一年年撕下来，将自己从中年撕到老年，又从老年撕到"后期高龄者"。从青丝满头，撕到白发盈颠。一晃十九年了。学生们一年年入学、上课、毕业、离散，像小燕子离巢而去了，将满心的惆怅与凄凉留给老师。请我来的人已经匆匆离去，等着送我走的人也一天天长大，变老。

　　季羡林先生不止一次以陶渊明诗"纵浪大化中，不喜亦不惧"约律自身，并且反复表示"决不夹塞"，最后，老先生还是夹了塞的。看来，还是东山魁夷画伯说得对，"人都是被动地生活着"，无一例外。

　　铺天盖地追怀先师的热潮渐次平复下来，想想该是我辈说几句的时候了。然而，我一旦写起怀人之类的文章，不仅是亲族师友，即便交往日浅的一般同事同僚，也压抑不住情感的波澜，甚至一边执笔，一边拭泪，何况季先生。更需要调整好情绪，极力在心底营造一番平静。其实，悼念逝者，不止于文字，而在乎心间。学习先师做人作文，是我一贯的追求。时光是盘磨，青春从磨眼里一点点吃进去，奏出美丽的歌。到头来，夫妻不论剩下谁

1

来，都给对方留下无限寂寞和孤独。

十九年前，刚来这里，处处新鲜，才铺的莹绿的榻榻米泛着蔺草的清香，窗外是满开的樱花。十九年之后，这座楼修了好几次，最近搭架子，搞了一个夏天。四周的邻居换了一茬又一茬。楼梯爬不动了，中途要歇一歇。榻榻米绿变黄，黄变黑，黑变破。碰巧，APITA超市购物积点儿，抽奖抽到一枚地毯，正好搪在几个破洞上，一铺又是好几年。

说来说去，无非就是老了。想想刚来时，我写过一首汉俳：

晨起扫铺席，
唯见白发粘脚皮，
人生一俳句。

那时候就这样，何言今天。
年初写过一首小诗：

走路频出汗，看花满地红，
常将自家孙，误作东邻童。

还作过一首俳句：

滑り台
俺より高く
孫の脚

意思是：

滑梯呀滑梯，

比我头顶还高呢，

外孙儿的脚。

三体同题——老。

于是，考虑"退隐"。

三月的一次教授会，第四任学长富田教授正式批准了我的停
年请求，但有个条件，若有学生选修古汉语，还要我每周来上一
次课。幸好，古汉语离这个时代越来越远，做生意、考职称、回
国就职等，皆派不上用场。无人选修，正中下怀。

2017年3月31日起，我从此结束了这个大学19年的专任教
授聘期，同时也结束了整整40年的教学生涯，走下借我大半个
人生的大学讲台。

按这边的规矩，情况一旦变了，就应尽早昭告四方。糟糕的
是，我们这代人天生不会用电脑。摆弄十几年，仍然是个打字
机。什么绘图、制表一概不会用，也不敢用。所以，多年来别人
帮我做的"百度百科"上的履历，再请朋友帮忙更新，但数度申
请，皆未成功。困惑之余，喜获豆瓣，另开苑圃，乃年中一大快
事矣！

闲话少叙。

2月，作为"主查"，全力投入院生（研究生）毕业论文的审
查与评价。撰写评语，判定"合格"与否。3月，大学院研究科
会议通过，学长签发"卒业证书"。3月18日，于小牧市公民馆

礼堂举办毕业典礼。喜获博、硕者欢欢喜喜，东一堆儿，西一团儿照相留念。

月底退隐。还清研究室图书等物。

3月，芥川龙之介《霜夜》出版。4月，始译谷崎润一郎《雪后庵夜话》。得上海译文社版精装《哥儿》《草枕》样书。相继应荷风随笔、漱石日记之约。

5月，起译《鹿鸣馆》。6月28日完稿。

6月24日，歌舞伎名优海老藏爱妻小林麻央34岁芳龄永谢。全岛悲风。我亦停笔一日。

8月，《上锁的房子》《女神》出版，初在上海书展面市。

10月，应上海译文社之约，起译荷风《美利坚故事》《法兰西故事》部分篇章。

11月，获寄《上锁的房子》样书3册。

12月16日，加入豆瓣，得此文学写作、同读者对话新天地，实令我高兴非常。连发数篇，拥众千余，乃又一望外之喜也。

回想起来，没有任何一个岁暮比得上今年岁暮更充实、更有趣。

今日的时代，真是既奇特，又神秘，使我不到两周获得众多素未谋面的知心朋友。

回想初来之时，室内的书架空空如也，桌子上只有一台电脑。当时只有日文和英文系统，给国内发 e-mail，只能打拼音。从键盘上找字母，东瞅西看，半天砸一下，一两个小时也弄不出几行来。有时气急败坏，真想将这家伙扔出窗外。记得当时曾给关心我起居、时常赠诗与我的长谷川泉先生回赠过这样一首小诗：

> 跨海凌风别旧第，机关枪作拐棍提。
>
> 一周两堂教骂马①，五日三番逛由尼②。
>
> 电脑恼人人愈恼，春雨雨花花更奇。
>
> 何时再开天一面，不见黄发穿耳儿。
>
> 虽属粗制，聊表心境。

过了半年，居然出现了奇迹，我被逼得对汉字拼音十分熟悉，打起字来比手写快得多。虽说至今我一点不懂什么指法，也背不出键盘字母排列次序，但一部30余万汉字的《禁色》，不到几个月就"敲出来了"。不知不觉，右手中指的大膙子消失了，墨水瓶干了，钢笔锈蚀了，从此告别"水墨时代"。

话又说回来，直到今天，电脑在我手中，还只是个打字机。我不会制表，不会画图，打出的文章不知如何编辑、如何插入照片。满眼散乱，犹如奔圈的牛羊。一概推给责编了事。

或许有人问，你不是有"百度百科"吗？说起来惭愧，网上那些关于敝人的条目，没有一条是我做的，都是素不相识的网友代我做的。所以当恰恰小姐再想为我充实内容而更新百度时，两次三番进不去，只好改换门庭，投入豆瓣。

到了这片新天地，忽然觉得犹如闯进一片密林，周围尽是影中人，只见假象，不见真面，既有笑颜，亦有冷脸。而我裸出，

---

① 日本出版的汉语课本，拼音教学多以"ma"为首例，四声类似"妈麻骂马"。

② 超市名。

真名真姓。虽常享朋友之热情，亦偶遭"君子"之箭矢。

然而，不见真人，却见真心。周围尽是热情的问候，悄悄的关切与慰安。我同样以关怀一一回应，请恕我网络不熟，无暇一一点出。

年年岁暮倍思友，文字传书五六千。
人生但得君情在，春风何处不度关？

2017 年岁暮

故乡萦思

土　地

　　我生在农村，对土地抱着本能的眷恋。

　　从小就听奶奶说，人活着全凭一股土气儿撑着。是的，手脚割破了，抠点屋檐土按上就能止血；生了白线虫，奇痒难耐，坐在滚热的地上蹭一蹭，就会好过得多。农家孩子有个头疼脑热，大人安慰说："甭怕，闻闻土气儿就好了。"

　　然而，土地又和贫穷落后连接着，它的灰黄的颜色铸成了我生命的基调。

　　儿时，家中只有两亩地，是奶奶靠拾粪拾来的。奶奶三岁死了父亲，她母亲"拖油瓶"改嫁。当奶奶做了陈家的媳妇时，我的祖父房无一间，地无一垅，连个箱头都没有。奶奶过门第二天就背着粪箕子早起拾粪了。从此以后，天天如是，长年不辍。她用攒粪卖的钱置了二亩地，惨淡经营，用心血和汗水创造了全家老小赖以生存的根基。我父亲幼年丧父，孤儿寡母，相依为命。奶奶用爱心滋育着土地，土地用忠诚回报着奶奶。年年岁岁，两亩地里生长着乌青的麦穗、豌豆，肥壮的玉米、高粱，人们走过田边，啧啧赞叹："多好的庄稼！"

　　奶奶站在地头上，背着粪箕，挂着粪耙子，默默听着，嘻嘻笑着。

　　抗战征兵，都说鬼子心狠，枪打得准，有去无回。庄人到处通关节，走门子，皆得以免。奶奶和父亲对影长愁，想不出法子。保长来了，将村民集合一处，问："你们庄出谁?"全庄人一齐指着父亲的脊梁。麦收季节，父亲要去参加训练，母子站在田畔，瞧着黄熟的麦穗，洒泪而别。

"去吧，娘等你回来。"

半月后，父亲回家了，身后牵着一头牛。

"不打仗了，朋友借牛给我回家耕地呢。"

母子相拥而泣。

"麦呢?"父亲望着满地齐斩斩的麦茬，不由疑惑起来。

"娘割完了，场也打完了。"

父亲扑通跪到地上，向奶奶磕了个响头，眼泪滴进收获后的土地里。

冬天，我睡在奶奶脚头，奶奶总是和衣而卧。长夜漫漫，她睡不着就给我讲历史文学故事。奶奶目不识丁，但记忆力特别好。那些故事都是年轻时从她的婆婆那里听来的。婆婆爱听书，每逢赶集回家总要再讲给儿媳听。她居然全能记住，这会子又讲给了我。——说真的，我对文学的兴趣全是幼年时代奶奶给我培养的。回想几年前去日本研究文学，曾经望着简历表上"首任指导教官"一栏犹豫半天。我想我应该填上奶奶的名字。

凌晨鸡叫，当我还在那些美丽动人的故事里沉睡的时候，奶奶早已投向黎明前黑暗中的土地了。越是冷天，她起得越早，她说，庄上的狗天不明到野地里拉屎，很快冻成冰团儿，一点臭味儿都没有。朦胧中看到土块里一摊黑，用粪耙一钩，干净利落，一会儿就是一粪箕子。在奶奶的带动下，我和二哥也成了拾粪的好手。碰到过年，她照样出门，初一，她说是去"钩金钩银"，拜年的人候不到她，饺子冻在碗里，她还不回来。直到祭天的爆竹歇了响，村外小路化了霜，她才背着沉重的粪箕往园里走。

我从小跟大人在土地上习庄稼，摸爬滚打，什么活儿都会干，什么苦楚都尝过。父亲耕地，我扛大鞭赶牲口，人小鞭长，有时一下子甩出去，鞭梢未及牛驴，却缠到自己的脖颈上。父亲耙地，我坐耙上，土坷垃直往腿裆里挤，像坐在一堆螃蟹上。全家吃的是自己地里出产的高粱、大豆和瓜菜，打下的小麦大都卖掉，攒钱置地。逢集的日子，我牵着小白驴，驮上半口袋簸净的小麦上街卖。卖完粮食牵驴回家，看到街口摆着煞白的馒头迈不动步。父亲摸着我的头说："回家吧，家里有麦煎饼。"

　　其实，麦煎饼也不是经常能吃上的。我上小学时，已是八口之家，吃饭时鏊子上馏着高高一摞煎饼，其中夹着三四张小麦的，其余都是高粱的，红白相间，非常显眼。本着尊老爱幼的家风，享用这几张白煎饼的是奶奶、父亲和我。家中最受累的母亲和哥嫂一律是卷不成个儿的"满把捧"的高粱煎饼。

　　父亲最开心的是卖粮回来的时候，他把积下的几个"洋钱"挨个儿敲敲，放在耳边听听，再用布巾裹好，藏在铺席底下，留着置地用。

　　…………

　　我思念奶奶，思念故乡的土地。

　　我生于斯，长于斯的故土啊，不论我漂泊何处，我的身上都一直带着那股土气儿，永远也不丢弃。我愿有那么一天回归你温暖的怀抱再不远行，就像幼时依偎在祖母父母的身旁。

1995 年 4 月—1997 年 4 月

少年三友

我自幼性格孤僻，不大和村里的孩子来往。但少年时代有三位要好的朋友，至今念念不忘。它们都不是人，而是三个动物：狗、驴、牛。

小黑狗

小黑狗是奶奶从娘家抱来的，它遍身生长缎子般油亮的黑毛，独有四只蹄子是白的，跑起来，如踏雪的黑豹，模样儿优雅动人。小黑趴在地上啃骨头，两只前爪紧紧夹着，左顾右盼，寻找下嘴的地方。瞅准了，一口咬去，仰起脸大嚼，嘴里咔嚓咔嚓地响。它喝水更有意思，用舌头一下一下地舔，弄得满盆水声哗然。我有时于睡梦中忽闻履声嗒嗒，疑是月夜来客，仔细一想，方知是小黑正在晚酌。乡村少娱乐，我多和小黑一道儿玩耍。只要早晨一睁开眼，还未穿上衣服，就"叭一儿，叭一儿"地高声呼唤。小黑总是从什么地方跑来，对我摇头摆尾。有时趁它钻到胯下，想顺势骑住，它刺溜一塌腰，滑而且凉，好不舒服。晚上回家，刚到门口，黑暗中它会忽然窜来，浑身嗅着，甚至用冰冷的鼻子顶在我的面颊上。

母亲带我走姥娘，先是喊我洗脸换衣服，这些都瞒不过小黑。出发时，它跑在前头，高挑着尾巴，四只雪蹄儿上下跳动，

6

状极欢快。走一阵回头看看，滑向路边的庄稼地，或低头闻闻，或翘起后腿撒尿，接着再跑。小黑想错了，我们决不会带它到姥娘家。我呵斥它回去，它很不情愿，走几步又调转头跑过来。我用小石头砸它，它才惊恐地奔回去，远远横站在村头望着我。看着它那无可奈何的样子，我心里很难过。等我几天后回家，小黑逮住我亲个不够，浑身上下都被它嗅个遍。有时我把好吃的东西分它享用，它吃罢呭呭嘴，看看我，样子好可爱。

可我有时也和小黑过不去，尤其是我挨骂或碰到什么不顺心的事，我便往小黑身上发泄。有时它趴在地上美美地睡觉，我会猛然一脚踢去，使它摸不透到底碍着我什么。祖母看了也为小黑抱不平："七岁八岁狗也嫌！"吃烤白薯时，小黑"犬坐"于我的对面，一双白蹄规规矩矩并在一起，目不转睛注视着我的一举一动。我手捏白薯皮向它投去，小黑如一位职业篮球手，左右跑跳，一接一个准儿。我逗它，捏着白薯皮欲投又止，手腕儿时伸时缩，引得狗头一前一后，狗嘴一张一合。我背过身去将小石头包在白薯皮里，小黑上当了，接到嘴一咬不对劲儿，便神情沮丧地走开去，唤都唤不回。当然，过了一会儿，它什么都忘了，照旧和我嬉戏，亲密无间。

小黑的性情也有刚烈的一面。村西头甲长老爷家养着一条大黄狗，肥硕狞猛，全村的狗都在其声威控制之下，唯独小黑不服，经常惹出是非来。每于春夜或秋晨，听村外犬吠阵阵，其中夹杂着呻吟和哀号之声，那是村狗为争偶尔咬群架。再一唤不见小黑，便知事情不妙。循声而去，常常看到众犬追逐下，小黑满头满脸血流津津地回来，疲惫地喘息着，默然而卧。我有时关紧大门，限制它外出，可它就是不听。一有狗吠，虎跃而起，穿巷远逝，不见踪影。小黑和大黄一经结怨，便难排解，一个想臣服天下，一个却抗暴不止。这件事很使我们全家伤脑筋。

有一年村里来了"还乡团"，黄皮兵将钢枪支在场上，恶狼般到处抓鸡，架起铁锅煮了吃。小黑见家中群鸡遭殃，愤然而起，照一个兵腿上猛咬一口，随后逃离。那兵干嚎几声，端起枪照小黑瞄准。"小黑快跑！"我大声惊呼。"啪！"一声脆响，子弹击中狗的后腿。小黑纵身入水，泅过汪塘，一头窜进玉米地……

全家人到地里声声呼唤，遍寻不着，我急得直哭，晚上躺在床上睡不着，算计着明日找那兵拼命。这时忽然听到床下似有咂唶之声，低头一看，小黑趴在地上正在舔后爪上的血。我连忙将它抱起，小黑在我怀里，嘤嘤唔唔，受伤的一条腿湿热而颤抖。我用布为它扎好伤口，搂它一起睡觉。

我上中学时，小黑明显现出老态，先前油亮的黑毛渐渐脱落，双眼无神，动作迟缓。尤令人生厌的是那一身狗蝇，下雨天泛着阵阵狗腥味儿。家人越发不喜欢它了，嫂子们干活累了，有怨气无处发，会拿起板凳朝它一击，小黑哀叫一声，悻悻而去。祖母一直护着小黑，不让人随意打它。但小黑毕竟已经老衰，一个不幸的结局正在悄悄地等着它。

村东头的学伦老爷腹中生巨瘤多年，四处求医，皆无良策。或曰食黑犬肉可疗救。他相中了我家小黑，几次来央求，只得答应。一次，我从学校回家，忽然不见小黑的面，便知不妙。奶奶说，那日打狗匠进村，小黑没有逃跑，它顺从地躺在地上束手待擒，一双老眼被浑浊的泪水糊住了，睁不开来。

学伦老爷吃了狗肉，没撑一年就死了，我曾看到他家堂屋的墙上绷着一张黑狗皮。

小白驴

自古人们对驴有偏见，过年写"六畜平安"，马牛羊鸡犬豕，没有驴的份儿。给小孩起名字，叫猫儿狗儿的都有，就是没有叫驴儿的。除了《窦娥冤》里那个张驴儿（当然是坏蛋），我不知还有谁的大名用了这个字。难怪，柳子厚老先生早就把驴看扁了，说它技穷，成了嘲谑的对象。千百年来，驴是无能和蠢笨的代名词。

其实，驴对于人类起着极大的作用，尤其在农村或边疆，它是人们不可或缺的良友。

我们家乡养驴，除了推磨、拉车、耕地之外，还随时拿它派用场，驮粮食、接闺女、赶街逛店，小户人家都少不了它。在自行车和手扶拖拉机未兴时的年月，驴是农村最便捷的运载工具。

我家也喂了一头小白驴。苏北鲁南一带习惯吃煎饼，三天两头淘粮食，磨糊子，有了驴特省事。否则用人推磨，那滋味不好受。

驴上了套，蒙上眼才肯走。人还得一边向磨眼里下粮食，一边哼哈吆喝。推完磨，把小白驴牵到门外路上打滚儿，它左翻右转，蜷起腿来用嘴啃啃痒儿，然后站起猛然一抖身子，尘土飞扬。有时兴起，它会高腔矮调地叫喊一气，虽说"声之宏"能吓跑老虎，但那副嗓门儿谁受得了？在我看，家养的动物中，除了猪外，驴叫是最不堪入耳的。

小白驴干活不惜气力，拉车耕地，它总是双耳直立，四蹄蹬开，浑身绷得圆鼓鼓的，一股劲儿向前闯。晚上从地里回家，它载欣载奔，欢跃异常，犁耙或拖车不够它一个拉的。

小白驴的吃喝全由我承包。我天天薅草，铡草，淘草。它的

9

强弱胖瘦和容颜毛色，直接反映着我工作的好坏。好在它从不挑食，吃什么草都长膘。开春后麦苗返青，把驴放进麦田（麦苗越啃越旺），很有些浪漫气息。春阳骤暖，地气上升，驴群在碧油油的田野上时聚时散，远远望去，如飘忽不定的云朵。

夏天碰到连阴雨，湖川涨腻，山草肥美，人也空闲下来，干脆牵着牲口到宿羊山上放牧。小白驴很守本分，只顾啃草，从不乱跑，天黑后，它拖着圆溜溜的肚子自己找回家来。

提起上山，小白驴也给我捅过娄子。那年山洪暴发，山前石桥一块石板塌陷，闪出一道裂缝。我牵驴过桥，小白驴一个趔趄，一只后腿卡进桥缝，怎么也拔不出来。它踢腾半天，腿上磨出了血，卧在石板上直喘息。正巧，父亲从街上回来，看到小白驴陷进石桥，心疼得很，抡起扁担要打我，我吓哭了，双手抱住了头。父亲立时心软，扔掉扁担，吆喝几个过路的一起把小白驴救了出来。

过年"玩会"（一种类似北方"社火"的文娱活动）踩高跷儿，到四乡巡回公演。我扮一名解放军，穿着臃肿的军装，扛着沉重的钢枪，还要扭呀扭的，实在难为透了。队伍出行时，彩旗招展，锣鼓喧天，同伴们都骑高头大马，我只有小白驴。骑在上头，腿也伸不开，高跷拖拉在地上，刺溜溜划出两道沟。驴背尖削，虽垫着双层棉被，还是硌得难受，像骑在游动的铡刀背上。长大读"细雨骑驴入剑门"诗句，觉得好笑，真不知陆游老夫子缘何有此种雅兴。

我离开家乡，小白驴不知所终，但它给我留下了缥缈的记忆，就像当年浮动于绿野上的云朵。

老黄牛

牛是农村用于耕作的主要畜力，我家境况最好的时候也只养了一牛一驴。三牲方成犋，农忙时需同村上有牲口的人家合伙，谓之"合犋"。两家谦谦让让，今天你耕，明天我耙，相将着把地都能种上。老黄牛是"犋"中的主导，拉犁时踏踏实实走在墒沟里，忽哧忽哧喘白气。我执鞭在一旁，仅仅凭着嘴巴吆喝，父亲疼爱牲口，很少动鞭抽打。连奶奶都说：牛驴也是生灵，和人一样，知冷知热的，万不可苛待它们。

老黄牛性情温驯，歇晌时把它牵到树底下，它看着你离开才卧下休息。天热，人困、牛乏，父亲睡罢午觉，折身而起，一边磕着鞋中的泥土，一边吩咐我："看看牛倒沫了没有。""倒沫"即反刍，牛吃了草料，在树荫下躺卧一会儿，就开始倒沫。嘴唇上下相锉，将胃袋的食物重新倒腾到嘴里细细咀嚼，然后咕嘟一声再咽回去。我爱看老牛倒沫，静静蹲在它对面，看那大嘴一张一合，张时可看见两腮布满锯齿样的肉芽儿。满嘴是淋漓的白沫，滴滴挂挂的，经风一吹，兜着弯儿，似鸣奏着的琴弦。"倒沫"是牛歇足的标志，这时候才可上套下地。

生小牛犊的场景最有意思。母牛躺在香花撩人的槐树荫里，边喘息边绷劲儿。先是隐约可以看见两只鲜黄的前足，似新月破云而出，接着头颅、身躯、后胯徐徐划出母体，豁然而下，羊水四溢。母牛立即放松下来，小牛双眼似睁非睁，脱开胞衣撑蹄而立，摇摆学步，憨态可掬。父亲抓来一把盐搓在湿漉漉的小牛身上，老牛轻轻舔舐着，甚是周至。舐犊之情，此之谓也。生下牛犊后，母牛先饮一大盆热小米汤，好草好料养息一个时期才可再使役。

家里遭劫时，牛也给了别人。来牵牛时，牛犊不在老牛跟前，母牛"哞——哞——"地直叫。父亲叫来人等等，把牛犊找寻来，送它们母子一道去了。那家人家一直把牛拴在我家宅子后头的菜园前，每逢祖母、母亲到菜园去，牛总是老远就爬起来，望着、喊着，似乎央求故主带它们回家。祖母、母亲再不忍心看到这番情景，菜园子也不去了。后来我去菜园摘菜，牛对我也是依依难舍。只是牛犊早已被卖掉，老牛日渐衰羸，剩下一副骨头架子，爬也爬不起来了。终于有一日，我看到时常拴牛的地方只有一堆狼藉的牛粪和飘散的牛毛，那老牛去了它该去的地方了。……

　　狗、驴、牛都是农村习见的家畜，只因它们同我的少年生活有着丝丝缕缕的联系，想起它们便想起远离的家乡和已故的亲人，想起那些或甜或咸的年月。在可以称作"朋友"的一群中，它们最能牵动我怀旧的情思，故笔记之以为念。

　　　　　　　　　　　　　　　　　　　　　　　　1996 年 3 月

卖　面

童稚八岁，家庭遭劫。父母兄嫂，陷入愁苦中，长卧不起，茅舍无烟。此时，从不向命运低头的祖母，手执拐杖，登堂一呼："都给我起来，老天饿不死瞎鹰，咱得想法子活下去！"全家合计了一下：卖面。

搏一搏肚子，换了盘磨，添置了扁担、手推车。我也从小学退出，不念"大羊跑、小羊跑"了，帮着推磨，拉车子。

这种小本生意，挣不着钱，起早贪黑拼命，只有一点"经济效益"，就图赚点麸皮下锅。清汤照脸，乡人谓之"四眼糊豆"。白天将麦子抹净、晾干，傍黑上磨。小毛驴没有了，我和哥嫂轮流推磨，有时困极，走着走着，抱着磨棍就睡着了。母亲最吃累，整夜地罗面。半夜醒来，总看她浑身白粉，雪人般不住晃动手里的罗子。

父亲跑外勤，购粮，卖面。最初买了两头翘的扁担，打上了铁箍，像民间常见的锢炉挑子。父亲身板单弱，先试着担四十斤，出门还可以，谁知"远路无轻载"，一直挑到徐州，受了不少罪，回家后，肩膀磨得烂桃儿似的。这才又买了小木车。头天晚上把车子拾掇好，第二天一大早把两个面口袋捆上车，带上一包高粱煎饼，他推我拉，父子二人，一起上路。

从宿羊山到贾汪窑，五十多里，还要翻过两座小山，渡过一条小河。冬天太阳出得晚，迎着寒风冷月，小木车在崎岖的山路上颠颠簸簸，仿佛一只蜘蛛顺着细丝踽踽爬行。包着一圈儿草履的车轮咬着沙石哧哧响，远方时时有熠熠的磷火和隐隐的犬吠。走累了，父亲把破棉袍脱下，放在车上推着，我也脱下小袄垫在肩上。到了汴塘，天亮了，在路旁的小饭馆要上两碗绿豆面条，接着便连连地添热汤。这面汤不再多算钱，将煎饼泡进去，浇上一匙辣酱，倒也蛮有风味的。吃罢，拣个向阳的沟坎儿靠一靠，歇足了再赶路。

过了阎村，迷离的夕阳里远远可以看到冒着浓烟的高大的烟囱，听到一阵阵悠长的汽笛声。"再使点劲儿，就到啦!"父亲兴奋起来，不断拿话鼓励我。

每回都住在一位彭大爷的旅店里，昏暗而窄小，挤着几十个外乡人。白天在小院里排着溜儿卖面，晚上把面袋搬进屋枕着睡觉。地上有几领破席，屋角摆着尿桶，墙上点着一盏小油灯，黄豆大半死不活的焰子。有时地上密匝匝睡满了人，进出连个下脚的空儿都没有。

最叫人头疼的是起夜，白天喝了一肚子稀的，夜里总要起来小解。我不知道怎样才能越过那些睡得死死的人走出来。黑暗中我听到大人们出出进进，似乎一点儿也不犯难，他们的诀窍在哪里? 我始终琢磨不透。一次，骤然梦醒，实在憋不住了，便鼓起勇气，不顾一切地快速走了出来。只觉得双脚从一堆堆软塌塌的肉上踩过，跌跌撞撞险些倒在尿桶上了。这时全屋哗然，叫骂声迭起，人们一起惊坐起来，都说见了鬼了。

我呆立门外，胸中突突直跳，尽管夜寒如冰，我也觉不得冷了，在满是人们遗屎的卖场里徘徊。

过了一阵，小屋恢复了平静，人们又酣然入梦了。这时，一个人影走出来，抱住我："回屋吧，外头太冷。"于是，我又挨着父亲睡着了。

直到很久，我都没有悟出大人们安然走出人堆的窍门来。

日本文豪岛崎藤村说：人的一生尽皆取决于最初的迈步。我禀性愚直，一生命运多蹇，那次卖面的经历，只不过是我的人生连续剧的小小的具象表演罢了。

1996 年 1 月

瘦瓜老爷

一

瘦瓜老爷是祖父辈的人，名字该叫"学×"的，可我怎么也想不起这个字来，倒是记住了那被人喊烂了的外号——"瘦瓜"。

在我幼年的印象中，他有一张烟黄的瘦脸，一副粗大的嗓门，说话笑哈哈的。一年到头，外出捕鱼，不管农闲农忙，很少碰得到他。有一次，我见他急匆匆打大门口经过，肩上披着紫黑的渔网，铁网脚子发出叮嚓叮嚓的撞击声，裤管卷得老高，露出细削的双腿，腿肚上粘着几片湿柳叶儿……

"又撒鱼去啦?"奶奶跟他打招呼。

"哈，转悠半天，只逮到两条小玩意儿。"他大声应和着，伸手到鱼篓里，一扬胳膊，两条白亮的鳝鱼在奶奶面前的泥地上蹦跳。

"兄弟，俺不吃荤的呀!"奶奶忙不迭想喊住他。

"给孙子们熬汤喝嘛!"话音未落，人早没了踪影。

二

瘦瓜老爷早死了老婆，一个独生女外嫁他乡。他住在汪崖一间小房子里，过着清贫孤苦的日子。有一回初一拜年，我随两个

16

哥哥转到了他家。污黑的单扇门上贴着巴掌大的"福"字，给灰暗的小屋添了一星红艳。锅台上摆着几只冰硬的饺子。我们磕罢头正要离去，他连忙拦住，抓一把干烤小鱼塞过来：

"才撒的，香着哪!"

撒鱼人最忌热闹，一有响动，鱼就不上网。瘦瓜老爷不计较这些，他下汪塘，身后总跟着一大嘟噜孩子。我们眼瞅着他理好网，找个地点站稳，瞄准水面，猛转身撒开去，"沙——"，渔网圆圆地落入水里。然后换个地方蹲下来，悠悠地往回抽。网儿出水，越来越宽，渐有小鱼儿撞着、跳着。有的嵌进网眼里，扭动着银白的身子。最后，他站起来用力一兜，把网提到岸上，将裹在泥里的鱼虾一一拾到背后的小篓里。

三

土改时，庄上硬把我家打成地主。后来虽经政府改正，然尤其在升学、征兵、分配等重要关节，组织上总是反复查证。其间要是有小人播弄是非，又会引起诸多麻烦。

大学毕业时，被中央某部选拔为出国储备干部，立即便有人到老家外调。他们先不去大队，直接到庄上找群众。瘦瓜老爷从外方撒鱼回来，正巧在村头碰上。

"你们这里有个在北京上大学的，你知道吗?"来人冲着他问。

"俺庄出了秀才，还能不知不晓?"他哈哈一笑。

"他家什么成分?"空气一下子冷了。

"中农。"他平静地回答。

"听说是地主，怎么是中农呢?"来人故意叮了一句。

"你给安的？"瘦瓜老爷有些生气，"那都是恶人造谣，也能信？人家祖辈受穷，全靠老奶奶用粪耙子钩来几亩地。要是他家够地主，陈庄没有不够的。"

他愤愤不平，口里飞着唾沫星子，烟黄脸涨得通红。

北京来人心中有了底，点点头走了。

——多年后，庄上人对我讲述了这一幕。

四

我再没见到瘦瓜老爷。1970 年大哥来河南干校看我，我问他瘦瓜老爷的境况。

"早死了，听说撒鱼栽到汪里，没爬上来。"大哥黯然地说。

我好一阵沉默。眼前顿时出现了他的烟黄的瘦脸，粘着柳叶儿的细削的双腿，还有那些蹦呀跳呀的小鱼儿……

1996 年 2 月

慈　母

母亲辞世三十年了。在这不算短的时间里，她的面颜一直在我眼前闪现，连母亲常穿的老蓝布褂、常顶在头上的毛手巾，还有那后背一块大补丁上云纹般的汗渍，都鲜明而深刻地印在我的头脑里。时光的流水磨洗不掉母爱的伟大与辉煌，反而越发使之沉潜入生命的底层，化作永恒纪念的燧石。

我的母亲是一位普通的农家妇女，她具备中国劳动女性最宝贵的品格，勤劳朴实，宽厚善良。她一辈子默默无闻地操持家务，哪儿也没有去过，家前院后是她生命的舞台。母亲只乘过一次火车，那是她得了不治之症由二哥处返回老家的时候。尽管苦难不断君临我们的家庭，但有了母亲，就像江海有了防波堤，一切不幸和灾祸都被遮挡了，吸纳了，消解了，失去了危害的力量。有了母亲，我的清苦的童年世界才普照着爱的阳光。

母亲生了七八个儿女，活下的只是我们弟兄三个。我是她最小的儿子，一直享受着长辈们的专宠。我吃奶吃到四五岁还掐不下来。记得每逢走姥娘，两个妗子笑话我："都多大啦？还像个饿皮虱子！"后来母亲乳腺发炎，奶水不通，肿得像灯笼，我不忍看她受苦，憋足气力猛然一吸，吐出一口脓血来。母亲病好了，我也从此不再吃奶了。

母亲终生辛劳，不曾见有过清闲的时日。冬季，她的双手皲裂了，手心手背满是暗红的大口子。白天我到处去刮椿树胶，晚上母亲坐在灯旁，树胶烤得吱吱响，趁热糊在裂口上，再粘上棉花。她每涂一次热树胶，就烫得浑身一颤。我在一旁看着，心里直难受。

村里上了岁数的当家女子，娶了儿媳妇就再不干粗重活了，专事于坐镇指挥，动嘴不动手。我母亲不然，两个嫂子过门后，母亲视之如己出，婆媳关系在全村传为美谈。数九寒天，年轻人怕冷起不来床，母亲从不忍喊醒她们，都是亲自早起推磨、烙煎饼。有时我在睡梦里听到悠远而静谧的石磨声，间或传来母亲吆喝小白驴的嗓音，顿时感受到田家特有的平和而祥瑞的空气。那是我一生中听到的最美妙的音乐。

小学时走读，每天早晨摸黑吃饭赶去上课，中午带一顿干粮，放学回家再吃晚饭，两头不见太阳。母亲每夜给我做饭，敲冰汲水，抱柴烧锅。家中没有钟表，全凭听鸡叫，望星月，时早时晚，哪有个准头？有时我吃完饭天还漆黑一团，只得回床再歪上一刻儿；有时呢，灯一吹才发现天已大明，一想到迟到挨批评，心中就快快不悦。母亲像做错了什么大事，一边不停自责，一边帮我包煎饼，往钢笔里灌墨水。

庄户人家重仁义，尚节俭，母亲堪称全家的表率。她孝敬婆婆，顺从丈夫，关爱儿孙。我家生活虽然清贫，但上下和睦，长幼有序。有时从街上买点好吃的送到母亲手里，她总是连忙推辞说："我吃什么的。"那意思是："我哪能吃这些呀。"最后还是一块儿留给了我的祖母或年幼的侄儿侄女们。现在，我每逢拿起馒头或捧起饭碗，一个奇怪的幻想总是顽固而又可笑地缠绕在心头：要是母亲还在，我顿顿买这样煞白的馒头给她吃。

1960年我接到北大录取通知，全家人为之高兴，连一向反对

20

我升学的父亲也满脸笑意。母亲知道儿要远行，一年难得见上一回，心里老不踏实。八月秋风凋残叶，母亲一边为我套棉被，一边神情黯然地说："走那么远，俺要有个三长两短，见都见不着。"说罢，掀起衣角儿拭泪。赴京那天，大哥扛着行李为我送行，母亲远远倚在门边一直望着。"娘，我走了，儿子会常回家看您的。"我心中默念着，小鸟离巢一般离开了故乡，离开了母亲，飞向外面广阔的世界。

大学五年间，我只回去两次，每次在家的时间都很短，没有能同母亲一起多待些日子，成为一生最大的遗憾。如今，到了"望六"之年，我才切切实实感到少年守望母亲的一段时光是我人生最为金贵的日子。我仿佛一下读懂了"父母在不远游"这句话的深刻内涵。

养儿才知报娘恩。等我有了孩子，当我的两个女儿先后离开我出国留学之后，我才真正体会到当年父母的一番心境。三十年前我怀着玫瑰般的理想背井离乡时，母亲在感情上承受着多么大的打击；那几年又是怎样被念儿之苦所煎熬啊！

寸草春晖。母亲给儿子的太多太多，儿子回报母亲的太少太少。我从小就有个愿望，长大独立后一定让父母过几年舒心的日子。可是命运无情，没有等到这一天，母亲便匆匆舍我而去了。从此，这世界失去了一个最疼爱我的人，我的人生的天空永远沉落了赋予我无尽温暖与光明的太阳！

树欲静而风不止，子欲养而亲不待。

人生憾事何其多。对于母亲，我摆脱不开不绝的思念，也摆脱不开恒久的愧悔。

1997 年 8 月

故乡的槐树

　　我的老家的门前，长着两棵槐树。左边是老树，右边是幼树。老树在小路的对面，距大门稍远，幼树在小路的这面，树冠紧紧挨着房檐。这两棵树如同父子，相伴相生，相守相望。

　　老槐树只有半个树干，中央已经干枯，空洞，形成一道深沟，斜斜地矗立着，一副历尽沧桑、饱经忧患的样子。这是一棵百年古木，是曾祖父辈分的人种下的。听奶奶讲，有一年麦收，麦秸倚着槐树垛，谁知半夜里失了火，场上麦子烧光了，树干也被大火烤焦，奄奄一息。庄上的人说，这棵树怕是不行了，赶快伐掉吧。奶奶不肯，她说："这槐树连着俺家的命根子，树荣家道兴，树死家道损，听天由命吧。"老槐树倒也挺争气，它犹如涅槃的火凤，死而复苏，凭着半边老干，坚强地挺立着，每年春夏，都向人们奉献着满树的绿叶白花。

　　那棵幼树好似人生壮年，干直，叶茂，花繁，充满蓬勃的朝气。天气越热，长势越旺，团团簇簇的叶子遮挡着毒花花的太阳，在大门口印下满地青阴。

　　每年从春到夏，自秋至冬，两棵槐树无言地伫立着，花开花落，叶荣叶枯，默默注视着小村庄里发生的各种各样的事件，观察着打树下走过的形形色色的人物。

　　一年之间，不知有多少人从这两棵槐树下经过。担锢炉挑子的，钯碗钯锅的，张罗子的，卖炕鸡的，换洋烟洋火的，卖麻花油条的，换豆腐的，遛乡卖油的，吹糖人的，捏泥娃娃的……各路人等，都要在我家门口的槐荫下停留一下，吆喝几声。一旦揽上了活儿，拉上了买卖，说不准要待上半天一天的。

其中最常来的是钯碗钯锅的和张罗子的。他们也许就是邻村的人，虽说也种庄稼，看来是趁闲暇做点手艺活儿，以补家用。钯碗钯锅的是个年轻人，担着两头翘的挑子，一头是一摞抽斗式的盒子，装着大大小小的铁钯子；一头是一个龟形铁砧和各种钢钻。他每次都在老槐树下停下来，取下马扎儿坐着，随口吆喝开了："钯碗——钯锅！"声音高朗而幽远。村人们陆续提着破罐子破盆来了，先估估价，要是同意就将物件放下，不同意再拿回去。百姓贫苦，一只破碗破盆也舍不得摔，总是钯了又钯，凑合着用。先骑着裂缝，在两侧各钻一排对称的眼儿，将钯子两端的爪儿嵌进眼里，用锤子轻轻敲打结实，再抹上一把白石灰即成。

钯碗就得费点事儿。尤其是细瓷碗，要用线绳子将碎片紧紧捆住，用细钢钻钻眼儿。钯碗用的钻小巧玲珑，有个特制的闪亮的钻头。每钻几下，就把钻头放进嘴里湿一湿。那铁钯子也小巧，像个大麦芽儿，沿着破缝儿整齐排列，宛如一条细腰蚰蜒。

钯锅的做完了活儿，收拾一番地上的工具、材料，整一整挑子，再悠长地吆喝一声，蹀蹀地走了。我凝望着地上槐花的落蕊，猝然感到寂寞起来。

张罗子的不吆喝什么，他边走边甩动着一叠铁片子，"唰啦，唰啦"的。挑子尤其膨大，挂满了竹坯、竹篾、丝网等物。他倚着槐树落下挑子，就开始干活儿。口里衔着一束竹丝，手里倒握一把铁铲，爽利地劈篾、截网、穿线、缝合。一袋烟工夫，一把新罗子张成了，边框儿细白洁净，底网鱼鳞般闪着光亮。女人们欢天喜地拿回家去罗面蒸馒头，贴窝窝。谁家能少了这样东西！

东邻西舍，家中有了红白喜事儿，请来的乐师班子往往就安在这棵老槐树下。一张方桌，上面摆着唢呐、笙、钹、钲等。吹打一阵子，歇息一阵子。落蕊簌簌，花香幽幽，酿造出一方和平和安谧。

结婚当然是喜事，丧礼又何尝不是喜事？我们家乡，长辈们活到八九十岁，一旦终老，有钱的人家儿孙们便张罗为之送殡。搭祭棚，扎素球，开筵席，大张旗鼓，热热闹闹。虽说披麻戴孝，执绋哀哭，但心里头却暗暗庆幸——自己的先人能平平安安得以"善终"，这毕竟是一种生命的造化、人格的回报，不是人人都能获得的荣耀。故而，这样的丧仪称为"喜丧"。就连乐师班子吹打的曲子也淡化了悲情，暗含着几分欢乐的调子。

上初中时，学校离家较远，住校，只一周回家一趟拿煎饼。每次回家，我都要在槐树下徘徊良久。夏天，我罩在一团浓荫里，遥望着原野上沙沙而来的阵雨。冬夜，我倚着古槐的半个树干，透过疏枝仰望天边的斜月。记得那时还为槐树写过一首小诗：

> 月下柴门静，风吹霜地白。
> 古槐百余载，叶落枝独在。

虽属幼稚，却是写实。

老槐树现出衰微之态，是奶奶去世的 1957 年。那是困难时期，家里没东西吃。奶奶临终前要喝一碗萝卜汤而不可得。奶奶死了，老槐树第二年春天也就再没有开花长叶了。

七十年代我回故乡，远远看到一个巨大的树根横卧在门口，周围空落落的。老槐树被砍伐了！我的心中一阵难过。

奶奶死了，老槐树死了。不久，母亲、大哥、大侄女、大嫂和父亲，也都相继辞世了。

"树荣家道兴，树死家道损。"——我又想起奶奶的话。

十七八年没有回故乡了。"虽说是故乡，然而已没有家。"我有了同鲁迅先生一样的感受。由于住居的迁移、合并，我的生命之源——小陈庄，早已寻觅不到一点昔日的痕迹了。

故乡，只有一个飘忽的影像常驻于我的心中。

2000 年 12 月 29 日

糖　坊

每逢年关，总想起麦芽糖。已经好几十年没有吃到家乡的麦芽糖了。

每年一进冬闲，庄上人就张罗着开糖坊了。拣一座大空屋子，临墙凿一土坑，坐上铁锅，截掉大瓦缸的上半段，套在锅口上，用白泥粘上缝儿，就成一个 U 形的熬糖浆的大锅。对面屋角垒起一个凸字形的料塔，下方通一竹管，这是沥制浆水用的。

将谷子、稷子等用笼蒸了，放进料塔，掺上发芽的大麦，酿出汁液来，然后把这种汁液一盆一盆倒进大锅生火熬煮。烧火的人坐在锅前的土坑里，手把一束高粱秸不停地抖动，根据糖汁的沸腾情况控制火力，使之时大时小。搅拌是又费力又烦神的活儿。开始用一根木棒，等到太阳偏西，糖浆逐渐变稠，木棒搅不动了，改用一种 T 形的木板，一提一按地上下运动，谓之铲糖。刚铲时，人站在锅外侧，猫着腰，绕线般挥动着两臂。糖浆在锅里龙飞凤舞。铲到后头，就得光着膀子，使尽浑身力气一蹦一跳地铲。技术高的人，可铲出一个个大泡泡来，并且控制得恰到好处，不使糖浆喷到墙上去。

糖坊是大人们聚会的场所，也是孩子们的乐园。严冬，北风摇撼着光秃的树枝，呼呼作响，天寒地冻，大雪纷飞。家中的棉被和小火盆都无法驱散彻骨的寒气。怎么办？到糖坊去！掀开草帘，一头闯进去，全身就包裹在一股湿热的雾气里了。只能从声音里分辨屋里有些什么人。糖锅和料塔有一条火路连接，角落是一锅一直沸腾的开水。有的人整天窝在这块福地，蛰伏不动。冬天，孩子们玩的"永"字牌皮球，常常瘪进一块，成了"泥球"，弹不起来。只要放进热水锅一烫，立即胀得圆鼓鼓的，用力一拍，直达头顶。

傍晚，夕阳从窗户照进来，透过热气，形成一道旋转的光柱。"哐当，哐当"，糖浆越铲越稠。有经验者可以一手提起糖铲，灵巧地一转，就能打个大糖泡来，然后猫着腰一抓，从上端揪个团儿，放在嘴里一咬，便知够不够火候。每到这时候，几个大大咧咧的村人，领着孩子，嘻嘻哈哈地走来，用高粱秆顺手一抄，沾一个大糖球儿，红红的，亮亮的，交到孩子手里。糖主儿虽然有些不情愿，但都是乡亲近邻，也不好说什么。那糖球儿定是极好吃的东西，可我的父兄从来不去抄一个给我，因此不知道是什么味道。

新熬的麦芽糖经过反复牵拉揉搓，变得又白又韧。将炒好的花生米、芝麻沾在糖上，切成薄片或扭结成各种形状，凉透，就成了上好的食品。这套工序乡人称作"折糖"。记得小时候，全家围坐在堂屋的火盆旁烤火，聊天。夜黑似漆，一灯如豆，墙上晃动着硕大的人影。父兄之间常有如下的对话：

"今晚上谁家折糖？"

"永彬大爷。"

"折什么糖？"

"枝子糖，花生糖。"

"去买些来吧。"

听到父亲的吩咐，哥哥快步跑出去，很快用棉袍兜着一包麦芽糖来，向桌上一摊。家人立刻振奋起来。看那枝子糖，一头盘成圆环，一头绕成麻花儿，肌理细润，表层滚满了白生生的芝麻，内里一道道小孔。疏酥脆嫩，入口即化，一点也不粘牙。看那花生片和芝麻片，刀工均匀，薄亮如纸。香而不浓，甜而不腻。这种东西吃多少也不觉得厌。

我们庄上生产的麦芽糖挺有点儿名气，不仅在宿羊山叫得响，还远销到贾汪、徐州、台儿庄等地。有一次，哥哥同人合伙挑一担糖到贾汪窑上去卖，碰巧遇到雨雪天气，连日不开。糖盒又没有糊严实，漏风，糖见了湿气，很快化了，只得杀价卖掉。

有一年永彬大爷做糖，挑到街上卖。他给我们几个小孩各分了几十只枝子糖，到闹市上叫卖。我自幼性格懦弱木讷，不喜欢抛头露面，更不好意思大声吆喝。我只端着糖在人堆里挤来挤去，眼前净是杂乱的脚步和摇摆的衣角。跑了大半天，只卖了一根，还是人家主动找上来的。回来一看，小伙伴们都卖光了，我还是满满一篮子。永彬大爷看了笑笑，没说什么。

长大后离开家乡，再也没有吃到那样香甜的麦芽糖了。一次乘京广线过湖北境内某车站，有小贩叫卖孝感麻糖，立即买了一袋，虽说味道也不错，但比老家差得远。

去年有同事回鄂休假，返日后送我一包麻糖，包装颇为精致，有好几个品种，酒味的，姜汁的……就是没有我小时候吃过的那种味道。

啊，我再也吃不到家乡的麦芽糖了吗？

2000 年 12 月 31 日

麦茬玉米

我们家乡，玉米通称玉蜀黍，是百姓们不可缺少的粮食。如今，庄稼之王——绿秆红穗的高粱几乎已经绝迹，而玉米依然随处可见，占尽风流。春天播种，夏天收获的叫春玉米，棵大、棒粗，但籽儿不太饱满。割过麦子种下的叫麦茬玉米，棵儿矮小、棒穗细而短，但籽儿密实，单产量高，收获后又不耽误秋种，颇为乡人所喜爱。

玉米有很多吃法。磨成面做窝窝，贴饼子，这是人人都知道的。掺上些豆面烙煎饼，清香，鲜黄，甜丝丝的，比净小麦做的更好吃。过年时爆玉米花儿，那是孩子们上好的零食。其实，我更爱吃未爆开的"哑巴豆"，"嘎嘣"一声，又香又脆，最过瘾。现在，街头巷尾常见的手摇爆花机，爆出的玉米花儿硕大浑圆，没有长长短短的"翅儿"，又不见"哑巴豆"，外观和口味都比自家炒的差得远。

每当砍玉米时，场上总围着一圈儿孩子。他们是来吃"甜秆"的。原来玉米里有一部分秆儿是甜的。从根部一棵一棵地尝，不甜的扔到一边。有的有种怪味儿，戏称"蛤蟆尿"，孩子们碰上了，会沮丧地骂一声，连连吐口水。甜的毕竟少，尝到了就欣喜非常，立即剥光叶子，夹在胳肢窝里，或者当甘蔗一样津津有味地哑起来。一堆玉米秆儿，顷刻间少了一半。孩子们散了，留下的是遍地吐出的渣儿和哄然而起的苍蝇。

提到麦茬玉米，自然想起一件终生难忘的事，想起一个曾经救过我命的恩人。

有一年大旱，门前的汪塘干涸了。家家起汪土垫宅子。汪底留下大大小小的土井儿。下雨后，积了半汪水，孩子们天天跳进去洗澡。我那时不会游泳，不小心滑入土井儿，两脚顿时登空，身子时浮时沉，耳边只闻哗哗的水声。我没命地挣扎着，肚里渐渐灌满了水。这时朦胧听到岸上人喊："干文，干文，快救人！"等了半天没有动静。我想，这下子完了。绝望之间，忽觉有人紧紧抱住我的双腿，向上一举，头脸露出了水面。他正是西邻的干文哥！他把我送上岸，我的两腿已不能站立，肚子胀鼓鼓的，喘不过气来。有人主张揭掉一口铁锅，叫我趴上去控水；有人主张狠揍我一顿，哭出脏水才好。但是说归说，最后都没有实行。

歇息一阵子，我又能走动了。此时，正是麦茬玉米上场的时候。干文哥端来一盆刚出锅的黄澄澄的煮玉米，同我一起高高兴兴吃起来……

他一生未娶，患宿疾经年不愈。我每次回乡，他都来看我，说话喘吁吁的，胸中时有哮鸣音。又过了几年，终因久病不治，孤零零离开了这个世界。他还不到五十岁，正值壮年。

我的救命恩人死了，而我还活着。

我会永远记住他，是他，给了我第二次生命。

2000 年 3 月

童年的书

　　大约四五岁的时候，我开始读书写字了。记得冬闲时，两个哥哥坐在油灯下，一个念"人之初，性本善"，一个念"赵钱孙李，周吴郑王"，我在旁嘻嘻地笑，觉得那腔调甚是好听。父亲见了瞪了我一眼，说："你也来念!"于是我也被拉上了马。在一堆土坯旁加个板凳坐下来，揉一揉困倦的眼睛，瞅着那些或大或小、或密或疏的字，跟着父亲的指头也摇头晃脑地念起来："苟不教，性乃迁。教之道，贵以专。"但满心的疑虑，又不敢发问。为什么"狗不叫"就要牵走?"杏奶"又是什么样的人?总之囫囵吞枣，不知其味。

　　读书之余，学着用毛笔写字。也觉得很好玩，一直缠着叫哥哥们教。有一天我正写着，二哥一巴掌打过来，我一愣，这才发现捏笔的竟是左手，于是赶紧换过来。虽然挨了打，但还是觉得有趣，在外头玩了一阵之后，总是坐在那只破木桌旁写写的。

　　稍长，入泮。上的是私塾，先生是村里一位可敬可畏的长者。我念的是《上论》(即《论语》前半部)，另有一册解读性的《二论引端》。先生一段一段地教，学生一段一段地念，念熟了就去背诵，接着再教下一段。背书时需要抢时间。早上一开课，先生往八仙桌旁一落座，学生们一齐抢上去，有的将书本越过前面的人头抛到先生面前。只要书原封不动地摊开着，即可转过身大声背诵。先生不以为忤。但"抢背"一定要有把握，若抢到了背着背着中途"卡壳"，多半要挨戒尺的。

我少时记忆力较强，先生教过后，念上两三遍，即能成诵。再对照一下《二论引端》，便有了十分的把握。我背书时，正文和释语兼而诵之："'子曰'，孔子说。'学而时习之'，学习要时常温习。'不亦乐乎？'不是很快乐的事吗？"那腔调是自创的，高低起伏，抑扬顿挫，极富音乐感。就这样，我念完了半部《论语》。

除了正课，我还念了一本叫作《胡打算》的书。这本书印刷粗劣，但很有实用价值。通过一个滑稽的故事将一些常用杂字和当地地名编缀一起，类似一首七言长诗。那故事说一个叫作木德茂的人在路上拾到一只小鸡，通过鸡生蛋，蛋卖钱，养猪换骡，广置田产，最后发家致富，到头来才知道是南柯一梦。故事编得通俗而有趣，中间有一句是："陈略进士来点主，轰动亲邻齐来观。"陈略是作者的自指。他是陈氏家族的先人，乡里儿童写"大仿"的那首人人皆知的数字小诗，相传就是出自他之手："一去二三里，烟村四五家。亭台六七座，八九十枝花。"但这位陈略进士究竟是怎样一个人呢？谁也说不清楚。很长时间，我都想解开这个谜团，但始终不得要领。1994年，我在位于平冢市的东海大学人文科学图书馆查阅到台湾地区出版的《中国方志丛书》，其中《邳州志》中有一段关于陈略的记载，才使我对这位先人豁然开朗起来。文字不长，姑且引述如下：

陈略，字经九。宿羊山人。祖瓒邑，诸生①，里人争讼，

---

① 明清两代已入学的生员。

32

常就取平。父作新，乾隆中进士，以文章名于时，早卒。略生六岁而孤，母杜日夕训厉。既长，与兄畴，读书丹徒之焦山。学既通，乾隆末成进士。出窦光鼐门，前后适三十年，里人荣之。授庐州教授。丁母忧，嘉庆二十四年，选知柏乡县事。调任县数月，禽治奸猾，疏通渠泽，甚有能名。三年病满归。

初，略以老书生闲废十余年，及起任剧县，而明干乃如精强少年人。略之在庐闻丧也，或劝之设帏受吊。略曰："焉有母死不奔丧而受人赙者乎?"即日徒跣归。

由此可知，这位陈略进士虽出身仕家，但少小孤寒，励志苦读，至于成立。居官清廉，颇有政绩。勤于公事，孝敬父母。可算是封建时代一位品德高尚的知识分子。

遗憾的是，私塾只上了半年，《论语》只念了半部。古人云，半部《论语》可以治天下。我当然没有"治天下"的奢望，但那时候多读些中华文化的经典总是好的，不至于弄得一生徘徊门外，一知半解，老而无学，徒受文字之欺也。

童年，苦涩而又美好的年代，彼之于我已经一去不复返了。

2001 年 1 月 6 日

鞋

　　我小时候好出脚汗，尤其是冬天，天气越冷，脚汗越多。每天早晨一觉醒来，我就把两只脚伸到被窝外头，看那两股热气蒸腾而起。我睡在祖母脚边，起床时，总是先在祖母穿着布袜子的小脚板上使劲一蹭，才站起来穿衣穿裤。祖母从不生气，反而很高兴。她常说：出脚汗的男儿有福气，——"头上无油脚无汗，枉在世上串一遍"。

　　脚汗大的人穿鞋穿袜是件头疼的事。冬天里，鞋袜被脚汗浸湿了，混合着尘土，结成一层油泥，早晨穿在脚上，又湿又凉，非常难受。夏天倒好，几乎整天光脚丫儿。小孩子喜欢下雨，一是可以不下地干活；二是可以随处蹚水玩。过了端午，雨水断凉，大人们也不硬加管束了，小伙伴们把穿了半年多的鞋子用力一甩，脱缰的小马驹儿一般，到雨地里奔跑，到池塘水沟里嬉戏。捂了一个冬春的白嫩的小脚丫儿，踩在凉酥酥的泥水里，浑身一颤，有一种猝然获得皮肉解放的快意。碰到连绵的阴雨，更是孩子们的黄金时节，洗澡、摸鱼儿、打水仗，成天泡在沟里塘里，一遍两遍喊也不肯上来。

　　夏日雨水多。农村到处是泥土，下过一场雨，要好多日子才能干。不等地面出现"花狗脸儿"，第二场雨又来了。我白天赤脚到地里薅草，到山上放牛放驴，裤子卷得老高；逢到赶集、走亲戚或出远门，也总是把鞋夹在胳肢窝里，随时准备蹚水。走泥水路，很不容易，东滑西蹭的，一不小心就会摔跤。蹚水更带着几分危险，"远怕水，近怕鬼"嘛。如果遇到被洪水漫过的无遮拦的石板桥，弄不好会堕入河中。有经验的人拄着竹竿边试边走，或者留意两边生长的水草，便可以估摸出桥边在哪里。

考大学那年夏天，我从枣庄蹚水过河。天上暴雨如注，胯下山水奔腾，眼皮底下是一片流动着的水的世界，令人心惊胆战。只觉得两腿被一股巨大的力撞击着，推拥着，随时都有被冲倒的可能。

凉秋八月，冷雨伤骨，大人们就不再允许孩子们赤脚丫了。母亲忙着给我们打苘鞋。苘，一种麻科植物，农家种植颇多。开黄花，叶大如荷，籽粒扁黑。用其根部的粗纤维做底筋，苘稍儿搓绳编鞋帮儿，讲究的还在沿口织上一圈花纹、八卦。新苘鞋做成时，清白细软，玲珑可爱。秋冬遇雨，鞋窠里填上几片玉米箅儿或轧过的麦草，轻暖舒适。有的以麻代苘，精心编织，锁口时绣上一溜儿绫子，简直就是艺术品。这大都是过门不久的新媳妇所为。与其说是为了穿用，不如说是向婆婆交一份针黹技艺的考卷。

我的两个嫂嫂过门时，都先后给我做过青布鞋。她们个个都心灵手巧，鞋做得又结实又受看。记得二嫂第一次回娘家，把一张花纸铺在地上，叫我光脚踩在上头，说描个鞋样儿带着，回来一下牛车，就提着一嘟噜新鞋走来，一把拽住我："过来，试试看。"我伸出脚，她先用手在我脚底下抹了一把，将鞋系子一口咬断就向我脚上套。哈哈，哪里穿得上？光五个脚指头就塞满了，脚后跟露在外头，像个大鸭蛋。新嫂子娇嗔地说："人小，长个大蹼脚。"我不说什么，只是瞧着她的粉脸儿傻笑。

其实，她不知道，家后的一个族叔，脚长得更大。一双苘鞋五斤重。传说他结婚第二年，一泡尿差点漂了床，媳妇情急中把刚满月的儿子连忙抱起，放在他的鞋窝里。

祖母、母亲和两个嫂子都是小脚，一年四季大都穿苘鞋，也许是透气好吧？缠足的女子走路困难，更别说干活了。当然我也见过有的小脚老太，碰到急事或发怒，走起路来两只跷跷儿倒腾得飞快，脚下生风一般。母亲除了家务，还种着家后的园地。一年四季，全家的副食，南瓜豆角儿、辣椒茄子、葱韭薤蒜……无不是这块园地的出产。每逢下过雨，母亲到菜园里拔草、施肥，总要喊我一同去。她放下锄和箕，转身对我说："下地走走，看能棚人不。"我人小身子轻，在菜地里转一圈儿出来，连脚花儿都不留。谁知，母亲就不同了，她的那双小脚一跨进地里，就深深陷进去，连鞋也拔不出来了。

1954年，我到八义集上初中，都中学生了，总不能一年四季不是苘鞋就是单布鞋。那时我有个小小奢望：夏天有一双胶鞋，冬天有一双棉鞋。一天，和父亲下地打秋叶子，趁着父亲高兴，我说："爷，我上学路远，想买双胶鞋。"父亲满口答应："买，等赶宿羊山集就买。"过了些日子，父亲一点不动声色，我也不敢催问。一个庄户人家，一分钱在手心里能攥出水，哪舍得花上好几块买胶鞋呢？买不起胶鞋，下雨就犯愁。一次我回家拿煎饼，为了赶回学校上课，打赤脚在雨雪天里走了好几十里，小腿冻成了紫萝卜。成年后的腰腿疼，没准儿就是那次坐下的病根儿。

冬季，班上的同学大多是棉鞋、大氅。在这之前，二哥辍学参加工作后，留给我一件小大衣，蓝斜纹面子，苏联大花布的里子，在那时还挺阔。这件小大衣我一直穿到北大毕业。我羡慕从八岔路来的学生，他（她）们一律青布棉鞋，双排扣儿露在外边，闪闪发亮。早晨跑操、上体育课，课间踢毽子，周围运动着的尽是白底青布棉鞋，好不叫人眼热。

我一直未能"候"上这样的青布棉鞋。母亲怕我上课脚冷，为我做了"毛翁儿"，用芦花编帮，细布镶口。这种鞋走起来拖拖沓沓，脚下仿佛踢着两只大花猫。其实，"毛翁儿"看起来蠢笨，却特别暖和。有时坐着看书、写字，脚底板焐得发痒，得伸出来凉快凉快，晾晾脚汗。一次，语文老师讲《论语》："有朋自远方来，不亦乐乎？"念到这里他戛然而止，用鼻子嗅嗅，低眉扫视一下，接着说："有臭味自桌底来，不亦恼乎？"吓得我连忙把鞋穿上。

到了高中，冬天我仍然爱穿"毛翁儿"。母亲人老眼花，不能亲手做了，就到街上买，几毛钱一双，倒也便宜。有一回，我们班上同学到街上宣传"大跃进"，正巧碰到大哥来县农林局开会。他见我开春后还趿拉着一双破"毛翁儿"，赶紧花了七元钱买一双蓝灯芯绒棉鞋给我。他眼见着我倚着小树换上，又顺手把"毛翁儿"扔进水沟，这才走开。大哥买的这双蓝棉鞋和二哥留给我的小大衣，年年给我温暖，陪伴我度过了大学的艰难岁月。

六十年代初，我在北京海淀买了一双黑色的塑料凉鞋。当时塑料凉鞋刚刚兴起，质量上乘，光脚穿着，晴雨两用。沾了灰土，跷腿到水池上哗哗一冲，既洁净又凉爽，别提有多方便了。三十多年来，这双凉鞋一直留在身边。我穿着它登过长城，爬过天山，走过塔里木盆地，踩过北京饭店和人民大会堂的大红地毯，蹚过河南干校的泥泞小道……它仿佛是一艘小船，载着我在人生的长河里扬波逐浪，历尽艰难险阻，送我停泊在如今的这个"码头"上。鞋底磨光了，薄如刀刃，满布着细密的裂纹，但几根细带仍然紧紧连着本体，显现出旧而不破、老而弥坚的气象。

今年夏天，我又从墙旮旯里将它找出来，用水冲一冲，光亮如初。鞋扣儿锈蚀了，穿着硌脚，用剪刀剪去鞋帮儿，又可当拖鞋穿一阵子。"弃之如敝屣"，我做不到，我对它情有独钟，割舍不得。这双凉鞋凝聚着我平生的苦乐悲辛，浸润着那个时代的风霜雨雪。它始终没有化作"天外之隖"离我而去。看样子，它还要用它的老躯为主人服务到底。

啊，我的黑色的塑料凉鞋！

啊，我的坎坷的人生之路！

1993年7月

秋　草

秋草无边。

砍倒了高粱，割完了豆子，遮遮障障的原野突然变得空旷、明净起来。大地成了秋草的世界，这里一片，那里一簇，叶子渐次枯了，露出红红的柔韧的茎，顶着蓬蓬的穗子，在秋风里颤动。

每年到这时候，我就央求父亲赶集时给我买一个新畚箕子，把旧的换下来。入秋，种葛人用新割的葛条编了箕子挑到街上卖。新编的箕子虽然有些重，但梁儿箍得紧，口儿收得峭，盛满青草像一只飞翔的燕子，背着回家显得风光多了。

反正一年就这么一回，"买！"父亲答应了。终于有一天，我去迎集，这次不光是一捧长果①，还有一只新畚箕子。

吃过晌午饭，忙不迭下湖②。边嗑着长果边向田里走。初凉的秋风里飘散着长果米的香味儿，果壳掉在踩得白亮的小土路上，不停地滚动着。

拣一处秋草丛生的地方，放下畚箕来。割草时镰刀撞得地面当当响。干脆用手一把一把地拔。草根儿粘连着土块，刺拉拉，

---

① 长果指花生。
② 乡语：下地，下田。

刺拉拉，一拔就是一大片。有一种扒根草，一条地下茎儿长达好几尺远，牵连着拔起一根来，高过人头。

俗话说："人逢一世，草木一秋。"春天，田野刚刚从冬雪中醒来，经阳光一晒，热酥酥的，这时节便有小草渐渐探出头，挑着一星点儿翠绿，不易为人所见。"草色遥看近却无"，不在乡间生长的人是体会不到的。在我们家乡，春天野地里最早发芽的是野牵牛、姜姜牙和野菠菜。孩子们挎着小篮儿，拿着小铲儿，一朵一朵地剜。回来洗净，有的可以当菜吃，如野菠菜，有的只能喂牲口。奶奶说，青草是稀罕之物，对于牛驴，就像白面馒头。听了奶奶的话，我们下地更加勤快了。

夏草丰茂，有的一个劲儿疯长，挤占了庄稼的地盘。于是，起早贪黑一捆捆地割来，摊在场上曝晒。晒干的青草垛进屋子，到了冬天，掺在麦穰子里，用铡刀铡细了喂牲口。

秋天，草儿也像人一样进入了老年。碧绿的叶子干枯了，凋谢了，只剩下光秃秃的茎儿，挺立于风霜之中。沉沉的穗子，饱满的籽粒儿，庄户人家都晓得，结籽的草儿金贵，牲口吃了容易上膘。春华秋实，草黄马肥。长大后在文章里读到这些词儿，联想到故乡的秋草，深有领悟。历史书上说，一到秋天，北方的匈奴就频频犯汉，个中道理，不言自明。

我的少年时代，一年到头都和草儿打交道。家中喂了牛驴，从春至秋，几乎每天都下湖薅草。碰到连阴雨或上洪水，就牵着牛驴到山上放牧。冬天呢？虽然没有草可薅，但牛驴总要吃喝，还得忙于铡草、淘草、拌料、起圈垫圈、给牲口刷毛、晒太阳。有时厌烦了，真想撂挑子不干。

1953年小学毕业后，到八义集考初中。一同赴试的有街上的小跛子和本庄的平文哥。暂时放下畚箕和镰刀，洗洗满手的草垢，背上一摞煎饼，挟着一把油纸伞，上路了。

草榜公布了，上面有我和小跛子，没有平文。他死了心，先走了，我和小跛子参加了口试和体检，然后回家静等着好消息。一想到就要上中学了，心中好不兴奋。再见了，我的畚箕和镰刀！再见了，那满湖青青的野草！对不起了，还有我的牛驴们！

该轻松一下了，于是赶集就去听大鼓书，讲的是郭子仪征西，一幕幕激动人心的情节使我欲罢不能。一天，我正站在大布篷边上听得入迷，衣服忽然被人拽了一下，回头一看，是小跛子。他高兴地告诉我，他刚接到了录取通知，邮局的人对他说，还有一份是陈庄的，正等人拿哩！我连忙跑到邮局，看到墙上信袋里插着一个大牛皮纸信封，露出半拉"陈"字来。邮递员立即交到我手中。一看，傻了，上头竟然写着"陈平文"三个字。这是怎么回事？肯定是搞错了，平文不是连草榜都没上吗？这通知无疑是我的。

于是赶紧到八义集查问。母亲又为我包了煎饼，怕我路上渴，往口袋里塞了个香瓜。我带上那把油纸伞，蹚了三十里泥水路，赶到了学校。挂着"校长室"木牌的房子里坐着一位胖乎乎的老头儿，他就是校长吧。我在门口逡巡了半天，壮着胆走了进去。校长看了看那信，亲切地对我说："没错，没错，上头有了新精神，要照顾军属嘛。"

我绝望地走出了校长室，眼泪唰地淌了下来。一回到家，就把信交给平文。他正坐在石碌碡上，仰着脸望天。他接了信，傻愣愣的，半天说不出话来。

母亲安慰我："回家好生薅草吧。你看，小白驴都饿瘦了。"这时，小白驴正望着我，我拍拍它的鼻子，抹了把眼泪，又背着畚箕下地了。

田野的秋草依旧当风抖着。蚂蚱在夕阳里翻飞，闪耀着明亮的羽翅。远远看见大路上有两个人背着行李，说说笑笑向西南方向走去，其中一个一颠一簸的。我连忙转过脸来，泪水滴到了地上，渗进了土里。

过了些日子，父亲出门归来，说，他走到山前遇见了一个挺俊的女孩儿，那女孩儿喊住他："大爷，叫他千万别灰心，赶紧回校补课，明年再考。"从父亲的话语里，我知道那是我们的班长梁丽燕。早几天就听说，她在台儿庄考上了兰陵中学。她怎么一眼认出了父亲？又如何得知我的情况？直到现在我都弄不明白。

在班主任孙长仁老师的再三敦促下，我又很不情愿地回到了母校——宿羊山高小。下一级的同学们一齐蜂拥过来，热情地欢迎我。经过一年补习，我终于进入了八义集初中……

天涯何处无芳草。

从故乡到学校，一望无垠的原野上，生长着庄稼，也生长着青草。那满眼盈盈的绿色，一直伴随着我，从小到大，从南到北。

如今，年过花甲，想起自己的人生也和这秋草一般，再也找不回往昔的翠碧与光华了。但我又自愧不如秋草，我缺少柔韧有力的秋草般的干茎，也没有丰满沉实的秋草般的籽粒，而这正是支撑生命大厦的两根顶梁柱啊！

我永远寄情于秋草，即便现在身处异国，每当我走过田边河畔，我依然时时蹲伏下来，眷恋地抚摩着脚边一片片绵远无尽的秋草。

2001 年 2 月 3 日立春前一日

我的两位语文老师

　　冬天就要过去了。夜里，忽然听到潇潇的雨声。晨起远望，山野空蒙。栏外微红的樱树枝头挑着无数晶莹的水珠，闪闪发光。好一场催春的暖雨啊！

　　春风化雨。

　　在这个时辰，我又忽然怀念起中学时代的两位老师来了。

　　这两位老师，一位是初中的戴宗专先生，一位是高中的薛鹤琴先生。

　　戴老师出身于本县地主家庭，旧学素养极深，写一手漂亮的毛笔字。我1954年考入八义集初中，二三年级的语文课都是戴老师上的。夏天，他一身灰裤褂；冬天，他一身灰棉衣，头上是灰色的鸭舌帽，帽檐缝里渍出一圈汗迹。那时刚刚推广简化汉字和学习普通话，老师们都当作硬任务苦练。平时，戴老师一口家乡话念起课文来十分动人，忽然改成普通话，听起来反而没有先前的韵味了。但他努力坚持，不久就能用纯正的标准语讲课了。他上课有个习惯，一手拿着粉笔或课本，一手插在裤袋里，在教室里走来走去，不住将散开的紫毛衣袖头向里面塞一塞。戴老师教学的良方是引导学生们背诵。他说，精彩的文章只有背得烂熟，才能融会贯通，为己所用。对此，我一直深信不疑，成为我读书和写作的一项基本学习方法。

我记得很清楚，教科书上有一篇《罗盛教的故事》，描述罗盛教救助朝鲜少年的情景："……他一边跑一边脱棉衣，跑到就立即跳进水里。"戴老师特别欣赏这段文字，他说，只有这种描写才能充分表现志愿军英雄奋不顾身、舍己为人的高尚品德。在戴老师的教导下，我凭着一份好记性，对于语文课本里的名篇佳作大都能背诵下来。半个世纪过去了，有些段落铭刻于心，至今不忘。这些文章有鲁迅的《孔乙己》《故乡》《祝福》《藤野先生》《从百草园到三味书屋》《为了忘却的记念》，老舍的《我热爱新北京》，茅盾的《春蚕》《白杨礼赞》，赵树理的《地板》，李季的《王贵与李香香》，高尔基的《海燕》，以及相当数量的古典诗文。

我更喜欢两周一次的作文课。题目由老师写在黑板上，两节课完成。第二周是讲评，老师抱着一大摞作文簿一走进教室，大家的心情立时激动起来。作文簿一本一本地发还给学生，最后总有一两本被老师留下来。没有拿到的学生心中犯着嘀咕，不知是凶是吉。留下的有两种情况：写得好的"范文"，提出批评的"恶文"。我的作文十有八九受到戴老师的表扬，在他任课的两个班级里当众宣读。

老师在作文簿上圈圈点点，勾勾画画，眉批上经常是"神情活现""甚见卓识""描写精当""文气畅达"等赞语，末尾是一大段评述。有热情的褒奖，也有中肯的批评。特别是他的自由奔放、俊逸洒脱的行草，堪称书道精品。看惯了戴老师那一手炉火纯青的毛笔字，使我对以后所遇到的当代书法名家名作都不怎么在意了。想想真难相信，我也有过那样奢侈的享受！可惜，那些经过恩师精心批改的作文簿早已散佚，无处可寻了。

初中毕业前，全校举行作文比赛，我拿了头奖，奖品是鲁彦的长篇小说《愤怒的乡村》、一个笔记本、一个嵌有小镜子的钱包儿。可是那时戴老师早已调离，回家乡的一个学校教书去了。

1957年，我考入运河中学高中部，也许是命运再一次的巧安排吧，我又有幸得惠于薛鹤琴先生。薛老师也是本县人，当时正戴着"历史反革命分子"的"帽子"在家乡改造。因有一位温州籍老师过不惯北方生活而辞职，薛老师被临时招来，接替我们高二的语文课。听说薛老师在南京上过两所大学。他不但学养深湛，而且口才甚好，讲起课滔滔不绝，一副薄薄的嘴唇，随时都会喷涌出令人绝倒的词语。他上课从来不看课本，两只手袖在满是油渍的棉袄袖筒里。硕大的脑袋，光亮的前额，炯炯有神的眼睛，他给我们上的第一堂课就是毛泽东的《水调歌头·游泳》，光是开头的"才饮长沙水，又食武昌鱼"两句，就足足讲了两节课。他强调"才"与"又"两个连接词的修辞效果，说明由于有了这两个字的勾连带动，十分自然地道出了作者由湘至鄂的行踪，为以下的"游泳"做了很好的铺垫。薛老师引经据典，取譬联想，听得我如醉如痴，一节课时间瞬息而过。听薛老师讲课，如沐春风，简直是精神上的至高享受。

一次，县教育局在我校举办语文观摩教学，全县高中语文教师云集运中，听薛老师讲《沁园春·雪》。薛老师新剃了头，刮了胡子，七找八找，借了一件干净的"列宁服"换上，立即变得神采奕奕，简直像另外一个人。我们学生也都把这篇课文念得滚瓜烂熟，时时准备着回答老师可能提出的各种问题。

薛老师端着粉笔盒进来了，他先沉静地环视了一下满满登登的一屋子听众，开始了他的讲课。在我们学生看来，薛老师这次观摩教学同平时没有什么两样，但却引起了很大反响。各校的老师们非常满意，人人敬服薛老师的才识和水平，深深感到语文课只有这样讲授才能获得良好效果。

然而这场教学过后薛老师依旧换上那件油污的破棉袄，夹起尾巴做人了。唯一能给他精神上慰藉的是课堂，是一群尊敬他的青年学子。

我是语文课代表，也是最常接近他的一名学生。我到他的办公室送作文簿，反映同学们对教学的意见。我见他总是叼着烟斗，坐在火炉边发愣。他似乎有着满腹的心事，又不便对人讲。那年春荒，听说他的独居乡村的老母病危，家中好几天揭不开锅。同学们凑了点钱和粮票给他，薛老师感激涕零，老泪纵横。

高中三年级，学校下来了两个"留苏"的名额，我因不是团员而落选，心情有点沮丧。薛老师把我找去，语重心长地说："留苏未必适合你，你的目标是北大，要相信自己的实力。"在薛老师的鼓励下，我毫不犹豫报考了北大中文系古典文献专业。从徐州考场归来，薛老师听完我的汇报，满有把握地说："很好嘛，准备进京吧。"

大学一年级暑假，我回家探亲，经山东苍山二哥那里步行去运河镇，路过铁佛寺中学去看望薛老师。他已调来这里半年多了。他领我到食堂，叫大师傅准备了一样小菜，拿了一个他平时用的蒜白儿盛了一勺稀饭递给我，又找了个空罐头盒放在自己面前当碗用。我多想知道他这一年来的景况，但又不敢多问，怕触到他的伤心之处。谁也没有料到，那次相逢竟是师生间的最后一面。

后来听说，薛老师死于非命，戴老师晚年很不适意，郁郁而终。

春风风人，夏雨雨人。

少年时代给过我无限饲育的可敬的师长们过早地离开了这个世界，每每想起就非常难受。

现在，我亦为人师多年，常常以先师们的精神砥砺自己，克尽厥职，以报答他们对我的栽培和教诲。

2001 年 2 月 4 日

吃瓜子

吃瓜子是中国人的专利,为老外们所不及。乘航天机登月的美国人,家电、汽车冠于全球的日本人,在这一点上都不得不甘拜下风。

日本的"和果子"是他们的骄傲,常拿来飨客,中国人不屑一顾。此物要么甜腻似油膏,要么干硬赛枯骨,很不合咱们的口味。日本的小食品做得蛮好,如干焙青豌豆、炸土豆片、精制鱼丝等,应有尽有。踏遍四岛,唯独看不到瓜子食品,你说怪不?

日本人真的不会吃瓜子。我曾陪伴东京某大学的教授夫妇由宁去沪。上车前,夫人买了一包烤白薯,舍不得吃,说要带回国去。丈夫眼馋,然而妻命难违,只好坚忍。一支峰牌烟吸完,口舌枯淡,似乎很想嚼点什么。此时正好看到车厢内许多人嗑瓜子,毕剥有声。于是我们之间有了如下的对话:

"彼等做甚?"

"吃瓜子。"

"瓜子何物?"

"西瓜之实也。"

"此物美味?"

"美味,美味。"

他好奇地向身旁的旅客要了一点儿，捧在手心里端详一会儿，学着吃起来。谁知，他平素写文章的巧手和吃惯生鱼片的嘴巴，这时却显得十分拙笨，半天也对付不了一颗。最后弄得满头大汗，只好作罢。

　　瓜子在中国真是出尽了风头。婚筵寿宴，早茶晚酌，何时何处能少了此君？吃瓜子不但是中国人消闲解闷的方式，也是温润人情、增进友谊的手段。在当代，有的是时间的富翁，游荡的贵族，腰缠万贯的大款，爱扯淡的闲汉，致使瓜子家族越来越兴旺发达。什么傻子瓜子、阿里山瓜子、好吃来瓜子，数也数不清，真可以出一部"瓜子学"了。

　　好瓜才有好子。我的老家苏北盛产西瓜。清明前整地，下种，待秧长出尺许，喂以豆粕、麻饼等重肥。同时用土块压茎，以防被风吹翻。麦子黄芒时，西瓜易遭虫害。有一种叫黄鹰儿的小飞蝇，金身薄翅，专食瓜叶，白昼隐于叶背，夜晚出来大吃。瓜人常以为苦。有经验者用择鱼的下水泼洒瓜叶，可尽除此虫。端午前后，瓜纽儿渐出，留其七八丫杈间所生者，可望成大瓜。一秧只留一瓜，其余毫不可惜地摘去。收完小麦，天气干热，日光炽烈，正是西瓜猛长的时候。地底的养分由根茎源源输入瓜体，如江河灌注湖泊。小瓜眼看着一天天胀大起来。入伏，是吃瓜的盛时，壮汉们挑着西瓜赶集，在街头巷尾支起伞篷，摆下方桌。瓜积如山，长刀如带。切下的瓜瓣儿一拉溜儿排列，远看如跳跃的火焰，又如出战的旗幡。卖瓜人一声悠长的吆喝，围来一群食瓜者，吞吐咂磨，瓜子散落，一地狼藉。这时总有几个小孩儿跑来扫瓜子，也有的捧着筐篮儿扬起小脸儿，等着人把瓜子吐进去。

　　家乡有一种"疯秧瓜"，绿皮青筋，状如小碌碡，八口之家，饱食有余。其子黝黑，硕大无朋，两面皆有白色条痕，观之宛若一枚甲骨文印章，玲珑可爱。想起幼时吃瓜，常于正午过后，呼儿唤女，全家环立桌边。由父兄掌刀，先向瓜梗处切下一圆片，反复擦拭两刃，除去刀锈及辛辣之味，再朝中央切去。碰到好瓜，刀将下而皮先开，豁然脆响，如雷贯耳，老少欢呼雀跃。若刀入如锯肉，久持不下，此必"生葫芦头"，食者则大失所望。大人吃瓜，边吞边吸，瓜子尽出，而汁液不外溢。小孩儿吃瓜则是另一番景象：只咬嚼而不知吮吸，往往弄得满头满胸都是瓜水，顺着肚脐淋漓而下。

收拾瓜子自然是小孩们的活儿。先将瓜皮送入石槽供牛驴享用，然后把瓜子收拢在竹笊篱内，拿到汪里仔细漂洗，剔除粘连的瓜瓤，搓去壳外的一层滑腻的薄膜，摊在石板或箅子上晾晒。新晒的瓜子有极浓的奶香。一天劳累下来，窜到汪里抹个澡儿，竹席一领展于槐下。两三学友，各有一捧瓜子，迎着清风朗月边嗑边聊。笑谈古今，臧否人物。那心境，那情致，何处再寻？

故乡还有一种"三白"西瓜，白皮、白瓤、白子。不但解暑，还可医病，是"败火"的良剂。如今已难得一见。其瓜子呈银瓶状，瓶口两边各描一道"蛾眉"，俊雅无双。用这种瓜子做配料，制成的月饼、点心，乡间以为上品，用来馈赠亲友、孝敬老人。

南方人啧啧赞赏的"陵园""苏蜜"，北方人瞧不上眼。个儿小不说，一篮装好几个，一口咬下，先是嘴里好一阵折腾，肉汁儿没进去多少，却剩下一大堆小而无用的瓜子，仿佛脚下蓦地涌出一窝黄黑蚂蚁，叫人扫兴。

吃瓜子当然不限于西瓜。南瓜子也为人们所钟爱。子饱肉厚，翠绿如玉，有一种诱人的醇香。既可消遣，又可充饥。扁瘪者亦不可弃，晒干纳于筐笼中，冬天冰雪封门，菜蔬难得，取出炒至脆黄，捣碎、加盐，是旧时农家常备的菜肴。将此物裹入煎饼中，再拔一棵嫩葱卷上，味美绝伦，虽大鱼大肉不易也。

1994 年 10 月

蝉

　　过了八月半，残暑丝毫没有减弱，室内气温到达 32℃。但我发觉，绿叶里的蝉鸣渐轻渐细了。几天前女儿还在埋怨："吵得烦死啦！"今晨忽儿沉寂下来，如谢幕后的舞台。我反而有些流连，就像远别一位相知又相扰的朋友。

　　日本的蝉种类很多，叫声也特别。不是我小时候听到的那种接连不断的长啸，而是各式各样，千曲百调。有的"咯吱咯吱"似青蛙，有的"加咕加咕"如纺织娘，有的"迷——迷——"类蚯蚓……入伏之后，是它们大显身手的时节，就在我窗外的绿树林中，日日夜夜，鼓噪不休。曾戏作汉俳曰："日暮蝉声唱，嘘嘘沙沙飞梭忙，织布几多长？"

　　挑灯夜读，常有不速之客飞进屋来，窗帷上、地板上、榻榻米上，踽踽地爬着，像着陆的客机。观其形，体长如削，薄翼广翅，巨眼悬珠，浑身白粉，使我联想到双鬟高挑的古典少女。我喂以面包，饮以糖水，小心翼翼捧出窗外，放归山林。

　　少时读《荷塘月色》，提到蝉声，似乎是这样说的："热闹是它们的，我却什么也没有……"以为精到之至。听说后来有读者提出质疑，说月明之夜绝无蝉声。作者经过调查，又问了几位朋友，认为读者说得对，遂作更正。云云。

　　散文大家朱自清先生，治学严谨，令人感佩。然而"月夜蝉声"实乃常事，凡在农村待过的人都有体验。辛弃疾《西江月》："明月别枝惊鹊，清风半夜鸣蝉。稻花香里说丰年，听取蛙声一片。"写尽乡间夏夜欢趣。学贯中西的朱先生不会没读过。那么为何对"月夜蝉声"产生怀疑呢？莫非文中那几句话不是实际体验，而是虚拟之笔吗？我有些困惑不解了。

立秋毕竟半个多月了。那蝉声不如先前昂奋、强烈，自是节令使然。终于，我见到悲戚的一幕：昨日入城市，归来发现不少蝉掉落地下，在露冷的花草里无声地蠕动。竟有一只翻转着琵琶般的肚子，微微震颤着羽翅，群蚁麇集……

心绪苍凉。作《咏蝉》小诗，以志其情。

一

感君日夕伴，一夏皆欢然，
谁念绿荫里，秋风已渐寒。

二

但得饮清露，人世一唱酬，
欣欣鸣翠羽，何言知春秋？[1]

2000 年 8 月 22 日

---

[1] 《庄子·逍遥游》："蟪蛄不知春秋。"日本古典随笔集《徒然草》："蜉蝣至夕即死，夏蝉不知春秋。"

燕　子

燕子来时新社，

梨花落后清明。

好久没有看见燕子，偶尔一见，心中不由得荡起一缕情感的涟漪。

6月12日下午2时，A大学210教室。我正在上课，讲读川端康成的名作《伊豆的舞女》。

连排的大玻璃窗外，远方绿树渺渺，天上白云丝丝。一群燕子交织飞舞，互相追逐、嬉戏，不时传来阵阵呢喃的鸣声。不料，一只燕子突然闯入一扇敞开的玻璃窗内，立即又想从另外的窗户飞出去，但那些窗户都严严地关闭着，燕子东飞西闯，脑袋撞在硬邦邦的玻璃上，吧嗒吧嗒地响。同学们都在为这只燕子捏一把汗，"赶快把窗户打开!"有人说。于是，一扇扇窗户打开了，燕子照旧东一头西一头胡乱撞击，就是寻不到敞开的那几扇窗户。

"小脑袋会撞出血来的呀。"一个男孩子焦急地说。

"哎呀，它这样会撞死的啊!"一个女孩子更加担心。

大家议论纷纷，但眼睁睁望着那只气急败坏的倒霉的燕子，谁都不敢接近它，只是徒然叹息。

不一会儿，燕子终于累了，一头栽到一个墙角里，好半天都不动弹。大家"哇"地围了过去，但谁也不敢伸出手去，怕被这只天外来客啄伤。

"燕子是不咬人的。"

我走下讲坛，踱到屋角里，俯首一看，只见那似乎是今年刚刚离巢的乳燕，一身油亮而细密的黑毛，嘴角边的微黄尚未褪尽。它俯伏在地板上，胸脯一鼓一翕地喘息着。小燕子又惊又吓，看样子已经疲惫不堪了。

我小心翼翼将它捧在手心里，仿佛捧起我的整个童年。我真想就这么一直捧持下去。燕子似乎睡着了，丝毫没有觉察什么。当我将手臂伸出窗外时，这只"睡着"的乳燕，"扑棱"一声展开双翅，箭一般迅即飞向蓝天。

男女同学一齐欢呼。

同这只燕子的邂逅，把我引入儿时的回忆。那时候，谁家没有燕子居住呢？阴历五月，人们忙于割麦、打场，燕子忙于筑巢、育雏。堂屋的门框上方留下一段空当儿，那叫"燕路"，即使下地干活儿锁了门，燕子也不会受阻，照样飞进飞出。中午回家歇晌，躺在床上松松腿脚儿，看燕子夫妇出外打食，你来我往，而那些窝中的幼雏们，一听到老燕子飞进来的羽翅声，就叽叽喳喳乱叫一阵，伸长脖颈等着父母将虫儿、小鱼送进自己嘴里。燕子喂食，对于幼小的我来说，是一道永远看不厌的风景。

这样的时代一去就是半个多世纪。

如今，再次看到童年时代的密友，并得以亲手抚摸一下可爱的小生灵的黑羽，将它送回白云蓝天。这是今年最大的乐事！

夜晚，我躺在床上睡不着。其实，近年来，我和燕子还是有过好几次感情上的牵连的。

几年前，在我经常过往的一处"巴士停"站棚里，一对燕子将巢筑在横梁上，整个夏天，燕子都在那里栖息，繁衍儿女。直到秋凉时节，才携家南迁。当我看到"燕去巢空"那一天，心头猝然掠过一丝悲凉。

去年，我在校门口发现砖墙上粘着一个燕巢，地面撒着淋漓的燕粪。好心的事务员们以及几位负责打扫卫生的老太太，不但没有嫌弃它们，还专门关闭一扇玻璃门加以保护，地上摆了纸箱子承接燕粪……

还有一次，一只燕子飞入五楼的楼道，上下穿梭，怎么也飞不出去，天黑之后不知去向。翌日一早问事务局菅君，据他说，那只燕子在楼下洗手间宿了一夜，天刚黎明就从大门飞走了。我听了，心中一块石头落了地。

自然也想起了儿时读过的关于燕子的诗文：

燕燕于飞。

——《诗经》

翩翩堂前燕，
冬藏夏来见。
兄弟两三人，
流宕在他县。

——汉乐府

细雨鱼儿出，
微风燕子斜。

——杜甫

生生燕语明如剪，
呖呖莺声溜的圆。

——《牡丹亭》

…………

56

我思念那只可爱的小燕子，你如今在哪里？

能不能再飞回来一次，让我好好看看你呢？

燕子的回忆是无尽的。那些小精灵属于已逝的时代。

6 月 12 日，永远难忘的一天。

2015 - 6 - 27

升学琐忆

年过半百，渐入老境。回首往昔，苦多乐少。常见人们谈论起"机遇"来眉飞色舞，我却茫茫然，不知为何物。少时读"春风得意马蹄疾，一日看尽长安花"诗句，到现在也体会不出那是一番怎样的心情。

我是不相信命运的。但人生艰危，命途多舛，又仿佛确实有条无形的缰绳紧紧捆锁着自己，朝着既定的道路走。

我出生于1939年（农历己卯）冬，一个下雪的日子。打小时候起，祖母和母亲就常常念叨："雪天的兔子找不到食儿吃，这孩子长大以后注定要受苦。"这话似乎给我的一生定下了基调，使我只得守着愚稚的本分，听凭生活的摆布。我七岁起，跟着大人学庄稼活，收割拉打，什么都做。一次，下汪洗澡，不小心滑进深潭，差点儿淹死。初中时，买不起胶鞋，赤脚裸腿，在冰天雪地里走了三四十里。从高中到大学，连连挨了三年饿，其间很少吃过一顿饱饭。成年之后，腰腿疼病三次袭来，住院、手术、卧床，身心交瘁，艰苦备尝……

要说一点"开心"的事儿没有过，那也不大合乎实际。掘开记忆的底层，考大学就是我一生中难以忘怀的一件乐事。

1960年，高考一结束，我就到鲁南山村二哥工作的地方消夏去了。8月中旬，经枣庄、徐州回老家邳县。在枣庄上火车时，遇上了瓢泼大雨，浑身淋得透湿，钢笔丢了、鞋底掉了，一路瑟缩着到了徐州，找个小旅店住了一宿，翌日一早搭车到碾庄。接着跋涉十八里泥泞，傍晚回到了故乡宿羊山陈庄。

一进大门，侄女月兰就飞跑着迎出来，扯着我的衣襟大声说："俺小叔，你考取北大啦。老爷上街说去拍电报，叫你快点回来呢！"

听到这个消息，我满心高兴，又有几分怀疑。这时父亲也正好回来了，听说他一到街上就被四乡的人围住了，人们争相传看录取通知书，七嘴八舌地询问着，议论着："哪庄的?""陈庄的。""哎呀，真的?""不信去看嘛!""这下子可以见到毛主席啦。"……

我们这一带穷乡僻壤，历来是经济、文化最落后的地区之一。新中国成立前，陈庄百户人家只有几个上过私塾的人。不要说大学，就连中学生也没出一个。因此，读书人受到特别的敬重。

父亲递过一个黄皮信封，我从中抽出印有鲜红印章的北大新生录取通知书和团委及学生会联合发来的欢迎信，朗声地读着。父亲蹲在地上静静地听，渐渐地，笑意从他脸上漾开来，荡平了丝丝皱纹。我一边读，一边望着父亲的神色，泪水夺眶而出。

我家代代门第清寒，大哥高小毕业，就在本乡教书。二哥只上了五年小学，就到山东找了工作。我呢，小学毕业时，父亲就说："回家种地吧，识几个字，够用就行。"我没听。初中三年级时，父亲又说："毕业后找个混饭的差事就蛮好，别再高攀啦。"我瞒着他，说是打算考师范。等高中一放榜，父亲生气之余也只好默认了。眼下，我考上了大学，父亲竟连一点儿埋怨的影子也没有了。看得出，老人家的内心同样充满了喜悦。

当晚，我兴奋得一夜没睡，半年来的许多往事，一幕幕在脑里闪现。

高三第二学期，期中考试一结束，一个鼓舞人心的消息，像春风一般在同学中传开了：今年运河中学有两个留学苏联的名额，被选中的人直接保送到莫斯科和列宁格勒（圣彼得堡的旧称）读大学。七八十名应届毕业生，每人都想碰碰运气。我的语文和俄语成绩都名列前茅，自然也抱着很大的希望。几天后，校党支部秘书甘老师找班上的小李、小冯去谈话。于是，大家敏感地猜测，肯定是选中他们两个了。一天中午，我发现小冯的抽屉里面果然放着一张洁白光亮的《留苏人员鉴定表》。我的头脑嗡的一声，呆坐在椅子上。这时，甘老师对我说："你若是团员，这名额肯定有你一份！"

听了甘老师的话，我惭愧极了，心中几分自责，几分委屈。是啊，从初中到高三，申请书写了一大沓，始终没有被批准。是学习成绩不好吗？每次考试，各门功课都在九十分以上。是政治品行不够格吗？我的操行年年是"甲"。那么，为什么没有入团呢？只是朦胧地听人说起，只怪那孤僻和清高的性格。

其实，同学们凡有事情求我帮助，我从来没有表现出半点儿不耐烦来。那时候，我没有评上助学金，每周回家拿干粮，一包煎饼，一壶小菜（腌萝卜豆或豆腐干炒辣椒）。每逢开饭，几个团干部轮番来到我的课桌旁，一手压着我的肩膀，一手不停运动着筷子。不撑两天，小壶吃个底儿朝天，"食客"们也就不再光顾了。我只好买些酱菜或到校园里摘几颗霜打的辣椒充当后半周的"副食"。

然而，小菜照旧来吃，手却不肯轻易举起。因此，我也未能入团……

留苏不成，我集中力量，准备投考大学，志愿表一发下来，我毫不迟疑地填上：北京大学古典文献专业。我从小热爱文学，并立下壮志，将来非北大不考！教语文的薛老师也说我有实力，不断给我鼓励。

8月末，我带着满身"土气"，背着被褥，胸前依然佩戴着母校"运河中学"的校徽，踏上了北去的列车。夜里，我望着车窗外闪烁的灯火，激动难眠。那无限伸延的钢轨，一直把我引向远方，引向那千万人景仰的首都……

去北大报到之后，应国家需要，我被分到东语系学习，从此便同日语结下不解之缘。

区区小事，在别人看来，也许不值一提，但在我，却时常忆起。这些事告诫我：凡事要树立信心，朝着既定的目标前进，成功属于不懈的追求者。

1990年2月10日

携卷南北

江南秋

　　江南的秋天光临了。它是随着残暑之后悄悄来的。一宵飒飒轻风，一晌潇潇细雨，打发了恼人的夏，也迎来了喜人的秋。看到没有，天色渐青了。空气渐明了。太阳不怎么毒了。街上的绿叶淡了。骑着车子奔跑，不见汗了，只觉得满心的清凉。冷不丁儿，几片黄叶朝你飞来，你会随手将它们拂去，继续赶你的路，办你的事。殊不知，那正是秋的彩笺啊，它向你报告，它来了呀。你要是仍然无动于衷，"王顾左右而言他"，它就会打你身旁溜走，再也不理你。

　　然而，秋毕竟是有情物，只要你肯了解它、亲近它，它不会冷落你的。相反，它会随时慨然地向你展现无比瑰丽的神采和风韵。

　　故都南京，这个江南佳丽地，春天在这儿一闪即过，秋天成了一年中人们最为向往的季节。每当暑热将退，金风送爽的时候，这座古城便开始跃动起秋的旋律。登清凉山赏月，到玄武湖观菊，上夫子庙购买秋花，进永和园品尝秋令佳点……沙岸柳堤，车水马龙，长街短巷，欢声笑语。今年秋天，最叫人高兴的是，政府为南京居民办了一件大好事：引活水冲灌内秦淮河获得成功，多年臭沟，一朝转清，闻名中外的十里秦淮就要复苏了！清晨，人们汇集两岸，笑逐颜开，指点汩汩的流水。夜晚，灯火黄昏，花间一壶酒，邻里两三人，望着玲珑的秋月，追忆昔日秦淮儿女的劫难生涯，话到断肠处，竟无语凝噎。是啊，只有历尽旧社会凄风苦雨的人，才能真正懂得如何珍惜今天的自由和幸福啊！……

在江南，要想真正领略那绚丽的秋景秋色，饱尝那迷人的秋情秋意，当然还是要到郊外去，投身于大自然的怀抱之中，去寻觅秋的踪影，去捕捉秋的气息。这样，你就能深刻体验到江南秋天特有的韵味。

南京有句俗谚——"春牛首，秋栖霞。"不错的。牛首山的春色我还没有见过，但栖霞山的秋景，着实可爱。我在南京十度春秋，栖霞山又不算远，竟一直未能去成。书生喜得半日闲，趁着这清秋佳日，暂时从繁乱的案头解放出来，决心了却一游栖霞的夙愿。

小雪前后，正是家家腌制冬菜的时节。从汽车上可以看到，屋顶檐下，道路两旁，随处晾晒着白嫩的长梗大青菜和青碧一色的雪里蕻。男人们挑水，女人们用心地洗。庭前辘轳牵金井，阶下石径水横流……

来到郊外，秋色愈加浓艳。秋阳明晃晃地洒遍了山冈、田园、人家，轻烟般的凉雾笼罩着湖沼里的残荷、衰草。一块块菜畦，绿叶簌簌，不露一星土色，顺着地势向公路压挤过来，只给车辆留下一条逼仄而曲折的通道。车轮碾在匍匐的嫩叶上，刹那间绿汁淋漓……

栖霞山的红叶，大都和青松翠竹相伴而生。当你在山路攀登的当儿，猛然抬头，时时会看到绿荫丛中爆出一团火红，将周围的景致映衬得光怪陆离，五彩纷呈。你会感到一阵狂喜，不禁惊诧于大自然这位丹青妙手的神奇技艺了。

正午，我登上栖霞绝顶——凤翔峰。站在山头放眼北望，山河纵横，四野云飞，澄江如练，泱泱东流。转首向南麓俯瞰，一个奇迹闯入我的眼帘。只见左右两峰夹峙的山谷密林中，平铺着一片丹霞，宛如硕大的青瓷盆里笼着炽热的炭火。不用说，那是红叶荟萃之处了。哦，我懂了，香山红叶，群集峰顶，远观近睹，奇伟壮美；栖霞红叶，纳于谷中，俯仰探寻，娇媚绮丽。我神往地凝望着这片红云，只见它跳跃着、飘舞着，向浓绿丛中扩展开去，仿佛要把整个山野染得一片艳红。

我欣喜若狂，迫不及待地飞身下山，投向那团火红的景色之中。我在话山亭旁终于找到了这片枫林。坦荡的谷底平原上参差地长着枫、乌桕、黄檗、栗、柿和米槠等树木，其中有两棵幼枫，亭亭而立，通体鲜红，经阳光一照，恰似两株跳动的火苗，又像两盏华艳的灯烛，在山间长照不息。清风徐来，倩影摇红，鸟雀惊起，霜叶翩翩。我久久在这片枫林里徘徊，舍不得离去。我这时忽然悟出"停车坐爱枫林晚"中"坐爱"一词的绝妙。

栖霞的秋，火红的秋，催人奋进的秋啊！

我越发挚爱这充溢着生命活力的江南秋了。

1983 年 11 月

镇江小记

　　在南京住了二十年，没有正儿八经去一趟镇江。几年前，陪伴日本小诸市的朋友从扬州去无锡，坐汽车至长江边候船，天风鼓荡，水波浩渺，领略了瓜洲古渡的风情。自然想起王安石那句名诗："春风又绿江南岸。"到了镇江车站，只觉得满眼灰黑，激不起半点游兴。我想等待着一个好时机，姑且让童年听惯的"水漫金山"之类的神话，继续在心中编织着美丽而浪漫的文学之梦吧。

　　机会来了，镇江师范专科学校愿为今年的省外国文学年会做东，我有幸应邀参加。老实说，与其说这个会吸引了我，不如说是镇江吸引了我。就像欠着什么人的情分一般，我怀着十分向往的心情到了这里。

　　9月5日，天气奇热，在招待所洗了澡，从四楼的阳台上俯瞰全城。一片白色的水泥楼群在夕阳里烤着，发出炫目的光亮。然而，就在我下榻的旅馆下边，两进古老的瓦房圈着一方绿色，青翠诱人。问了服务人员，说是"梦溪园"。哦，就是北宋时期那位写下了科学巨著《梦溪笔谈》的沈括的园子吗？吃罢晚饭，匆匆下楼，想进去看个究竟。不料，大门紧闭，旁边立着"内部整修"的告示牌。我在门外徘徊良久，苍茫的暮色里，两个新塑的可爱的玉石狮子趺坐两侧，无可奈何地望着我，似乎在为我惋惜。

翌日晨，约了几个同伴再访。门内坐着一位老者，旁边依然立着那块牌子。我们向他说明来由，他友善地放我们进去了。夜雨新罢，空气温润，园内泛着潮气。绿茸茸的苔藓从砖缝里椮然而出。大门右边的展览室打开着，昏黑之中可以看到几位书法家的题联，其中一幅是沈括的诗句："落日挂疏柳，远江横暮秋。"道出了当时这座庭园的地理环境和萧凉的景象。左边的展室闭锁着，隔着玻璃窗向内窥视，桌面上摆着梦溪园的模型，远处一曲流水蜿蜒而过，想必是梦溪了。如今早已不复存在，此处陈列的依然多是名人字画和篆刻，黑洞洞的，只能隐隐约约读出一二。

穿过前庭的月洞门，进入主屋，高大而轩敞。环墙的柜子里摆着诸多展品。梁柱上高悬着一排当代著名科学家的题匾，昏黑中望不分明。近门的亮处有一幅国画，画着沈括夜间燃烛写作的情景，潦倒中透露着疏狂的醉态。旁边的玻璃柜内整齐地叠放着一床丝绸被褥。这不是沈括的，而是那位守门老者的卧具。

庭园虽不算广大，但玲珑秀雅，弥散着桂花的香气。南面院墙上有"梦溪园"石刻，系李一氓的手笔。

看到有关部门正在整修这座历史名园，我甚感欣慰。倘若沈括老先生地下有知，他也会拈须微笑吧？不过，当年这座颇具荒野气象的园林，如今却被高楼广厦紧紧包围起来，实在有点局促压抑，这也只好委屈这位老夫子了。

会议结束后，全体人员游南郊风景区。刚一上车就下起了雨，不少人面容沮丧，而我却窃喜。我对雨有着特别的好感，尤其是看山，少了雨的伴随，就少了几分情韵，仿佛绘画没有底色，歌唱缺了伴奏，婚礼不设酒席一般，那还有什么味道。到了竹林禅寺，雨点敲打着四周密密层层的竹叶，潇潇有声，愈发衬出古寺荒寒寂寥的景象。寺里见不到和尚，只有出售纪念品的小卖部。柜台里站着一个青年，黑暗里浮现着一张模糊的白脸。山顶有亭翼然，曰"挹江亭"。楹联上写着："来时觉幽奥，到此豁心胸。"放眼北望，只有碧森森的松林，哪里能望见长江的雄姿？

竹林禅寺旁边就是招隐山，山脚下耸立一座牌坊，上书"宋戴颙高隐处"。旁有一联："读书人去留萧寺，招隐山空忆戴公。"此时，秋雨大作，脚下流水苟苟，山林间腾起一团团水雾，宛若刚揭锅的蒸笼。同行中有几位鹤发童颜的长者，手里擎着从师专学生那里借来的花伞，兴致勃勃地攀登于盘环曲折的山路上，仙乎？人乎？

山上有一幽僻的厅堂，内有梁昭明太子读书台。这位太子就是萧统，古书上说他："宽和容众，喜怒不形于色。好读书属文，引接才俊。不蓄声乐，每霖雨积雪，遣左右周行闾巷，视贫者赈之。"看来是个清廉纯正、很能体恤民瘼的开明之士。但他不幸早逝，"及卒，朝野恫愕"。其为人也，能做到这个份儿上，已经很不错了。

昭明太子编纂的《文选》是我国最早一部古代诗文总集，对后世影响巨大。厅堂里的几案上放着一支灯台，斯人已去，遗泽尚存，仿佛他读写困倦，灭烛小睡去了吧？我有些怅然，在厅堂外边的廊缘逡巡良久，不忍辄去。风雨满山，思绪盈怀，廊柱上那副长联也许正好道出我此时的心境。

妙境快登临，抵许多福地洞天，相对自知招隐乐；
伊人不可见，有无数松风竹籁，我来恍听读书声。

1992 年 9 月 13 日

江南的冷夏

今日大暑。本该是炎阳如火、暑气蒸逼，一年中最热的日子，然而，几天来，非晴非雨，冷风凄凄，室温降至22℃。好一个奇妙的冷夏！

到过南京的人，除了中山陵的崇秀，玄武湖的明淼，必定还知道江南夏天的威猛。在北京度夏，不论太阳多么火辣，那杨柳或槐树的飘曳的绿荫，早已收取了它的大半光焰，减却了它的许多力量，使它无法恣意肆虐。即便是盛暑时节的中午，楼房内也是凉阴阴的。夜间睡觉少不了一床薄被子。可在南京就不一样了。你在外面走，毒花花的太阳晒着，总感到头顶上如炭火方炽，高炉正在出铁。树叶打了卷儿，柏油路成了黑糯米糕，不时粘住鞋袜。白天热浪灼人，夜间也没有一丝风。天地间像个大蒸笼，人人都成了笼中物，逃不脱被炙烤的份儿。从天黑到黎明，一样烦闷燠热，不肯给你片刻的清凉。室内什物，触之皆烫手。床下放一盆井水，身下垫一块冷毛巾，过不多会儿，盆水温热，毛巾冒气。上街去，桥头巷陌，竹榻藤椅，都是祖传的家宝，被几代人的皮肉浸磨得紫红透亮。前后左右，男女老幼，杂然相藉，纷红骇绿。有道是"笑冬不笑夏"嘛，好一派江南夏夜的民俗风景。

冷夏。太阳藏在薄云里，欲去又依依，使人忘掉了"夏日之可畏"的古训。"火炉"变成了"冰箱"，人们穿起了毛衣，有的还围上了羊毛围巾。早起散步，晨风砭肤，书桌上的玻璃凉滑难耐，读书写字，再不必不断揩拭上面的油汗了。一台恪尽职守的老电扇，静静待在墙角里，如歇翅停飞的蜂虻，不再嗡嗡嘤嘤地日夜欢舞了。家家户户揭去床上的草席竹簟，翻箱倒柜，拿出了秋装……

冷夏。大自然的反刍，时令的变异。它或许是一种预兆，一种启示，一种宇宙奇观的猝然显现吧？有冷夏，不也有暖冬吗？犹如激流中的一湾秀水，荒漠上的一片绿洲，黎明前的一阵黑暗，沉寂中的一声狂啸。它或许是舞台上的静场，音乐里的变调，朗笑后的呜咽，应诺时的犹疑……有了这些，世界才会千变万化，生活才会丰富多彩。

冷夏，多么耐人寻味的现象，多么富于诗意的字眼！

我愿人生有冷夏，也有暖冬。

1993 年 7 月 23 日

秋在哪里

十月将尽，残暑拖曳着长长的尾巴占据着季节的舞台，死乞白赖不肯离去。日光炎炎，热风烘烘，不减夏的威力。老天爷像个发酒疯的导演，把大自然的这场戏全演砸了。

我问钟山，秋在哪里？钟山无言，圆睁双眼，捧出满山翠绿。我问玄武，秋在哪里？玄武默默，湖水泛起燎人的蒸汽。我问匆匆赶路的行人，秋在哪里？行人所答非所问：再买两件 T 恤，准备同这鬼天气摽到底！

冷热颠倒，节令错位。什么"寒露""重阳""霜降"哟，全都对不上号了。那些歌咏秋的佳句，什么"碧云天，黄叶地，秋色连波"，什么"秋风吹渭水，落叶满长安"，什么"人烟含橘柚，秋色老梧桐"，和眼前的景物一对照，都不是那么回事儿。人们怀疑，今年还有没有秋天？

秋总会有的。她像那藏在深闺人未知的姐儿，千呼万唤不肯出来。三天前，那场潇潇暮雨加上电闪雷鸣，像迎亲的锣鼓狠狠折腾了一阵子，可她依然芳心不动。风雨一歇，翌日又送你一个火烧火烤的大热天。

与其盼秋，不如寻秋。

飞车去京华。

我是带着一副"塞下秋来风景异"的心情探访慕田峪长城

的。但见满目青翠，林木中点缀着星星微红，那是因久旱不雨显得有些干涩的未熟的枫叶。裸露的砖石上可以摊一张煎饼鸡蛋。显然，这里也不见秋的踪影，有的只是夏的景象：游人们挥汗如雨，片片伞花极力从炎阳里窃取一弯阴凉。山下雁栖湖里，身着灿烂泳装的青年男女在追逐嬉戏。

我心茫然。

秋在哪里呀，秋在哪里？我问高山，高山俯首不语；我问大海，大海声声叹息。

盼秋不至，探秋无着，引我愁思。现代物质文明改善了人类的生活条件，也严重破坏了生物的生存环境，以致引起天地异变，气候反常。大自然发怒了，它要惩罚一下地球上这群"黑色细菌"。今年的"迟秋"莫非就是一次不大不小的警示？

一位名人说过：

"人类创造了文明，文明葬送了人类。"

这不是危言耸听，这是摆在我们面前的确凿的现实。

朋友，你想过没有？当你端起进口猎枪射杀一只飞鸟的时候，当你骑着喷放蓝烟的摩托车在人群中傲然穿行的时候，当你那里的厂矿拼命向江河排污的时候，当你那个乡镇乱伐森林、破坏绿色植被的时候，这就是在作践自己和别人的生命啊！

是该幡然醒悟的时候了。

秋在哪里？

秋，就在你我他（她）的行为行动里。

1997 年 10 月 23 日寒露

钱塘纪行

我曾企盼过，会有人绘制一幅中国文化地图，将历代文人的出生地和文化胜迹一一标出来。我想象着这样的文化地图会是什么样子。那些大大小小的点点儿最集中的地方，恐怕是从杭州到钱塘江一带。尤其是这条河的入海口一段，点点儿的重合纽结、勾挂粘连，使得这里自然形成了中国文化的银河。而其中最耀人眼目的星座当是绍兴无疑。

上中学时，在语文教科书里读了不少鲁迅的文章，心里泛起过多少美丽的幻想。鲁迅作品中凡是涉及的人物、场景和事件，都十分鲜明地烙印在脑子里。

新年时热闹欢腾的鲁镇，河畔上乐声悠扬的社戏，月光下一望无垠的西瓜地，供着孔子牌位的书声琅琅的三味书屋，有着碧绿的菜畦、光滑的石井栏的百草园，还有那孔乙己喝酒吃茴香豆的咸亨酒店，祥林嫂捐了门槛的土地庙……

如果说我辈也勉强算个文化人的话，那么对于文化的爱好和兴趣（谈不上什么资质和禀赋）完全是鲁迅先生等一代先贤所赐予。

人生少年，心灵纯净得如一张白纸，文学最容易在这里停驻，留下深刻的印痕。那一团团彩虹般的文学意象，伴随着我从幼年走过中年，走向老年，一直到达人生的终点。

何时能到这块文学圣地走一走呢？

终于有了机会。1996 年夏，中日川端康成文学研讨会在杭州举行，我怀着朝圣般的心情踏上了旅途。

会场设在西湖畔的"柳浪闻莺"。不知怎的，人一到了西湖，身上的每一个细胞似乎都处在兴奋之中。虽然不是初春，嘴里早已吟哦着白居易的《钱塘湖春行》。伫立湖畔，望着满满当当的绿水，和日本川端文学研究会副会长、成蹊大学教授羽鸟彻哉先生不约而同地一起口诵着"欲把西湖比西子，淡妆浓抹总相宜"的名句。

走到孤山，看见了"西湖处士"林和靖的墓碑。这位以梅为妻、以鹤为子的超迈的文士，仅以那一联咏梅佳句"疏影横斜水清浅，暗香浮动月黄昏"，就"击败"了古往今来无数诗人，使得多少写梅的诗文黯然失色。然而，如今已经看不见梅树的倩影，有的只是满塘摇曳的红莲和沿岸低拂的柳枝。我悄然问那座墓碑："诗人，你感到寂寞吗？"

谁能告诉我，被苏东坡反复吟咏的"杨花似雪""飞雪似杨花"的余杭门究竟在哪里？是不是就是眼前的涌金门？我的眼睛到处搜寻，除了两旁青翠的树木，已经找不到这位文学大师的一点遗迹。

西湖的事情是说不完的，这里的一草一木、一砖一石都饱浸着文学的甘美的汁液，使人品味不尽。很难想象，如果没有西湖，一部辉煌的中国古代文学史应该如何叙写。

驱车到绍兴。先去兰亭。终于看到了向往已久的"鹅池碑"。王羲之是我少年时代最崇仰的一位书家。我的故乡一直流传着关于他的许多神话。连目不识丁的祖母、母亲都对我讲过无数遍。

年纪稍长，便醉心于《兰亭集序》，叹为天下之至文。如今来到古人"仰观宇宙之大，俯察品类之盛"的地方，想象着作者以及谢安、孙绰等人诗酒谈谑的欢愉场景，感慨万端。受着一种好奇心的驱使，我也试着坐在那"流觞曲水"之畔的石头上，真想回到那个风流的时代，品察一下这一帮高士贤人的人生况味。

不远处有一座石碑，上书"兰亭"二字。此碑于"文化大革命"中被断为两截，近年复又黏合重立。王羲之的《快雪时晴帖》藏于台北故宫博物院，另一名帖《丧乱帖》的摹本沦落异邦，为日本皇宫里的宫内省所收藏。日本近代书家内藤湖南曾携之来华会见金石家罗振玉，罗叹为观止……

参观鲁迅故居中的百草园和少年读书处三味书屋。百草园荒草离离，似乎久久无人收拾。园子西北角有一些古树，老干枯枝，一派肃静。几只乌鸦蹲踞其上，偶尔发出几声啼叫。园子东南角的土墙上挂着"此处禁止小便"的木牌。鲁迅文章中所描写的热闹而充满生趣的场景已不复见。园北有一排房屋，一断臂少年，口衔毛笔在扇面上写字，勾画提扐，十分娴熟，胜似手写。观者既赞叹又怅惘。

出故居沿小河畔东行十分钟，到达三味书屋。途中见鲁迅博物馆即将落成。三味书屋大门口坐着一位老者，正在悠闲地乘凉。他使我自然联想到闰土。入口处上方有一木牌，上书"三味书屋"。屋内稍暗，屋前有一方形土坑。因人多，我只在门口张望一下，没有进去。我想象着鲁迅兄弟们在这里读书、看蚂蚁的情景，还有那位私塾先生的音容笑貌。

中午在咸亨酒店用餐，尝到各种绍兴菜肴，并使用小说《孔乙己》中的酒瓮饮酒。桌上有一盘菜，食之有些异味。这大概就是周作人啧啧称道的"苋菜梗"吧。据他说，此菜"家家皆制，每食必备""稍带枯涩，别有一种山野之趣"。但外乡人每食不惯，以至于"讥笑土人之臭食"。（《苋菜梗》）我又好奇地强吃了几口，终觉不对味儿。

在咸亨酒店要了一双乌木筷作为纪念。接着同几位中日人士乘人力车去青藤书屋。穿过弯曲的石板小巷逶迤而行，寻到一座庭院，院中有青藤一架，入口处写着一副对子："几间东倒西歪屋，一个南腔北调人。"不大的一间展览室里展出徐渭的一幅草书，笔势苍狂老辣，一如其人。后院一水井，窅然不得见其底，天池老人自炊自汲用之。

在日本，有幸得见日本大阪博物馆所藏徐文长的一幅字画：一山峭然于后，一骑驴人回首望之。左上方题一首七绝：

> 六百年来一老生，
> 白头落魄到西京。
> 瘦骑狭路愁官长，
> 破帽青衫拜孝陵。
> 亭长一杯终马上，（汉高仿佛皇族而少文，不逮远矣）
> 桥山万岁如迎龙。
> 当时事业难身遇，
> 凭仗中官说与听。（是日陵监略谈先朝遗事）

> 　　　　　　　　　　　　天池山人徐渭

另外还有他的六幅《花鸟图》画卷，随意摹写，诗画相生，妙趣天然。这些逸品如何流落异邦，尚不见有人解明。

此行还拜谒了大禹陵和禹王庙。总之是满怀着历史沧桑感结束这次"文学之旅"的。

这里需要补记的是，从杭州到绍兴，自始至终都得到浙江人民出版社青年编辑舒建华君的热情指引。临离开杭州前一天，小舒又陪伴我再次畅游西湖，参观了浙江博物馆和"傅抱石画展"。这天天气奇热，水边的柳树都晒得卷起了叶子。我们一边观赏风景，一边畅谈文学，兴尽而返。后来才得知，那天正是戴厚英惨遭暴徒杀害的日子。就是说，当我和小舒低徊于美丽的西子湖畔，谈论当前一些走红的作家（当然也包括她）的时候，在上海一栋居民楼里，一代才媛竟惨死于她的恩师的孙子之手。据说那个青年经常得到她的帮助，只因为她是一位知名的作家，于是推断她一定很有钱，便闯入室内，将她杀害。但凶手失望了，除了找到一两千元的银行存折以外，其他一无所获。事情竟是如此的怪异和残酷，实出人意表。

2000 年 2 月 20 日

我和北京

我的家是苏鲁接壤的邳县，按理说，我是中原人，但国人似乎不兴这样的说法，习惯于大而化之地分成北方人或南方人。在北京上学和工作的时候，人家总把我当南方人看待，等我而立之年定居南京，我又总觉得自己是北方人。究竟属哪方人呢？直到现在都搞不清楚。

当然，是北方人还是南方人，这在现实生活中并不重要，但一提到文化层面上，事情就变得很微妙了。应该说，我的青少年时代所受北方文化的熏陶较为浓重，决定了我一生精神文化意识的基本走向。童蒙时代听祖母讲木兰从军、孟姜女哭长城和穆桂英征北。北方，在幼小的心灵里化成了一个神奇而浪漫的梦境。上学后读"风萧萧兮易水寒，壮士一去兮不复还"，读"唯嫌诗少幽燕气，偏向冰天跃马行"等诗句，我心中的梦境又增加一层肃穆和悲壮。北方，更加引起我的敬畏和向往。

1960 年夏，我终于来到北京，来到了自古多慷慨悲歌之士的燕赵大地。"北京美丽，我爱她像爱我的母亲。"——我是一边背诵老舍的文章一边进入北京的。朱红的宫墙，或黄或绿的琉璃瓦，伟岸的白杨树，宽阔的马路……使我眼界大开，激动不已。到北大报到的第二天，我就在校园里独自寻幽。湖光塔影，松柏小径，对我是那样新鲜、那样富有吸引力。这里就是李大钊、蔡元培、陈独秀、胡适、鲁迅、周作人等名人生活过的地方。如今，我这个农村的毛头小子，带着一身土气贸然闯了进来，我真的有资格在这所名扬中外的最高学府里上学吗？我真的配做这些文化先辈们的后世门生吗？我越想越激动，越发觉得有一股无形的力量在鼓舞我、鞭策我，满怀信心地迎接人生新的阶段。

九月开学，选专业，编进了日语班。全班一共十三个人，来自全国各地，此外还有两名蒙古留学生。没有马上上课，先去十三陵劳动锻炼一月。具体地点是泰陵园，帮助社员掰玉米、割豆子。劳动之余，还有政治学习，为老乡演节目。当时自编了小调，其中有一句唱词是"镰刀千万别割脚哎——哎——"，福建的小张唱到了"别"字怎么也"别"不出来，急得满头大汗……平时就吃不饱，一干活饭量大增，怎么办？休息时就采酸枣吃。这儿靠近长城，是起伏的丘陵，遍地是柿子树，山坡沟坎长着一簇簇野酸枣。吃够了，再采些装进口袋，带回去晚上吃。住的是老屋土炕，六个人一屋，挤挤挨挨的。北国初秋，气候转凉，清冷的夜气一阵阵从窗棂钻进来。一天夜里，我猛然觉得屋顶上掉下一个扎扎拉拉的东西，落在肩膀上，一阵刺疼，连忙抓起来扔下，点灯一看，一只大蝎子！吓得大伙儿再也不敢睡下了。

一个星期天，同学们结伴远游，跑了二十多里山路，登上了我从小就十分向往的万里长城。这就是孟姜女送寒衣、千里寻夫到过的长城吗？妻子来了，丈夫却劳累而死被埋进城墙里，孟姜女悲痛至极哭倒长城八千里。这就是我幼年时代屡屡听到过的美丽而又悲怆的故事。自然也去了十三陵，初中时在《新观察》杂志上读过关于定陵地宫发掘经过的文章，记忆深刻，这回亲眼所见，徘徊其间，深感是一次民族文化的膜拜和巡礼。后来我又去过长城和十三陵多次，但都没有第一次感触那样强烈而深沉。

国庆节前开始正式上课，因为从中文转学日语，思想上有个转弯的过程。既不太适应，又很新鲜，几乎什么都是第一次接触。趁着国庆放假去颐和园游玩，看到宫殿壮丽，湖山缥缈，异常兴奋，随即跳上岸边的小船，一划就是两个钟头。靠岸时有人用竹竿帮助钩船，忽然想到这是出租的游览船，怎么开始上船时没有人管呢？无意中占了便宜，算是一次招待吧。

不久，我还是对日语培养起了学习的兴趣。宿舍里不好待，干脆到未名湖畔的山间树林中朗读，等课间操的广播一响，再到教室去。一个蓝布书包，装着一本讲义，一个黄搪瓷碗，在校园里来来往往。中午十二点半下课，已是饥肠辘辘，快步走到食堂，四两饭菜吃得特别香，狼吞虎咽之后还是半饱不饱。大家都有一个盼头——每月半斤点心票。对于这半斤点心的处理也各不相同。有的一发到手就跑到海淀买来，吃掉拉倒；有的撑到月底，让每天都充满向往；有的每晚睡觉前咬上一口，使其细水长流。我采取的是"锦上添花"的办法，瞅准食堂伙食最好的一天，买上四只大肉包，二两大米粥，然后再加半斤点心，美美地饱餐一顿，彻底享受享受。

那时候的北大学生，几乎每人都有一个碗袋，装着小盆大的花搪瓷碗，那可是陆平校长联系买的。有的人把宝贝饭卡系在纽扣上，走起路来飘飘摆摆。有的衣襟上一片透明，那是蹭的玉米嘎巴。这饭碗除了盛饭还有别的用途，碰到会开得长，而讲话人或主持人尚无意结束，这时就能听到碗的声音，哪怕轻轻一响，也是个信号，还是挺管用的。

当时我有点粮票积蓄，常常于中午饭后，低头猫腰穿过四十斋旁边的篱笆门到对过"长征"饭馆买上两碗麻酱面吃。二两一碗，浅浅的，浇一点芝麻酱，撒上几根黄瓜丝儿。晚上有时同福建的小张逛罢未名湖，就到勺园吃馄饨，我请客，每碗四角，有紫菜、虾皮、麻油，倒也美味。

二年级下学期，左腿逐渐疼痛，睡不好觉。到北三医院检查，诊断为"腰椎间盘突出"，初听吓了一跳，因为家里二哥和宋伴樵老师都得的是这种病，虽说一时与生命无碍，但长期受疼痛折磨，又无良方治疗，一拖就是好几年。在一位实习医生的怂恿下，立即做了手术。住院两周，每逢探视时间，同室病友的床边都坐满了人，唯有我这九床，始终空空的。学校距医院又远，同学们忙着上课，没有一个人来看望过我。一到周二周五两个下午，我就蒙起被子睡大觉。一次，对面病友的母亲看我总是孤零零一个人闷躺着，走过来送我一个煮鸡蛋。

出院后症状依然没有消失，我一边坚持上课，一边去医院理疗。从中关村乘31路车到十间房，掐头去尾，两边各跑一站，省下五分钱可买上一个油炸糕。虽然走路步履维艰，但也需锻炼，医生说不走路肌肉容易萎缩。从二年级第二学期一直到五年级毕业前夕，腰腿疼一直折磨我三年半。疾病给我带来痛苦，也磨炼了我的意志，培养了坚韧与忍耐的性格。

四年级，每人发了一张计划供应的人造棉票，一个同学不要，送给了我，我赶紧去买了两份，打算做一套像样的衣裤。裁缝仔细量了尺寸，我叮嘱尽量做大一点儿，师傅连连点头，叫我放心。后来我去取时，远远看到玻璃柜里挂着两件又肥又大的裤褂，穿到身上一试，裤腿拖到地上，袖子多出一大截，就像唱戏一样。没办法，只得将袖口和裤管儿卷起来绷上，凑合着穿。谁知人造棉不但不缩水，反而越穿越长，走在路上如嫦娥奔月，实在没法凑合下去了。

临毕业前，多数同学调去团中央参加首届中日青年大联欢，我派到南方路，担当"日共"下属的"民青"团的翻译，总领队是钱大卫和伍绍祖，团校的一位周领队具体负责思想政治工作。

大联欢之前，为毕业分配填写了志愿。我早就梦想的"对外文委"今年不要人，那位福建同学去年提前分到了"国务院外办"，叫人羡慕不已。除了在京的中央部委各要一人外，还有"大连日专"三个名额。同学们都不想去大连，我也一样，但又只能服从分配。那就听天由命吧。谁知路过上海时，我就听说我被 W 部点名要去了。回到北京，已经开学，行李书籍都被新生搬出来，堆到了外头。于是匆匆忙忙收拾一番，赶到东单报到。原来我属该部出国储备干部，要立即到上海参加"四清"运动。赶紧到王府井用刚发下的工资买了一件混纺毛衣（这是平生第一次穿毛衣），同外贸学院毕业的小魏一起坐车去上海。我记得很清楚，那是 1965 年 9 月 30 日，印尼发生军事政变，苏哈托代替苏加诺做了总统。

1967 年回到北京，分到四局日本处，当年 9 月，女友从南京背着被子来北京结婚，从此开始了六年的两地分居生活。在 W 部上班的两年里，我慢慢觉得这里不是我待的地方。幸好一年两度的广州交易会对我很有吸引力，除了广交会，没有我感兴趣的事。

1969 年底，我下放到河南五七干校，两年后又合并到小汤山农场。其间大部分人员上调回部，只剩下我们几个没有着落。在干校的几年间我不断写请调南京的报告，最多的时候一月一次。终于有一天，我的请求得到了实现。1973 年秋，两位好友老徐和小宫提前帮我托运了行李，我去迁了户口，将随身衣物捆扎一团，从台基厂三条宿舍向下搬运书箱的时候，差一点儿滚了下来。我在街口叫了一辆三轮，心绪黯然地赶往车站。我坐在三轮车上，回头望了望王府井大街熙来攘往的人流，默默念叨着：北京，再见了，我还没有来得及好好认识你，就又匆匆离去了。但我还会再来，仔细将你打量。不管走到哪里，我都会时时怀念你，就像那位诗人一般，吟诵着这样的诗句：我思念北京，像白云眷恋山岫，清泉向往海洋……

其后的几年，我几乎每年都去一趟北京，但心情变了。我不是北京居民的一员了，只是用一个异乡人的眼光审视北京了。1978年我参加在北大举办的首届日语教师暑期讲习班，走进母校，恍若隔世。这里的一草一木都是我熟悉的，此时疮痍满目，一派荒凉。使我欣慰的是又见到了恩师们。在临湖轩的草坪上，我遇到阔别很久的季羡林先生——我们敬爱的系主任。他的笑脸仍然那样慈祥、亲切，只是多了几分苍老和深沉。我还见到了刘振瀛先生和卞立强先生，在孙宗光先生家里吃了饭，然而令我怅惘的是再也见不到陈信德先生了。我也为未能去探望张京先先生而深感遗憾。

如今，我身处异邦，心怀故国，北京在我心目中占据不可替代的地位。我还会再去故宫、天坛、香山、颐和园和长城，再好好体味一下长陵烟雨，西山枫林，野花沾襟路……

2001年2月24日

我和上海

很早就听说过上海。儿时玩的一种"烟画"（夹在香烟盒内的小画片，绘有《水浒传》《西游记》《三国演义》中的人物像），背面一律写着"南洋兄弟烟草公司"，我想就在上海吧。后来听大人们说，上海是冒险家的乐园，一般人是去不得的，便觉得那一定是个很可怕的地方。上学时读茅盾的《子夜》，扉页上画着一幅外滩的素描，一湾江水包围着一排高高低低的楼宇，心里涌起无边的想象。我把小说中人物的活动和这幅素描相映照，对上海又增添了几分亲切和喜爱。上海毕竟是个很有魅力的现代化大都市，二十世纪国内发生的一些重大历史事件，几乎都和上海有关。多少名人雅士、三教九流、黑道白道，都在上海这个舞台上亮相，着实地表演了一番，留下了或详或略的文字记载。我想，没有上海，中国的现代史就无法叙写，没有上海，现代文学艺术也就黯然无光。

从小就记熟了同上海有关的众多词语：十里洋场、租界、上海滩、白渡桥、巡捕房、大世界、沙逊大厦、黄浦公园、"四·一二"、黄金荣、杜月笙……1965 年，我二十五岁，终于来到了大上海。那是参加首届中日青年大联欢，三路人马在这里会合，然后经广州、深圳，送客人出境。当时我下榻和平饭店南楼，从窗口一眼瞥见汹涌的黄浦江，不由得心头一震，立即迎着风雨，走向外滩，鼻端幽幽飘来清凉的潮腥。我仰望中国银行大厦的楼顶与和平饭店的尖塔，回想二三十年代，就在这外滩，中国人和西方殖民者一直进行着殊死的较量，而这两座建筑就是生动的体现。如今，眼前的一切又那么平静，只有这风雨和涛声。"大江东去，浪淘尽，千古风流人物。"我心中又涌起了和古人一样的感慨。

这年秋天，大学毕业后我又作为W部的一名出国储备干部被派到上海，一边参加"四清"，一边劳动锻炼。我的去处是位于西郊的土产分公司下属的一个仓库。由于尚未联系妥帖，临时住在汉口路一所中学待命。这所中学的楼上就是外贸局职工宿舍，一座古堡式的老建筑，一到夜里，空阔寂寞，黑漆漆的。大家闲得无聊，晚上就到黄浦江畔散步，和一对对情侣共同挤坐在石凳上，看灯看水，白天结伴到附近的中央商场吃阳春面。两个大饼，一毛四分，然后就逮住桌上的辣椒酱拼命往大饼上抹。上海爱吃辣的人比较少，这辣椒酱有一半是为了装潢，一个月也消耗不掉一小瓶的。不知打哪里来了这么一帮北方人，吃上两次就给干个底朝天。老板后来索性不摆了。我们几个也知趣，再也不去叨光了。

住了几天，忽然来了两个青年帮助收拾行李，领我去曹杨仓库。这座仓库专门储藏蜂蜜和芳香油类，除了几个管理人员外，其余都是一般工人，文化水平虽说不高，但都勤劳朴实，有着社会下层人物特具的优良品格。我们这个小组一共四个青年，上海本地的老孙和小顾，北京来的小卜和我，老孙是组长。我们同工人们同吃同住同劳动，领导他们参加"四清"。我和小卜住在一个水泥框子般的大屋里，据说这原是建造"中苏友好大厦"（后改称"上海展览馆"）时的试验雏形，夏天像火炉，冬天像冰窖。晚上洗脚水放在床头，翌日早晨就结成了"冰激凌"。"四清"时的生活虽然艰苦，但精神非常愉快，我们四个相处很好，同工人们的关系也很融洽。小卜是涿州人，聪明、机灵，谈吐幽默，在座谈会每次发言，都会引起一片笑声，深得工人们的喜欢。我在他的影响下，也学得开朗多了，同工人们建立了很深的友谊。尤其使我高兴的是，我能听懂上海话了，包括那些俚言俗语，有时还能跟他们聊上一阵子，虽然不够味儿，人家也能懂。孙组长年岁稍长，果断、能干，但又有点恃才傲物，我们三个总不能使他满意。小顾办事干练，心眼来得快。我发现他对仓库的女会计有好感。那位女会计文雅秀气，知识家庭出身。小顾每逢"外调"，总想约她一道去，有时为掩人耳目，又把我拉上作陪衬。

1966年4月，我和小顾去了一趟崇明岛，那真是一趟心旷神怡的春之旅。从宝山乘船横渡长江，看到舱外江波浩渺，水天一色，一向不会写诗又偏想写诗的我，心中立即冒出了这样几句：

船到吴淞口，波涛震天吼，
海水推我来，海风送我走。

崇明岛是一个美丽的冲积岛，广阔的平野，麦苗油绿，菜花艳黄，一派浓浓的春意。这里是水乡泽国，有桥就有水，有水即行船。晚上睡在旅馆里，温馨、静谧，春风鼓荡着一阵阵南国气息，令我陶醉。那时我突发奇想，当年上海市中心如果不设在黄浦江边，而造在崇明岛上，就像纽约的曼哈顿，无论从自然条件、地理环境、对外交通等方面，不是更为理想吗？

1965年冬，日本工业展览会在上海举办，我们几个日语专业的人调去做翻译，又在和平饭店住了好长一阵子。我陪同日本客人参观了钢铁厂、发电厂、纺织厂、人民公社、居民区，游览了黄浦江，使我对上海的社会历史和风土民情有了更深入的了解。更高兴的是，我结识了朱实（瞿麦）、赵津华等上海日语界的几位名人，还在朱实先生家里吃过馄饨，他的夫人雅静、贤惠，一个孩子尚在襁褓中。赵津华女士热情、健朗，她从不摆大翻译的架子，经常和我们几个刚毕业的大学生讨论翻译问题，那部风靡全国的日本电影《追捕》的翻译就出自她手。

"文化大革命"打破了这座都市相对平静的生活秩序，"一月风暴"更使大上海陷入动荡不安。人们一夜之间似乎突然疯狂起来，和平饭店墙壁上雕刻的龙凤花纹被砸掉了，砖石碎片狼藉一地。这是怎么回事？我满心惶惑，对眼前的世界有些心灰意冷了。

翌年春，我们一行人怀着极为黯淡的心情，背上行李，徒步走到北站，挤上开往北京的火车。

再来上海已是"文化大革命"末期，是为参加一个日本电子展览会，住在上海大厦。几位开国元勋相继谢世那年，也是一帮政治凶顽倒台之时，我又陪几位日本宾客来沪住进了和平饭店。一路上可以看到荷枪实弹的民兵，周围闪烁着疑惑的眼神吓得几个日本青年再也不敢开口了。

这二十年来，上海又迎来了新生。我出国回国，途经上海，总要住上一两个晚上。每一次都为上海的变化而由衷高兴。高楼大厦如雨后春笋拔地而起，新火车站、东方明珠、地铁、高架公路、杨浦大桥、浦东机场、磁悬浮列车……上海正加快脚步赶超一流大都市。作为一个外地人，我为上海的进步和发展欢欣鼓舞，同时我也为上海存在的不足与暗角着急苦闷，希望能尽早加以改善或铲除。

对于上海人，余秋雨先生已经做过精辟的分析，无须我再说三道四，我只能以一个局外人谈些零碎的感性认识。

上海新车站宏伟、壮观，令人赞叹，但管理和卫生较差，服务性设施不完备，一进去就觉得暗漆漆的、湿汲汲的。候车室窗外有的线路的顶盖上堆满了垃圾无人打扫。南二出口和地下通道照明不足，阶梯损坏也没有及时修补，乘客很容易崴脚。

地铁站指示设备还不太周全，站名只标在乘客位置的顶篷上，看起来不方便，还可以在侧面墙壁、廊柱等平视的地方，都标明当站以及前后站的名称，以方便外地乘客，这一点可借鉴日本地铁。

出租车仍有宰客现象，有的不打计价器。车站上"黄牛"活动猖狂，想点子坑骗乘客钱财。有一次我刚下火车，马上有人迎过来，说他是出租车司机，车子进不来，停在远处，叫我到那里乘。我跟他到那里一看，他根本没有车，而是代别人叫车，这样我付了他的钱，还要再付司机的钱。

封闭意识、自我优越意识依然很强。上海人和外地人的关系一直是人们常常议论的话题，这是一个客观的存在，在其他地方就不太会有这样的问题。我有一次在"一百"买了一只空衣箱，提上公共汽车，司机非要我另买一张"货票"不行。这时和我同行的朋友发现一个上海乘客在司机座位旁边有两只箱子，同样也未买什么"货票"，问他为什么，那司机一味强词夺理。更可悲的是几乎全车的上海人都帮司机说话。这时我真为上海羞愧、脸红。

还有一次到双峰路一家叫什么"曼琳琅"的餐馆用餐，要了二两米饭和一个家常豆腐，米饭分装在两个酒盅般大小的碗里，一元一碗，家常豆腐也贵得惊人。不多不少给他宰了一下。

前年三月，我和女儿在虹桥机场一楼吃早点，三四个服务员，一边拉家常一边应客，稀饭是凉的，馒头是冷的，实在叫人难以下咽。同样的事我在上海其他地方也碰到过。十多年前，我同译林出版社社长李景端先生送走日本小诸市藤村文学访华团，到外白渡桥旁的一家饭馆里吃包子和馄饨，一尝大半是生的，再一看，很多桌面上都堆满只咬了一两口的生包子和喝了两口汤就扔下的生馄饨。这个触目惊心的现象直到现在都还记忆犹新。

我说的这些也许都是小事一桩，不值一提，但我觉得一个大都市的形象往往就坏在这些不起眼的小事上，岂能马虎待之。

写到这里，我的这篇小文也该结束了。

2001 年 2 月 27 日

我和广州

　　1965 年夏天，我第一次来到广州，立即沉醉在无边的蕉风椰雨之中。天是那么高爽，云是那么洁白，到处是灼灼耀眼的红花。珠江里的水碧玉一般缓缓东流。那时在北方难得一见的香蕉、阳桃、龙眼、荔枝等热带水果堆满街头。健壮的男子，清秀的少女，许多人打着赤脚，来来往往，笑语声喧。随处可以看到卖腌辣黄瓜的小孩儿。"蛇王满"饭馆（一度改名为"卫东"）坐满了等着品尝"龙虎斗""龙凤斗"的食客。上九路下九路到处是写有"鱼头粥""八卦汤""猪肠粉""面食云吞"等各种招牌的小吃店。我当时总把堆在一起的那四个字误读为"吞云食面"，忽然觉得这个词儿很是风雅，想必东西也很不一般吧。吃了一次才知道是面条和馄饨混合着煮，吃时不用筷子而用汤匙。"猪肠粉"又叫炒河粉，将米粉和肉丝青菜一起炒，很是可口。但我对广州的烧牛肉吃不来，半天也嚼不烂，接连不断咽下去，咳嗽一声，顺着嗓子眼儿又能拽出一串儿。

　　广州给我的印象是美好的，后来又接连去过几次，这种美好的印象一次比一次加深着。

　　1966 年秋，我们几个在上海参加"四清"的伙伴们一起乘火车到广交会上去，同去的还有北京、上海、大连等院校的学生。大家都住在珠江边上的爱群大厦。记得一天在餐厅吃饭，对面桌上的几个学生一直盯着我们这边，不住议论什么。大家很纳闷，我这时忽然发现坐在身边的刘君留着大背头，很是扎眼。"他们该不是想剪你的头发吧？"经大伙儿一提醒，刘君坐不住了，吓得赶紧逃离。

当时，同来的人都分到各个交易团，担任商品的谈判，只留下我在"二办①"负责生活翻译。那届交易会由广州市市长曾生任主席。开幕式上他讲话，我翻译。我不知曾生是哪里人，只知道他从前是东江抗日游击队的队长。他声音特别洪亮，就像同人吵架一样。在他的影响之下，我的调门儿也很大，经过扩音器一扩大，整个大厅一片轰鸣。而每一声轰鸣，都换来一阵热烈的掌声。曾生讲完回到座位上直淌汗。同桌的西园寺公一先生立即站起来，指挥全体日本外宾唱了一曲《大海航行靠舵手》。在他的怂恿下，我也唱了一支《赞歌》。事后许多人开玩笑说，前边的那一段号子很像那么回事儿，同胡松华差不离儿。

交易会除了平日商品谈判之外，星期天和晚上分别有参观和文艺演出。我因为是"主翻"，每逢到工厂、公社等地访问，事先都要去走一趟，了解情况，把关键的词语记在本子上，这样到时就能掌握主动。周末的文艺演出有电影或样板戏。给日本外商看的是《地道战》《平原游击队》和《地雷战》等。日本商社为了做成生意，都表现得积极，每次放电影，大厅里坐得满满的。有一次，我同一家大商社的"取缔役"②坐在一起，当看到小野队长被李向阳堵在砖窑里举刀自刃的时候，他转过头来对我说："日本鬼子真是没有好下场啊！"

---

① 即主管对日工作的第二办公室的简称。
② 公司内主管业务的社长或董事。

看样板戏头疼的是外商听不懂台词。我到广州新华印刷厂联系印说明书。先到铸字车间，请工人铸造了日语五十个字母。工人不懂日语，十个排错九个，得一遍遍校对。有时我整天泡在排字间，两手黑油油的。演出时还要同声传译，也就是看着演员的表演念外文台词儿。我还为剧团亲手打过幻灯，将译文映射到字幕上，两手被机器烫出了泡也不知道疼。

一次，中日两国青年在广州美术学院开联欢会，《白毛女》芭蕾舞剧团也去了。扮演喜儿的小茅表演"过年"这场戏。因为"杨白劳"没有来，便临时拉我代替。我照她的吩咐做了两个动作，她很满意。

本来，"二办"人员都在饭店餐厅用餐，但有人提议不能搞特殊化，要同工农兵打成一片，于是都挤到职工食堂里来。我当时头疼的是碗筷老是被人拿走混用。我想了个办法，吃罢饭盛了半碗清水，放在最高的隔挡上。有一天，"二办"主任老马从食堂回来，满头满脸水淋淋的，坐在墙角直生闷气。大伙儿都不知出了什么事，只有我独自暗笑，但随后也就后悔，不该那样恶作剧。

最难忘的是 1969 年的秋交会。在这届交易会上组织了日本与会青年到韶山参观访问。最叫我高兴的是，见到了几位北大学友。有高我两级的唐君，还有我的同班同学曲君和小白。我先同唐君坐飞机到韶山打前站，住在湖南宾馆。因为天天吃广东菜有些厌，便到食堂一人要了一碗龙须面，吃得十分开心。唐君是个认真笃实的人，在大学时代学习成绩就很突出。一到长沙，他就主动向当地陪同人员打听情况，索要材料，很快翻译成日文，然后一遍一遍反复朗读练习。小白是四川人，亭亭的身材，两只硕大有神的眼睛。她本来和班上的一个同学很要好，后来不知为啥分手了，听说同一个在外地的军人结了婚。提起昔日的恋人，小白似乎情犹未了，显出一副流连的样子。

那是一个阴雨天气，中日青年包乘三架飞机陆续由广州飞抵长沙。我张着伞在机场上迎接。远远望去，溟蒙的雾气里忽然钻出一个小黑点儿，渐渐大了，随着一阵轰鸣，平稳地降落在流水荷荷的跑道上。飞机转了弯，我被置于机尾后部，巨大的气流猛冲过来，手中的雨伞如断了线的风筝飘向远方。

在韶山的日子过得十分愉快。青年们参观了毛主席故居、清水塘、船山学社、第一师范学校和湘绣工厂等地方，游览了岳麓山、爱晚亭和橘子洲头。大家站在写有《沁园春·长沙》的纪念碑前合影留念。我在橘子洲头徘徊良久，眼前是一望无垠的云山野水，苍苍茫茫。想到潇湘大地自古也是历代文人骚客聚散之处。杜牧的《山行》诗和刘禹锡的《潇湘神》词曾使幼小的我读得如醉如痴，久久向往。

我和广州是通过几届广交会结缘的，我怀念那些一起在广交会上共过事的朋友。他们中有的已经过世，有的一别多年，至今不知安否。还有的身居两地，略略知道一点儿消息，但很少联系。想起当年在广交会上的友谊，时常令我回味不尽。这里只提及两个人。

老李，我在W部时的处长，他给我的印象很像一位朴实的农民干部。冬天一件青布棉袄，夏天一身粗布裤褂。老李平时不怎么在办公室，只有到广交会上，我才和他接触较多。他在日本客商中威望很高，每个与会者以能不能见到他当作最大荣耀。他办事果决，当机立断，讲起话来，情绪昂扬，两只手不住地颤抖。他最看不惯别人的优柔寡断和模棱两可。他心直口快，表里如一，容易得罪人，引起误解。他心地善良，慷慨大方，急朋友之难，可以两肋插刀。有一次，他拿到工资，向屁股后头一塞，就约了一大帮上海的学生到馆子吃饺子，吃完拽出两张"大团结"向柜台上一甩就走人。但他粗中有细，当发现有个女同学因病未来就餐时，就又买了一些饺子带回去。那时一个处长的月工资也就是一百元左右吧。

又有一次，住在沙面的胜利饭店，晚上吃面条，几个人逮住大蒜猛吃，忽然想起，晚上要同日方事务局碰面。怎么办？老李手一挥："管他呢，要吃就吃个够。"饭后，日本人士来访，四个人满嘴的蒜味儿熏得对方不住喝茶、抽烟，原本约定一小时的会谈，不到二十分钟就草草结束了。

"文化大革命"后期，老李受到了很大的冲击，被当成重点对象送到河南干校。有一天早晨，我看到大路上迎面驶来的大卡车上站着的正是老李，他穿着一件蓝色棉大衣，手中擎着香烟，一副悠然的样子。他发现了我，朝我笑笑，摆摆手。车子走远了，他消失在一片烟尘中。

粉碎"四人帮"后，我只在北京见过他一面，依然那样热情，那样快人快语，但年岁已大，身体也不太好。他说他得了胆囊炎，开始被医生误诊为胆囊癌，说到这里，他又激动得直哆嗦。"你看，会死吗？不像要死的人嘛！哈哈哈……"他的朗笑驱除了我心头的乌云，也跟着笑起来。但当我再度去北京时，听说他已病逝好久了。他留在天津的家人怎么样了呢？我心中沉重起来。

还有老高，家也在天津。每次去广交会，他都给我极大帮助。他本是华侨，日文很好。我有什么不懂的问题，总是请教他。我很佩服他的译文，生动有趣，没有学生腔。一次，王首道给日本客商作有关"农民运动讲习所"的报告，译稿就是老高修改润色的，反映甚好。他给我添加的"笑止千万""一目散"等日文词语，我至今都清楚记得。老高爱美食，喜照相，火车一进入湖广边境，我就看他经常下车买来一些卤猪肚、卤猪肠什么的，一边吃一边赞不绝口。一到广州，他就去街上吃鱼头粥。老高有一架照相机，那年代，还是挺稀罕的。他自拍，自洗，自放大。宿舍里常常彻夜亮着一盏红灯。我们夫妇结婚时没有去照相馆，更谈不上什么婚纱照之类，只有老高拍的几张生活照，至今夹在老影集里。"文化大革命"以后三十多年，我再未听到老高的消息，但他的音容笑貌深深印在我的脑子里……

啊，广州，南国的风云，南国的雨，飘逝的友情，不泯的记忆。多么想再去参加一回交易会，将那难忘的岁月重新睇视。

2001年3月1日

我和南京

　　我在南京住了三十年，我不知应该说喜欢它，还是不喜欢它。我只能说有时喜欢，有时不怎么喜欢。人住在一地久了，总是有感情的，我也一样。南京与其说是一个地理上的概念，更是一个文化上的概念。多少文人同南京有过瓜葛，多少诗词吟咏过南京啊！任何一个读书人不必太思索，就可以一下子背出好几首来。如果说北京是北方文化的代表，那么南京就是南方文化的代表。两个都是古都，都是历史文化名城，一南一北，相互对峙，相互支撑，托起一座辉煌灿烂的中华文化的殿堂。

　　也许来得不是时候，也许心情不对头。当初我总觉得是被放逐的，北京放逐了我，我也放逐了北京。自己虽然算不上什么，但有着一种莫名其妙的委屈。要求调动工作时，心中窝着一口气，不管哪个单位都可以去。后来南大和另一家省直单位争着调我的档案，这使我有些受宠若惊。从自己的性格、志趣和爱好考虑，我选择了南大。一到南大就派去劳动，盖职工宿舍。每天破衣烂衫，灰土满面。但不管怎么说，夫妻两地问题得到了解决，是一种安慰。分居六年，总该对老婆孩子好好尽点心力了。妻是医生，每天忙着看病、开刀，两个女儿都还很小。不是老觉得自己被放逐吗？那就回归吧，回归到家庭中来吧。于是，买菜、做饭、给孩子洗澡、洗衣、倒痰盂，什么都干。家务繁忙之余，也没有心思去观看什么朱雀桥畔的花草，倾听乌衣巷口燕子的呢喃，或者登虎踞龙盘眺望大江东去。

人就是这样，逝去的年月的一幕一景，回忆起来还是津津有味。想想那时，一大早提着一只菜篮子，穿过一条条高低不平的石子小巷，巷口钉着蓝色的马口铁招牌，"牵牛巷""钓鱼台""白酒坊""信府河"……在这些小巷两旁，总有一些妇女弓着腰刷马桶，竹刷子哗啦哗啦打着旋儿，旁边放着一小桶井水，拖着湿漉漉的细绳子。有的在洗菜，白梗绿叶的小青菜是南京的特产，一年四季都少不了。一阵铃响，倒垃圾的马车迤逦地过来了，男女老幼齐把煤灰、菜叶往车上甩。车厢满了，散落地上，随着悠然前进的马车，离离拉拉伸向远方。"叮零零……"送牛奶的骑着自行车飞旋而至，赶紧把空瓶子递过去，骑车人从车兜里抽出两瓶递过来，头也不抬，一溜烟走了……

那是个各种票证泛滥的时代，有一种颇为奇特的"豆腐副票"，用途非常广，每月随粮票发下一大张来，挨着号排列，买什么用几号都有规定，万一丢了就抓瞎。尤其碰到过年过节，这票比什么都要紧。但光凭票也不一定就能买到可意的，譬如买肉，很有名堂，同样的票，同样的钱，有的人能买到好肉，有的人就干瞪眼。大凡当医生的，买什么似乎都不犯愁，到菜场远远打个招呼，或者根本不用劳他大驾，自有人送上门来。可妻厌烦这一套，她看过的病人不在少数，但从来没有一个拉关系、走门子的。

有一年除夕，为了买一斤鲜肉包饺子，我由中华门走到山西路，每个菜场都转了，最后还是两手空空，只好扫兴而回。孩子生病要增加营养，半夜去菜场排队买排骨煨汤，没有一个人，心想总该没问题吧。朦胧中远远看到卖肉的一老一少，蹬着三轮车走来，六点钟卸门板开卖时，前头忽然挤进一帮人来。这是怎么回事？正要问个明白，有人指指地面，对我斜睨了一眼。原来那里排了一拉溜儿碎砖头。我只好沉默了，等到九点，也未能买到排骨。

国庆节买计划鸭子，这回稳扎稳打排了个头名，细看地面，也没有碎砖头之类。开卖了，我把票递过去，卖鸭子的就是不接，只接我后头人的。难怪，咱同他不熟，颓然地回来，望望两个孩子满怀期待的小脸蛋儿，写了一首小诗：

> 每逢佳节犯愁容，持票买鸭走西东，
> 双女莫怪父愚痴，小葱青豆迎国庆。

有一年，每户难得地供应二两香油，带去的瓶子稍小了些，装满了还剩半两，怎么办？是回家再拿个瓶子来，还是忍痛不要？我一时犯了犹豫。有人说："你身强力壮，跑回去再拿个东西嘛。"于是又连忙走过那长长一段石子路，拎了个瓷碗来。谁知那注油机等的时间一长，油就往回浸，卖油人再怎么按，只挤出两三滴来。大伙儿说：够拌一次腌黄瓜的……

余秋雨先生说，对于一个钟情于历史文化的人，南京也许是个比较好的归宿地。此话很有道理。国内几个城市我都住过，北京空阔、旷远，和现实生活不易贴得很近；上海喧闹、拥塞，不宜于栖息一个静思的灵魂；广州气候湿热，习惯差别大，有一种偏僻的感觉。因此，叫我选择，我还是钟情于南京。杭州当然也不错。这两个城市和上海——现代中国联络世界的大门——成掎角之势，就像人家的后院，可退可进，可屈可伸。住在南京，从文化上讲，周围的山水自然，市内的建筑道路，都是一处处绝好的课堂，从这里可以发掘无数动人的历史故事。古都的一草一木，一砖一石，都经受过时代风雨的洗礼，浸透了文化的汁液，随便捡拾一些细加考察，就能追索出这个城市往昔的面颜。同时，南京又是一个世俗化的城市，生活型的组合。布局不大不小，环境有山有水，衣食住行比较便利。这就是南京的好处。

使人头疼的是南京的热，我是深有领会的。最初，曾住在城南一所朝西的阁楼上，夏天的下午，夕阳从窗户火辣辣照射进来，像火炉，像蒸笼，整个房间，根本待不下去。太阳下山后，房内的东西，摸什么都烫手，连自来水都是热的。北京的水是地下水，冬温夏凉，十分可意。上海的水是黄浦江水，一年四季带着微微的海腥味儿。而南京的水，冬冷夏热，无可指望。在北京，即使三伏天，室内还是凉阴阴的，夜里睡觉需要一床薄被子。而南京呢，从晚热到早，一夜都不消停。床底下摆着一盆水，泡着条毛巾，不住揩拭，还是大汗不止。没办法，把床搬到外面去，街头巷尾，男女老幼，杂然相错。这古城夏夜一景，现在是难得一见了。

但话又说回来，南京的热并不十分可怕。根据我的体验，南京的热持续时间不长，每来一场风雨，天气就会骤然转凉，让人们稍稍松口气儿。这时一张一弛，来上几个回合，夏天也就不知不觉撑过去了。使我打怵的倒是南京的冬天，阴冷而又漫长。从十月到四月，棉衣不离身，鼻涕不住流，室内室外一样冷，这时想起北方的暖气，真是羡煞人。

南京富有魅力的去处是举之不尽的。我最常去的是玄武湖和紫金山。玄武湖和北京的昆明湖，还有杭州的西湖都不同，这里看不到骄矜的皇家的威仪，没有太浓重的人文积淀，游玄武湖不必带着那么多历史感喟和精神重负。你尽可以轻松地潇洒地随意

101

往还。从玄武门进去，环绕五洲转上一圈儿，充分领略一下古城烟树、远山近水，然后从解放门出来。两个小时足够了。要是游颐和园，不花上一两天时间是不行的。

中山陵是现代人文自然山水搭配得最为和谐的地方。排云而上的石阶、"自由钟"式的陵楼和纯净的青白嫩蓝的色调，极为协调地融入了紫金山广袤而秀丽的自然襟怀之内，成为万众景仰的胜地。去中山陵我也必然踅到西侧的明孝陵，那寂寂墓道上的一组组石像，虽然比不上十三陵的高大雄伟，但精巧生动，隐现于梅香松韵之间，古风长存，惹人流连忘返。秋日黄昏，斜阳衰草，站在金水桥上眺望，一带缓缓而上的砖石参道，连接着朱颜斑驳的门楼，更发人感兴。每当此时，我就联想到李白的《忆秦娥》："西风残照，汉家陵阙"，正是这番气象。

远郊的栖霞山，一点不比北京的西山差。我虽说只去过一次，但那古寺红枫的秋景令我久久难忘。香山的枫叶当然很美丽，但因为山坡较狭，景象不很开阔；而栖霞山的，一片连着一片，层层铺排开去，高低起伏，绵绵无尽。处处山头火，树树笼云霞。栖霞山，这是一个尚不广为人知的秋游的佳境。

雨花台也很好。碧草漫丘壑，流水绕孤村。我住在城南那几年，经常去那里散步。茂密的松林，一座座墓碑，一段段石碣，无言地矗立着、横卧着，都有一段血和火的历史。山坡、池畔，有时还能捡些雨花石来，泡在白瓷碗里，让想象的羽翅随着石头上的各种花纹驰骋、飞翔。

然而，可惜的是，雨花台的自然野趣没有得到充分的保护，这里也许太靠近城里的缘故，人为的痕迹渐渐加浓了，也感受不到一点儿古代文化的气息了。

由此联想到国内有些自然景点的开发和建设，往往忽略景点本身已经存在的自然特色和人文要素，一味注入现代人的精神意识，把好端端的一方山水自然改造得不伦不类、面目全非。实际上是制造了一个历史文化的赝品，明显地带有功利性和商业性。这是一个要不得的倾向。

也许因为自己是南京的居民，出于一种自私的心理，我对南京想得比较多。南京今后城市建设的课题就是更好地发扬历史、文化、自然三者相结合的特色，使六朝古都既有别于东方不远的国际化大城市上海，又有别于北方较远的中华文明的中心城市北京。

从社会生活方面来看，好几年前，我曾在一本书中提到，南京城内有两条交叉的十字形地下铁，再建造新街口至鼓楼地下商业街，就可以使市内交通大为改观，并使一半流动人口转入地下。如果不久的将来建造电气化铁路，同上海、扬州、合肥、芜湖等城市相连接，那么古城南京就会彻底改变面貌，自我提升到一个新的历史定位。

姑妄言之，姑听之。豆棚瓜架，家长里短。

随便说说，不足为训。仅供管理者参考。

2001 年 3 月 5 日

良　师

　　1960 年，我进入北京大学东语系日本语科学习，碰到的第一位良师就是张京先先生。她和毕业留校不久的李孙华老师担当我们一年级的专业日语课。

　　我们 60 级这班学生共有十三四人，分别来自北京、上海、江苏、福建、浙江、广东、湖南、四川、辽宁、内蒙古等地，此外还有两名蒙古留学生。大家都是首次离别故乡和父母，相聚于人地生疏的首都北京，从外貌到语言，都顽强地表现出不同的性格和习惯。大学第一年，思念家乡和亲人的心情远胜于对日语学习的兴趣，再加上当时的大学总是受一种非正常的政治因素所制约，校园生活单调乏味，大学生普遍陷入一种莫名的迷惘与困惑之中。

　　这样一群毛孩子会聚一处，除了求知欲以外，似乎还有一种作为少年的情感的需求。正是在这个时候，张老师来到我们中间。

　　她的面孔饱满、白净，衣着朴素、雅致。虽然上了几分年纪，但文静的仪表下透露着她年轻时候的高贵与美丽。她既是一位循循善诱的教师，又是一位宽慈善良的母亲，既具有中国女性的明朗与睿智，又具有日本女性的温婉与深沉。课堂上她不厌其烦地一遍遍教我们日语假名的发音与读写，课后又不辞劳苦地陪我们坐在草地上进行口语训练。学生们有时在课堂上耍点小调皮，给老师故意闹点小别扭，张老师也从不生气，只是无可奈何地笑笑，叹一声："这些孩子啊！"

在那样的年代，张先生的生活未必适意，但她脸上始终带着平和的微笑。学生下乡劳动，她也跟着一道去，和小伙子一块掰玉米棒子。那是经济困难时期，学生们自炊自食。每天晚上下工回到住处，端着碗在食堂门口排队等饭吃。掌勺者为每人舀上半碗玉米粥，再加上一勺现腌的萝卜缨子，顺势塞一个粗面馒头。一顿饭就这样打发了。玉米粥一遇上盐，就化成一碗清水，碗底沉淀着玉米碴儿。二十出头的男孩子，干了一天的体力活儿，这么一点东西只够塞牙缝儿。张老师看到我们三个大个儿男孩子每天挨饿，就把自己的那份馒头轮流着分给我们一半。她宽慰我们说："我饭量本来就小，不妨事。"我们接受的是张老师的馒头，也同时接受了一种宝贵的母性的善良与慈爱。

后来才听说，张京先生是陈涛先生的夫人。陈涛是谁？就是那位大名鼎鼎的日语语言学家。五十年代他任主编、张先生等任编委的那部《日汉辞典》，是每个日语专业的学生必备的辞书。这部辞典全面、翔实，一直是我案头须臾不可离开的最富权威性的日语工具书。至今，国内无出其右者。

有一年春节，我们几个学生去北大正门外承泽园十三号给张先生拜年。只见她家门前曲池衰荷，门外栽种着花草。房舍是古雅的庭园建筑。屋内的梁柱上用铁丝吊着一盆盆兰花、文竹和冬青什么的。两位先生热情招呼我们坐下。张先生立即拿出点心，陈老先生矫捷地登上小凳子，向半空的花盆内浇水。他的麻利的动作使我大吃一惊，直至现在仍历历如在目前。

大学毕业后，我再没见过张老师。七十年代初，我下放到河南息县外贸部干校，陈涛先生所在的北京外贸学院的干校和我们毗邻。有一天，我一眼看到有位老人在场院里散步，有识者说，那就是"反动学术权威"陈涛。我远远呆望了一阵子，就下田干活了。我不知张先生是否也一同去了干校。

听说陈涛先生几年前已经辞世。那么张先生现在到底怎么样了？北大的老校友们，你们能否告诉我一声，捎去一个学生的恳挚的问候？

2001 年 1 月 5 日

我的第一篇散文

　　这里所说的，当然不是指练习写作时的"第一篇"，而是正式发表的"第一篇"，而且是发表于不寻常的时代，不寻常的报纸——《人民日报》。现在想想这篇散文"出笼"的经过，重温二十多年前那一段"寒凝大地发春华"的日月，也许会使今天的青年大发一番感慨："怎么会是那样的呢?"

　　这篇文章就是《富士山纪行》。

　　1973 年，为解决夫妇两地问题，几经周折我由北京调到南京大学任教。当时的心情是难以言说的。虽说是来教书，但南大尚无日文专业，只能暂时寄身于一个研究俄西文学的研究室内待机，对以后的生活和工作一片茫然。

　　对文学的迷醉与执着，使我不甘寂寞，一心想在坚冰封锁的冻土带凿出一块绿地，种植出属于自己的鲜花果实。仅仅凭着两份所谓"左派"的报刊，和两位老教师一起，编了两期有关日本文学的内部参考资料，又着手"文化大革命"后第一部外国小说的译介工作。我选中了夏堀正元的《北方的墓标》。这些，在今天看来微不足道，可在那个时代，对于外国文学研究的复兴，多少也起到了促进的作用。

　　然而，我并不满足于小敲小打、零零碎碎的翻译与研究，我还想创作，我有着强烈的发表欲，我要写散文。

粉碎"四人帮"后，大地回春，文艺界也渐渐复苏过来。《人民日报》创办了《国际副刊》专栏，我看了十分振奋，立即以日本北方四岛（俄罗斯称"南千岛群岛"）为题材，写了一篇文章寄去。

结果是可以想象的，稿子寄出几个月，"泥牛入海无消息"。一家那么权威的大报，其文艺版历来是文学界名人或有来头的人物的领地，一个名不见经传的"文学爱好者"也想赤手空拳打将进来，简直是痴心妄想，不自量力。

我自幼性格怯懦，对什么都缺乏信心，但有时又出奇地表现出一种倔强与坚韧，对那些别人看来力不可及的高度，非要攀登一下不行。

我等待时机。

1977 年秋，《人民日报》派遣陈有为、郭伟成两位编辑到南方组稿，我有幸见到了他们，并直言我早已向《国际副刊》投过一稿，一直没有回音。陈听了，惊讶地问是哪一篇，我说是写"北方四岛"的。陈说，他看到了，写得不错，之所以没有用，是"别的原因"，不在稿子本身。我没再追问。陈亲切地鼓励我说，再写再写，细水长流，总会用的。陈有为的话给我以极大鼓舞，我根据上一年随一个电子研修团初渡日本的经历，写了游记散文《富士山纪行》投去。记得那时正逢严冬，我们几位出外语考卷的老师，一起被送到黄山"避风"，在南京站等车时，将稿子投入站前广场边的邮筒里。

黄山归来后，我就接到了陈有为的来信，他大加赞扬了一番，说将尽早刊用。但是他的信又留有余地，说编辑部是通过了，但还需送到中日友协审核。我知道，在那个非常时期，许多单位尚处于半瘫痪状态，中日友协实际上包揽了对日工作的方方面面，而我那位早已失掉联系的大学同学，在友协独当一面，有着决定一切的绝对权威。

还好，这一关也算顺利地通过了。陈有为很快寄来了校样，说下周就见报，并附了一大段鼓励的话。

校样和信我一连读了好几遍，心中别提多高兴了。自从1960年夏接到北大录取通知后，我再没有那般兴奋过。晚上躺在床上，幻想着等到下一周，我的这篇文章和名字就将印在世界上发行量最大的《人民日报》上，被千千万万的人阅读、评论。这普普通通的代表着一个平平凡凡小人物的三个汉字，也配上那样的大报？连自己都不敢相信。

1978年2月10日，《富士山纪行》刊登于《人民日报》第四版，还附了一张"樱花富士"的大幅照片。那天南京春雪初霁，天朗气清。妻从她所在的医院拿来了报纸，一进门就满面春风地对我说："出来啦，出来啦。"小女儿一把夺过去，大声朗诵起来。我坐在小火炉旁，美滋滋地倾听着。炉火在面前跳动，我的眼睛立即模糊了……

文章一经发表，亲友奔走相告，北京的老朋友也来信祝贺。中央人民广播电台准备译成日文对外广播（据说太难翻译，遂罢），北京电视广播大学将该文选入语文教材，由北京大学中文系杨贺松老师播讲。北京出版社还出版了专集，将《富士山纪行》同中外几位大作家的名篇排在一起，真使我有点受宠若惊。

当然，我并没有忘乎所以，失去理智。一篇普通的小文章获得如此反响，都有赖于大报的声望和影响力，这是那个特定时代特有的现象。只有我这个作者自己深知这篇文章的极不成熟和拿腔作态。

当时还未恢复稿费制度，编辑部寄来上、中、下三册《我们敬爱的周总理》作为酬劳。

接着，我又在《人民日报》的《国际副刊》连续发表了《镰仓秋思》和缅怀鉴真法师的《东海六渡遂宏愿》两篇散文。前者由上海人民广播电台制作成专题节目，著名电影配音演员乔榛朗诵，后者被上海外国语学院作为参考资料编入日语专业教材。

一晃二十多年过去了。回想起第一篇散文的发表前前后后也是经过一段曲曲折折的过程的。我深深感谢陈有为先生和其他几位编辑，没有他们的鼓励和支持，就没有散文《富士山纪行》。有为先生热情、诚恳，为了这篇小文他写来了十多封信，并亲自校改、润色。后来我去北京，他又邀请我到王府井《人民日报》社做客，在他的介绍下，我见到了几位心仪已久的作家和艺术家。应该说，我之后对散文的锲而不舍，同有为先生等编者朋友的指导与帮助是分不开的。至于我在散文这块园地苦苦耕耘二十余年，至今不成气候，那只能怪自己不争气，缺乏这方面的天赋了。

陈有为先生早已离开《人民日报》，去国外从事研究工作。值此新年，隔着辽阔的大洋，我向他送去一份良好的祝愿。

2001 年 1 月 2 日

东
瀛
来
去

在东山魁夷家里做客

　　日本著名画家兼作家东山魁夷先生的散文名作《听泉》和《一片树叶》，在国内几家刊物和电台辗转刊登和广播，获得广泛的好评。作为译者，兴奋之余，自然回忆起同作家交往的一段难忘的日子。

　　去年我在日本早稻田大学学习期间，曾两度访问东山先生，印象极为深刻。第二次是7月末的一个下午，我从住地饭田桥乘地下铁到终点站西船桥。当我从台阶上寻找开往千叶县市川市的One-ManCar（只有司机一人的公共汽车）的时候，眼前忽然浮现出一位和蔼亲切的老太太的面影。那是4月初，我刚到东京，住在船桥的夏见这个地方。这里距离市川市很近，因为《东山魁夷散文选》一书正在选译之中，尚有一些问题需要同作者商榷，还打算请作者为中译本作序。带着这些想法，我迫不及待去拜访东山魁夷先生。

　　在国内，我从不敢打搅名人，一来身份悬隔，见面时双方都不自在；二来名人大都惜时间如黄金，君不见报上有多少因来访过多、应接不暇的诉苦文章，自己特别谨慎。何况，外国人相会，大都要预先约定时间，对"突然袭击"（日语叫"飞込"）式的不速之客颇为反感。我第一次按东山家的门铃时，也是怀着惴惴的心情的。可是，一旦同东山夫妇见了面，这种担心就完全

113

变成多余的了。出来开门的是一位年轻姑娘，她引我穿过松柏掩映的林间小径，走到正房门口。另一位年轻姑娘恭候在洁净的地板上，款款行礼。东山夫人把我让进轩敞的客厅，拿出茶点和我亲切谈话。她说"主人"（日本女人对别人提到自己丈夫时就用这个称呼）近来每天到上野公园筹备画展，早出晚归，实在抱歉。我把刊有《听泉》和《一片树叶》两篇散文译文的杂志送给她，她十分感激，说"主人"见了指不定该多高兴呢。从东山的散文著作中，我知道夫人是一位极贤惠的妇女，她是名画家的女儿，婚后和东山先生共同走过了艰难困苦的道路。临走时，她专程把我送到西船桥，怕我迷路，又蹒跚着登上石阶，领我到检票口，叮嘱了一阵子才离开。她那细声细气、宽慈而温厚的声音，至今仍在我的耳畔回响。

眼下，我又站在东山家那扇古旧的栅栏门前了。出来迎接的仍然是那位年轻姑娘。她打开客厅的门，端上一碟软糕。彬彬有礼地说了声"请稍候"，轻轻掩上门，走了。我打量着这座曾经接待过无数名流、学者的客厅，隔着矮脚长方木桌，相向放着两排沙发，旁边立着一块汉白玉石雕，屋角里摆着古代车船的模型。房间布置得古朴，素雅，饱含着这位伟大艺术家的馨香。东山夫人出现了，依然那样娴静，那样细声细气。过一会儿，东山先生也来了，他谦和地微笑着，在我对面坐下来。他说上次来访，不在家，太失礼了，这次务必多聊聊。这时候，我仿佛未曾意识到面前是一位名满天下的艺术大师，倒觉得他像一位纯朴的农民，经过半日的劳作，从田地里回家歇晌来了，那般平易，那般寻常。他还说，5月从欧洲旅行归来，又有不少新作，8月将去长野写生，为秋天的画展做准备。当听到他的散文集不久将在中国出版的消息，这位年过七旬的老人激动地说，自己从青年时代起就对中国抱有深厚的感情，战前曾经到大陆旅行写生，目睹了侵华战争给中国人民造成的苦难。他应邀为奈良唐招提寺作障壁画，历时十年，精心绘制了《山云》和《涛声》等大幅风景画，成为东山艺术中的精品。1972年，中日邦交正常化之际，日本政府将他画的《春晓》作为珍贵礼物赠送给毛泽东主席。1975年3月，天皇裕仁访问英国，又把他的《春曙》送给了伊丽莎白女王。东山绘画在继承传统、吸收西洋技法方面做出了卓越的贡献，将日本画推向一个崭新的阶段。看东山魁夷的绘画，或如柳下闻莺，湖畔观荷；或如郊原纵马，怒海弄潮，天地日月，无所不至，使你强烈地感受着自然与人生的无尽的魅力。

东山魁夷是一位举世瞩目的大画家，同时又是一位风格独运的散文家。正如他的绘画一样，他的散文将自然、人生、艺术三者巧妙地融合为一体，有对历史深沉的回忆，有对生命执着的追求，有对美的热烈的呼唤。东山先生说过，旅行、绘画和写散文，是他一生的三大要素。这位老人经年累月，在艺术的园地上辛勤耕耘，足跨两洲，笔飞五彩，绘画散文，参差竞出。东山的绘画，是他人生旅途的真情写照；东山的散文，是他艺术探索过程的心灵的实录。光是观赏东山的绘画作品，还不容易理解它的深意，只有同时研读他的画论散文，方能洞悉这位艺术大师的气质和底蕴。

应我这个译者的约请，东山先生同他的夫人商量了一会儿，答应利用去长野消夏和写生的时机，为即将完稿的《东山魁夷散文选》中译本写一篇序文。分别时，东山先生将十一册画论散文签名送给了我，并一同拍了纪念照。老夫妇俩执意要送我一程，看到外头如火的夕阳，我硬是把他们劝止住了。啊，可敬的老人，在你身上，伟大与平凡达到了和谐的统一。文如其人，画如其人，我将不会忘记在您家中度过的极为充实而愉快的时刻。

　　回到小石川后乐寮，打开赠书，我才恍然明白，这个月 18 日，是东山魁夷先生刚刚迎来"喜寿"（七十七岁）的日子，我很失悔没有向他说几句祝福的话。但随后也就安然，心想，等到老人庆贺"米寿"（八十八岁）的时辰，我再致祝，亦不算晚。想到这里，一首小诗在脑里产生，随即抄在纸上，寄给了东山先生：

　　　　盛暑时节访画伯，
　　　　香茶凉瓜语切切。
　　　　足涉两洲探云水，
　　　　笔飞五彩绘山河。
　　　　丽文美景参差出，
　　　　宝墨丹青共研磨。
　　　　风雨坎坷人间路，
　　　　天造地设叹奇绝。

1986 年夏南京

访禅中津川

光阴荏苒，此次来日已三年半了，因杂事缠身，竟未能再到相隔不远的岛崎藤村的故乡一游，连自己都觉得有点不可思议。记得刚来不久，坂田教授曾许诺陪伴我去那里一趟，但他平日甚忙，在学校里都很难碰上一面，哪里还有这份闲情逸致。我想他把这个不经意的许诺早已忘到九霄云外去了。

虽说没有尽早再访马笼，但有一位人物使我时时记起，他就是中津川落合乡善昌寺住持——井口要堂和尚。数年前的两次往访得到了和尚和他全家人的热情接待，至今记忆犹新。于是我写去了一个明信片，向他及全家表示怀念和问候，结果换来了他的一封长长的复信。他是寺院长老，又是一个学养深湛的文士，字写得既潇洒，又流丽。这封信就像一篇纪实散文，以一位久未谋面的老朋友的口吻，详细记述了他的近况：

今年盛夏，因气候多湿，体况不佳。加之长达两个月（七八月盛会）的盂兰节，甚感疲劳，健康和体力遽下。临近"喜寿"之日，生活趣味痛感其变化。此外，环境之骤变，世相之混乱，各种信息纷至沓来，令身心顿感疲劳之至。今年三月半的一天晚上，全身突然不能动弹。察其异状，遂呼叫救护车来。当日住院治疗，约一周后于三月三十一日出院。医生诊断为"早搏、肺炎、过劳"。……

　　已是感到秋意的时节了。接到您八月二日的信已过了一月。一看是从附近的春日井寄来的，大吃一惊。切望一定来落合一游。……

　　不久，又接到他的第二封信，对我的访问作了周到的安排，并相约在他家里住一宿。佛门善性，盛情难却。11月3日，我和妻乘中央线电车由高藏寺到中津川。井口和尚身着袈裟，在检票口已经等待多时了。随即乘车去善昌寺。一路上，细雨迷蒙。至其家，操子夫人和长女出迎，捧出香茶美点来。壁龛里悬挂着我十五年前初访时写的一首小诗，裱糊得板板正正。还有一面小立屏，上写"佛心永驻，人情长存"，这幅题字倒是一点儿也不记得了，方觉自己已入老境，记忆力大不如前。窗外河山渺渺，风雨潇潇。大家一齐聚会于有火炉的厅堂里吃午饭。脚下是一方坑洞，点着电炉，红焰方炽。煤油炉上烧着沸水，丝丝有声。妻提醒说，水已开了。操子夫人说这是为了调节室内湿度。长女美惠子端上了蒸蛋煮面，颇为可口。饭后，井口和尚捧出一摞画集和册页供我欣赏，其中有富冈铁斋的水墨山水、东山魁夷的风景画等。

　　3时左右，井口夫妇开车陪我们去马笼。惠那山依然雨雾萦绕，总不肯露出容颜，令人遗憾。停车于中仙道口，操子夫人因腿疼，行动困难，拄着拐杖，步履很慢。石板路旁的紫阳花早已干枯，悄然站立于水沟边上。藤村纪念馆内展品比前两次看到的似乎没有增添什么新的内容，只是在第三室展出了中译本的《破戒》《春》和《家》等作品，同小诸怀古园纪念馆相比要丰富得多。不知出于何种原因，那里的展品甚为贫瘠，以前我陆续赠送的几部藤村作品的中译本不见踪影。连从前展出的卞立强先生译的几篇短篇小说也撤去了。这真是大煞风景。自从盐川忠已市长退休，小诸似乎已经风光不再了。

这里毕竟是作家的故乡啊，展览办的比起小诸来好得多。然而，使我倍感凄然的是，第一次来访，有理事长——作家的玄孙岛崎绿二先生的热情接待，第二次来访，绿二先生已经病逝，但还有馆长蜂谷宜彦先生陪伴。而我这次来，只有井口长老夫妇陪我了。风物依旧，斯人已渺。临风唏嘘，怅然良久。

晚饭于马笼坂下一家叫"荻之家"的料理屋用膳，吃怀石料理。所谓"怀石"，本是茶会上品茶前先进点简单的饭食，以防茶水的刺激。"怀石"二字，来自僧人"怀温石暖腹"，有临时充饥之意。当然，在今天，怀石料理已经不再拘泥于此种意思，而成为日本料理的一大菜系了。

先上一件"茶壶蒸"，壶小如拳，壶盖上置一角柠檬。打开壶盖，将柠檬汁挤进壶口，再用筷子一一从壶内掏取食之。有虾、蘑菇、鸡肉、银杏等。此种食法颇为别致。还有一道别出心裁的菜：方盘内摆着炸开的栗子，毛针四射，上头覆盖着两片火红的枫叶，酷似自然"本物"。这是调理师的绝计。毛针是油炸的拔丝，形象逼真，皆为可食之物。据说今天是马笼的"观枫祭"，可是万绿丛中只有点点的微红，又是风雨交加的日子，街道上冷冷清清，哪里还有一丁点儿节日的气氛呢？

翌日上午，来了些女信徒，操子夫人领他们在大佛殿里举行"咏歌会"。歌声婉转，钟磬悠扬。我们都被这美妙的歌声和音乐吸引住了。接着，井口要堂的女婿显宏和尚为人念经，木鱼声和诵经声相伴相和，酿造了一种恬静而祥和的气氛。

临回春日井时，显宏和尚特来告别，他比十五年前初晤时老成多了。还是那般彬彬有礼，一副虔诚的佛门弟子形象。六年前，善昌寺为显宏和尚举行晋山式，正式接任住持之职。这是一次难得一见的宗教活动，可惜我未能亲历其景。显宏和尚重任在身，佛事活动十分繁忙。去年 12 月，为庆祝禅宗创始人道元禅师诞生八百周年，他率领善昌寺护持会僧众朝拜禅宗大本山——福井县的永平寺。今年 3 月，显宏住持和夫人井口惠美子又率团访问了道元禅师修行和开悟的圣地——中国天童山景德禅寺，还顺便去上海和桂林参观访问。显宏告诉我，现在他每周都去名古屋，跟一位南京来日的二胡演奏家学习演奏二胡，还送了我一盘收有《良宵》《赛马》等二胡名曲的 CD。

下午，要堂长老外出参加法会，长女惠美子送我们去中津川车站。秋阳灿烂，河山绚丽。坐在电车上，我又拿出长老给我的两枚"色纸"，一是"圆——无始无终"；一是"雪里梅花唯一枝"。这两句话都颇带禅味。但我对于禅所知太少，无法从深一层上加以理解。不过，两天来，我在长老家里所受到的热情和周到的接待，井口一家那种融融泄泄、温馨和乐的家庭环境，使我深深感动和流连。要堂长老以及显宏和尚，是通过他们的一言一行体现着佛道禅宗所崇尚的"精神统一，以至无我静寂之境，以求事物之真理"的理想境界吧。我忽然有了一种"入寺方二日，尘世另眼看"的感受了。

2001 年 11 月

古都巡礼

奈良和京都，历史上分别称为平城京和平安京，是日本民族的发祥地。早春三月，我偕妻再一次踏上这风景如绘的大和原野，寻访古代遗迹，品咂日本古老文化的醍醐味。

东本愿寺

京都究竟有多少寺院和神社，我未统计过，但在街头散步，走不多远就能发现一处。早就听说，京都是日本文化的博物馆，实地一看，你就会感到此言不虚。

京都车站西北隅，有一片幅员广大、气象宏伟的古建筑群，这就是东本愿寺和西本愿寺。东本愿寺是净土真宗"大谷派"的本山，又称"真宗本庙"，境内的御影堂供奉着宗祖亲鸾圣人的塑像。金殿宽阔，整整齐齐铺着榻榻米。烛火幽幽，香烟袅袅，趋近处可以窥见佛体的神态和衣饰的纹路。

净土真宗的教祖亲鸾圣人，出生于八百年前的平安朝末期，九岁于青莲院出家得度，进入佛门，其后赴比叡山修行，学法，受其师法然的知遇，随即悟出"超越生死之道"亦即"往生极乐之道"。亲鸾卒于弘长二年（1262），享年九十。

御影堂东侧地下有三层旋转塔式的现代建筑，厅堂明朗，洁净，展出各种图片、实物。二层是影视大厅，放映每年举行"法要"行事"等活动的盛况。

这座佛寺的地上和地下，一新一旧，配搭得完善而又巧妙，既保持了古代建筑本来的面貌，又别开生面，向地下发展，伸延，体现了日本当代建筑艺术的高超水平。

二条城

二条城始建于庆长六年（1601），完成于宽永三年（1626），是德川幕府初代将军德川家康出任京都御所守护，以及后来做了将军时的居宅。明治十七年（1884）辟为天皇离宫。这是一座典型的桃山时期的建筑，高大的宫门、厚重的石墙以及宽阔的壕沟，从各个角度反映了德川家族的权威和声势。中间正方形的殿堂，呈环状，回廊曲折，一间连着一间，赤脚走在古色古香的木板上，脚下频作黄莺语，呖呖动人。我想起中国古代吴国馆娃宫的响屧廊也许就是这样的吧。这个二条城是否参考了中国古建筑的特色呢？这个问题只好留待学者们考查了。

同城墙、宫殿相匹配的是广大的园林、绿地。城内有梅林、樱花园、绿园、清流园、香云亭等。早春时节，梅花正盛，樱树含苞，芳草渗径，绿水奔流。

这里，春的气息已经渐渐浓烈了。

清水寺

清少纳言《枕草子》开篇写道：

春天黎明最美好，山头渐渐现出淡白色，待到微微明亮时，细细地拖曳着一带紫云。……

我以为作者所描写的正是洛东、东山一带春天早晨的景象。这里有清水寺、知恩院和青莲院等寺院群落。芭蕉和西行①都在这里结草为庵，留下了大量吟咏自然的名句。清水寺境内的大舞台高高悬挂于巨壑之侧，下面有无数根大木柱交叉支撑，景象险要。崖下青流倒挂，这就是有名的音羽瀑。节令尚早，满山满谷的樱树尚在孕蕾，只能看到微微泛红的枝条。据说，秋天锦云溪铺天盖地的红叶更是别有一番胜景。

大殿北侧的"地主神社"供奉着各种姿态的石佛，这里始终挤满了游人，而且多是青年男女。原来这里的石佛是司掌恋爱的菩萨，情侣们在这里焚香点蜡，合掌膜拜，祈求良缘美满，爱情幸福。

清水寺山下的清水坂，还有什么"三年坂""二年坂"等小路两侧，各种店铺鳞次栉比，出售"清水烧"瓷器和"京扇子""京果子"等故都名品，到处洋溢着浓浓的京味儿。参拜过寺院，沿着这些曲折的山路，一边信步而下，一边浏览两旁琳琅满目的小店，也是十分写意的。

嵯峨野漫步

由京都车站乘公共汽车去洛西岚山。下了车就是岚山公园。园内布满小石子，红梅一株，灼灼耀眼。回看岚山，青碧一色。保津川桃花汛初泛，一江春水向东流，沛然有声。站在河滩上观望片刻，随后来到渡月桥上，一个拉包车的青年过来兜揽生意，我谢绝了，并向他打听周恩来诗碑的所在。本来大致是知道的，

---

① 西行（1118—1190），平安时代歌人，原名佐藤义清。作品有《山家集》等，收入约一千五百多首和歌。

但已记忆不确，那青年热心指点，令人感动。

渡月桥，十五年前也是三月，我随日语教师研修团来京都，记得当时我由南岸向北岸走，在桥的中央遇刘振瀛先生，站着说了几句话。十五年后我再来这里，斯人已逝，遗影宛在，而我自己也变成一个年逾花甲的老者了。想到此，不胜今昔之慨。

过渡月桥，沿北岸西行，再左转登上一高丘，便是周恩来诗碑的所在。四周花木扶疏，寂然无声，有人正在抄写碑上的诗文，问之则是本国同胞，辽宁锦州的，随团来访，专到这里拜谒。由诗碑西侧的"东海散步道"北行，渐次进入嵯峨野，不一会儿，果然又看到那一片难忘的竹林了。这里的竹子棵棵都有碗口大粗细，高二三十米，密密匝匝，参天而立，一派苍翠。夕阳下射，碧影摇曳，斑驳地映照在黄泥小道上。竹林内不时有三三两两的游人穿过，空气清新寒凉，不可久立。我想，如果郑板桥当年看到这样高大的竹子，一定会一改那种兰竹同体、氄氄交织的画风，而选用巨管浓墨，画节如木桩、作叶赛巨扇地尽情挥洒一气吧。

沿竹林西侧向西北走，见道旁有一墓地，在那些高高低低的磊磊墓石附近，有一个很不起眼的石碣，上书"去来"。这里就是"蕉门十哲"之一的向井去来的墓地。除了墓石和几茎野草野花之外，再没有其他标识，显得荒凉而寒碜。路侧道口也不知是谁手书的一首俳句："秋风过后一墓在。"

南面不远的落柿舍便是这位俳人的闲居之地。这是一座茅草葺顶的小型草庵，当门的颓壁上悬挂着草笠和蓑衣，仿佛那位庵主刚刚出访归来，正在庵内小憩呢。但任凭春风如何叩门，已经听不到回应之声了。

越过坛林寺山门西行，便到达奥嵯峨的一座有名的尼庵——

祇王寺。这是一个小小的娴静的院落。日本典籍《平家物语》开头有一段文字提到这座尼庵：

> 祇园精舍的钟声，具有诸行无常的音响。娑罗双树的花色表现了盛者必衰的道理。享乐之人不会长久，犹如春宵一梦。……

尼庵周围巨竹森森，茶花尚红，仿佛向游人们低诉着那一曲曲悲恋的故事：

闻名京城的歌妓祇王祇女姐妹，本生于近江国的野洲江边，父亲做过江边庄的"庄司"（村长），因获罪流放北陆。姊妹二人随母亲来到京都，习学歌舞。后姐姐祇王得宠于平安末期武将平清盛，妹妹祇女也名闻一时。每月俸禄丰盈，生活优渥。

然而，痴情女子负心汉，不久平清盛又移情别恋，爱上了色艺双绝的"白拍子"歌妓佛御前。于是，祇王母女三人黯然离开平清盛，隐居嵯峨野，削发为尼，堕入佛门，专念于诵经修行之事。某年有一天，母女们正在念佛，忽闻庵外有人咚咚敲门，出去一看，大吃一惊，发现是一位娇小可人的小尼姑——她正是佛御前。原来佛御前不久亦失宠，她有感于祇王姊妹的不幸遭遇，慨叹人生无常，也剃发为尼，追随祇王姊妹，一同过起了青灯古佛的日月了。当时她才十七岁。尼庵西隅的佛堂内供奉着平清盛和这几个女子的木雕像。院内有祇王母女的墓和平清盛的"供养塔"，皆为镰仓时代的遗存。

祇王寺一年四季都有好景致，这里不妨引用历史上久居于此地的智照尼几首咏四时变化的俳句：

（春）祇王祇女寺，依然宫中春。

（夏）声声杜鹃鸣，惊破短夜梦。

（秋）十六月隐隐，夜阑露泠泠。

（冬）落笔祇王寺，冬雪几多情？

奈良风雨

真是凑巧，三次来奈良，都遇到风雨，给古都之旅别添一层扑朔迷离的色彩。从"近铁"奈良站下车，走上几分钟就是奈良公园。春雨霏霏，风势渐强，徒步到达东大寺。进入境内，天空昏暗，大佛殿更加显得高大森严。这座佛寺始建于奈良时代中期，是在圣武天皇敕谕下作为大和的国分寺而创建的。大殿内的卢舍那佛本是华严宗的教祖，亦是释迦如来的别称。像为青铜铸造，高约 15 米，头部为 5.4 米，眼宽 1.02 米，耳长 2.54 米。大佛殿自创建以来，永禄十年（1569）曾毁于兵火，现在的大殿是江户时代重建的，虽然规模比原来缩小了三分之二，但作为木造建筑，在世界上仍是数一数二的。

出中门向左登嫩草山。在树边小憩吃水果，三四只鹿怯怯而来，先对我们连连鞠躬，然后小心翼翼地从手里叼去一片橘皮，细细咀嚼起来。奈良的鹿就是如此的礼貌而多情，十分逗人喜爱。其实，骄慢的人类的世界并不比动物的世界高明多少。

迎着风雨爬上山坡，山尖部分围着栅栏，看来无法到达峰顶了。嫩草山又名三笠山，日本奈良时代的著名学者阿倍仲麻吕（汉名朝衡或晁衡）博学多才，受玄宗皇帝宠遇，因遭海难未能回归故国。他思念家乡曾写下一首望乡歌，歌曰："回首望长天，天上月正圆。问月何处来，春日三笠山。"字里行间溢满思乡之情。

顺山道左转去二月堂，这里两天前（每年3月12日）刚刚举行过"取水祭"，可惜未能赶上，不知那是怎样一番盛况，令人辄向往之。

东大寺右侧不远便是有名的古代王室的艺术宝库——正仓院。然而现在大门紧闭，只能远观，不可入内。

从东大寺南大门乘巴士去法隆寺。途中雨渐止，空中黑云翻飞，时时露出片片蓝天。车行半小时，抵法隆寺。寺前有一段长长的参道，古松苍然。参道尽头连接着山门。这座寺又是另一种格局，整个建筑坐落于平芜之中，横幅十分宽阔，西部院内左侧是五重塔，右侧是金堂，正面的大讲堂内供奉着药师三尊像和四天王像。

寺东北隅的大宝藏院内实际上是一座艺术博物馆，收藏了自飞鸟时代至近世期间一千四百多年的法隆寺历代藏品，其中最引我注目的是四种来自中国的国宝：九面观音菩萨像、如意轮观音像、金堂天使小壁画和蜀江锦。

大宝藏展览室中最大的一尊佛像是飞鸟时代的百济观音像，它代表着日本佛教美术的最高水平。佛像立姿自然优美，左手捏一佛瓶，右臂挽一佛带，慈悲含情，极富魅力。走出法隆寺正门，西边已露出一轮夕阳，回顾佛寺境内，五重塔巍然耸峙于飞云之间，景象更加宏阔。久久想来法隆寺仔细看看寺内博物馆历代藏品，今日了却长年的心愿，心情甚感愉快。随后偕妻经由JR法隆寺车站，乘电车回返春日井。

2001年3月17日

春雨海棠红

打开从日本带回的影集，我的目光又一次停留在一张彩照上：石鼓型的白瓷花瓶，满满登登插着一簇海棠花，花瓣上散缀着晶莹的雨滴，越发显得娇媚艳丽。旁边陪衬着一束连翘，金黄灿灿，悄然挺立。两种花儿参差偎依，宛若一对相亲相知的恋人。

"海棠是女性的花，连翘是男性的花。"——送花人如是说。

多少年过去了，一张照片，笼着一团芳菲，一片温馨，一叶记忆。

1986年仲春，东京日中学院的女学员们自发筹办了中国文学讲习班。由于石山路子女士曾经在我所居住的后乐寮担任过"相谈役"（和留学生谈心，为他们排解各种困难的人），在她的引荐下，我应约为学员们讲了几次唐宋诗词。记得头一天是在乃木坂的一家宾馆里，傍晚乘地铁千代田线到达那里，只见满院都是盛开的樱花，学员们已经静候多时了。讲课的内容是宋词中有关咏春的主题，重点是李清照的《如梦令》：

　　昨夜雨疏风骤，浓睡不消残酒。

　　试问卷帘人，却道海棠依旧。

　　知否，知否？应是绿肥红瘦。

面对着眼前迷人的春光,我触景生情,一口气讲了两个小时。临下课时,一位上了年岁的女士站起来说:"请把'绿肥红瘦'再仔细讲解一下,并说明作者当时的心境。"

这突然的请求使我感到几分不安,幸好学生时代曾熟读过这首词,语文老师生动的讲述给我留下了很深的印象。"肥和瘦都是一种比喻手法,形容雨后绿叶长大而花儿稀疏的景象,作者借海棠的衰谢和由春转夏的季节变化,表达了一种爱花惜春的微妙情怀……"对于我的粗浅的讲解,那位女士竟然频频点头,忽儿变得神情黯淡,以致偷偷拭起泪来。我惶惑了,她为何如此伤感?莫非这首小令触发了她心头的旧事?还是我的言语无意中挑起了她的愁思?

大家分别时,她又恢复了冷静,和我握了手,说了许多感谢的话,一个人踽踽地走了。

第二天,下起了溟蒙的细雨,我从早稻田大学回到宿舍,猛然发现桌上摆着一瓶满开的海棠,旁边放着石山女士的留条:"这是山田和女士(就是昨晚向您发问的那位老人)从自家园中剪下的海棠,托我带来,送您欣赏。"

我异常激动,心中琢磨着,这位老人培养出如此美丽的海棠花,她挚爱海棠,因而也爱读吟咏海棠的古典诗词,还让我一同分享赏花的快乐。多么高雅、宽慈、善良的襟怀!我也非常感念石山女士,从老人的家址——新宿区内藤町到小石川后乐寮,要先步行十多分钟,再从千驮谷乘电车到饭田桥,下车还要走一段高高低低的坡路。想想看吧,一位老妇人手捧一大盆颤巍巍的海棠花,从丝丝春雨中姗姗而来,这需要多大的耐力和勇气,这又是多么浪漫、多么富有诗意的情景呵!

一星期后的又一个雨天,在石山女士的陪伴下,我去新宿御苑拜访山田和女士。走出车站不久，远远看到一位白发皤然的老人，伫立在一座古朴的宅邸前，翘首向这边遥望，身后的庭院中簇拥着繁茂的花木。老人领我们穿过院中花枝交错的拱道，进入室内，坐在古旧而光洁的木板地上喝茶。她拿出一本厚厚的纪念册命我题词。我翻看了一下，上面全是中日两国名人的墨迹。我有点儿犹豫，但拗不过她再三的敦请，随便写下小诗一首：

暖风盈袖，微雨沾裳，

庭绿花艳，室静茶香。

山田和老人满意地点点头，顺手指指墙上的一幅题字给我看。哦，原来是郭老潇洒的手笔：

月牙楼是画廊楼，八面奇峰豁远眸，

无怪楼中无一画，画图难及自然优。

一九六五年九月六日山田礼三样

郭沫若

听老人说，她的丈夫山田礼三先生是 1964 年中日签订互换记者议定书之后首批来华的共同社记者，受到过郭沫若、廖承志等人的接见，这首诗就是郭老留下的珍贵的纪念物。月牙楼乃漓江一景，当时郭老看到一幅描绘月牙楼的画，随即挥毫赋诗，赠给了这位日本友人。其中的"样"字是日语的称谓词，即"先生"之意。

山田礼三赴任后，在北京一住多年，为实现两国邦交正常化和促进文化交流付出了毕生的心血，1976 年不幸去世。山田和挥泪继承丈夫的遗志，决心为日中友好事业奋斗终生。自1972年以来，她先后七次访问中国，足迹遍布长城内外，大江南北。她向日本国民宣传我国社会主义建设的辉煌成就，使更多的日本人真正了解了中国。1988年，山田和以极大的热情和毅力，做了一次"三国志文学之旅"。她怀揣一卷书，脚踏千里路，登黄鹤楼俯瞰江汉大地，走荆州探寻古战场遗址。她经宜昌，过三峡，攀蜀道，入成都，吊先帝，谒武侯……对于一个年近古稀的老妪来说，这样的旅行真是令人难以置信的奇迹、壮举。

又是一个百花含笑的春天，老人在雪白的信笺中夹寄了一枝阴干的海棠，她庄严地写道：

"这是今年最后一朵海棠，它的颜色也许会猝然消退吧。看到它，我便想到了自己。现在不得不认真考虑一下'老迈'的问题了。这个无情的事实是任何人也避免不掉的。不过，我要珍重而无憾地过好每一天。为了纪念七十岁生日，我将独步遍历金秋的北京。只要生命和健康允许，我定要探访芳春的南京……"

读到这里我感动极了，我觉得她已不是几年前在课堂上看到的山田和了。如今，她已成功地摆脱了因老迈而产生的精神困扰，在自然规律面前，清醒地把握住了自己的人生之路，勇敢地举步前行了。

我合上影集，向窗外望去。楼下月色清明，落花无踪。我想，在那远国绿肥红瘦的海棠树下，依然守望着一位白发老妇的身影吧。

1992年5月

131

躲不过敬礼

　　到东海大学搞研究，发愁的是：躲不过门卫的敬礼。

　　日本大学的门卫，大致有三项任务：为来客登记，给车辆引路，向教师敬礼。——这是后来经考察总结出来的。

　　开始因不熟悉，跟着"协力教授"一同进出，夹持在潮水涌动的学生群里，匆匆迈着脚步。门卫一眼从人堆里瞥见我们，立即行致敬礼。他们有时一人，有时两三人一起行动。洁净的海蓝制服，右臂架起与肩平，五指并拢在鬓间，威武、严整，令人肃然起敬。我当时没有在意，只觉得很新鲜，以为是向他们的同胞套近乎，与我何干。但后来我一人单独进出时，门卫同样对我郑重行礼，这下子才使我惶惑起来。

　　在国内过惯了凡俗的日子，自幼就害怕抛头露面，成年后见到的也多是冷面，生命里未曾有过鲜花和掌声，更谈不上有人举手敬礼了。如今，天天都要接受这种温暖而真诚的致意，觉得浑身都不自在。于是走过去："我是中国来的，不要敬礼的。"他先是愕然，继而点头，"哈依！"后退一步，又是一个敬礼。我发现面前站的是一位鬓发斑白的长者，大盖帽遮掩了年龄，瞧那动作，多像个小伙子。

　　门卫的敬礼不仅使我不安，也确实给我带来了麻烦。一次冒着霏霏雨雪到学校还书，走得甚是急慌，这边刚刚迈进大门，那边突然一个敬礼，心中一震，脚步踉跄，坐到了地上，身上的华达呢成了"滑倒泥"。那位对我实行"偷袭"的门卫，赶紧跑过来扶起我，满脸歉意，一直陪伴我到中央图书馆。还有一次大风漫天，我到文学部开讲座，也是为了赶时间，将一摞讲稿往手提包一塞，拎起就走。这只半软半硬的方形提包，三边都是拉链，只有一边连在一起，匆忙之中忘了把拉链锁好。一进门，冷不丁又是一个敬礼，我下意识茫然作答礼状，手起包落，讲稿哗啦散开，随狂风呼啸而去，如群蝶翻舞。路过的大学生们忙着帮我追逐讲稿，一时好不热闹。

吃了两次苦头，我日夜琢磨如何躲避门卫的敬礼。不穿西服不打领带？不成。按日本人规矩，不管多冷多热，上下班一律西服，长年不变。不拎那个方包，文具书籍往哪儿装？况且人家也不看这些。在门外候着日本教授一同进吧，这样可减轻些心理压力，可一来耽误工夫，二来日本教师们多数开车上班，难得凑上个步行的。思来想去，还是一筹莫展，只好继续挨"敬"。

我至今闹不明白，凭这几个老者，何以能从蜂拥的青青子衿中一眼瞄出谁是学生谁是教师？他们何以能"敬"网恢恢，疏而不漏，使我数度苦心皆化泡影，总也逃脱不掉呢？

我到底要回国了，原因种种，其中之一就是：躲不过敬礼。

1995 年 7 月

逛超市

　　超市——超级市场，英文 supermarket。一二十年前，人们不知其为何物，可现在，国内随处可见，同自由市场一样，超市已经成为主要购物场所，是人们日常生活不可缺少的一部分。

　　超市不同于一般市场的主要特征是，商品种类齐全，价格低廉，购物环境自由，随意。超市做到了这几点，就能争取客源，把生意做得红红火火。

　　由于每周都要陪妻子去超市采购，使我对日本的超市（俗称"斯帕"）有了比较深刻的感受。日本的超市从硬件上说，一般都是店堂整洁、明亮，商品丰富新鲜，价格灵活多变。从软件上说，店员工作紧张有序，服务热情周到。一句话，日本的超市都有较为理想的舒适的购物环境气氛。可以毫不夸张地说，进日本超市买东西，不仅是一种购买欲的满足，同时也是一种精神上"被服务"的享受，一种切切实实的"顾客是上帝"的体验。你拿篮子一进店门，店员们只要看到你，人人都主动向你问好。紧张运货的人见到你推着小车，他们总是主动避让，再道上一声"对不起"。琳琅满目的货架上，各种商品井井有条，每个"条块"和"区域"的上方都悬着牌子，将品名写得清清楚楚。你有时也可能不在意或不愿抬头，当你一下子看不到自己要买的东西摆放何处，只要对任何一个店员招呼一下，他或她会马上跑过来陪你一道过去，熟练地指给你看。你可以带着随身的东西进进出出，没有什么"存包处"之类，也不会有人用怀疑的目光监视你。夏天，你可能带着一身大汗而来，但一进店就是清凉世界，冷冻食品柜里吹出的凉风，使你满身的暑热骤然消尽。你可以不买任何东西，随意逛逛，不会有人睥睨着你。你买多买少，在算账时都一律可以获得收银员（大都为女性）"相同数量和质量"的鞠躬和感谢。

　　在国内逛超市，情况就不同了。我家旁边有好几个超市，但大都是店堂逼仄晦暗，商品杂乱无章，看不到店员们忙碌、紧张工作的身影，如搬运货物，整理摆放商品，登记货种，打印价牌等。他们的注意力都不在商品本身，而在每个顾客身上。你一进店，总觉得有好多眼睛或明或暗地盯着你，使你很不自在。一天中午，我走进一家超市，看到每个货档的一头都站着一个店员，手里捧着饭盒，一边吃一边用眼睛不时监视着面前一列货架。我要买扬州酱菜，问她在哪儿，她不清楚，又转问相邻货档的同事，那人也不知道。她于是悻悻地说："哎呀，你自己慢慢找嘛！"

　　今年八月，我和几个来华"修学旅行"的日本大学生逛上海的南京路。薄暮冥冥，风雨交加。学生们要买月饼带回国送人，踌躇之间忽然看到"一百"对面有家地下超市，连忙奔了过去。他们也照着在日本国内的习惯，背着行李直向店里闯，被一个胖胖的女店员喝住了："把包存起来再进去！"几个少年一愣，面面相觑。我一看门口那个存包处，又小又暗，于是只好叫学生们把包集中起来，由我看管。日本学生进店期间，那位胖女店员倒背着手，在门口踱来踱去，别的几个店员站在旁边闲聊天。这种情景在日本是看不到的。

　　日本的超市还有一个显著的特点，就是商品（尤其是生鲜食

135

品）的价格经常变动。下午和上午不同，节假日和平时不同。闭店之前或"店休"前一天的晚上，鱼、肉、盆菜等生鲜食品的价格大幅"割引"（即打折），店员们一边吆喝，一边拿着价格条不停地变动价格，几次三番地向货品上贴。有时只是平日的一半或三分之一的低价。一般的超市每天总有一种或几种商品大减价，日语称"日替商品"，过了这一天又恢复原来的价钱。哪家超市星期几何种商品减价，都有一定的规律，主妇们摸清了这个规律，拿着商店散发的广告纸，踩着钟点儿采购，可以大大节省开支。这种灵活多变的"日本商法"既活跃了超级市场，加速了商品的流转，又刺激了消费，使收入较低的阶层得到实惠，似乎值得我们中国超市的经营者们学习和借鉴。

国内超市交易气氛显得呆板、死气，商品种类单调，价格恒久不变，购物环境不如人意……这些如果不加以解决，超市的生命力就不能长久。有的超市开张一两年就无法维持下去，除了有资金和货源等方面的原因外，恐怕和以上诸因素不无关系。

这些议论仅仅是一个局外人的主观感觉，不足为训，但作为一个消费者，坦率地说，身处国内超市那种环境中，总感到一种无形的压抑，精神无法随意，自然。因此，宁肯去一般商店或自由市场，也不愿到超市买东西。

有时候，精神意识比金钱财富更值得珍重、爱惜。

2000 年 12 月 10 日

老　后

　　名古屋有一对同胞姊妹老寿星，姐姐叫成田金，妹妹叫蟹江银。两人的年龄都超过了百岁。多少年来，人们经常从电视里看到这两位老人联袂出入于公众场所，成为媒体关注的重点对象。她们在哪里亮相，哪里就立刻活跃起来。采访者向她们提出各种各样的问题，她们都应答自如，语言幽默风趣，时时惹得观众笑声不绝。她们给人们带来欢乐，人们为她们的健康长寿祝福。本来嘛，人在童年和老迈这两头的时间里，最易显露本真的天性。少年和青年时代，人开始踏入社会，各种文化教养和社会规约渐渐将人束缚起来，人们原始的性情趋向伪装和隐蔽，到了中老年期，这个人已经不是本真的人了。为了生存，为了发展，人在同自然和他人交往接触时，不得不以假性的面貌出现。而现代文明社会的重要标志之一就是发展和实现这种假性，制造华美的伪装。人们视这种假性和伪装为正常，而把那种本真和原性的展露当成怪异和不正常者。文明的社会，需要文明的包装，就像穿衣戴帽一样。百岁老人金婆和银婆经过了本真—伪饰—本真这人生的三个阶段，又回到人的原性上来了。她们百岁老人衰朽老迈的形象和天真无邪的童稚的表现统一于一体，在人们眼目中幻化成美丽的人生风景线。这道风景里混合着幸福和苦涩，包容着正常与怪异，诱发着各种各样的价值判断。正因为如此，她们才那般吸引着人们的注意。人们从她们那里祈望着自己的未来，猜度着人生的明天。生命意识既是明晰的，又是朦胧的，人们一生都生活于明晰与朦胧之中。抑或生命的意义正在于这种明晰与朦胧相互交合的境界之中吧。明晰产生理智，朦胧诱发幻想。人们的一生都在理智和幻想的追索中度过。

新年刚过几天，成田金以一百零七岁高龄无疾而终。死对于这位"超高龄者"来说，也就像平日推着四轮车出门散心一样，平静而潇洒。她的辞世看来毫无痛苦，因为没有病痛的报道，似乎是在熟睡中"过去的"。比起那些身患绝症，受尽病痛折磨的人来，这种死堪称一种"幸福的告别"，羡煞人也。

全国各地数千人自发前来名古屋，参加阿金婆的葬礼。她的七十多岁的儿子对着棺椁呼喊："娘啊，你睁开眼睛看看我吧。你动一动身子让我瞧一瞧吧。我们不能没有你啊！"声泪俱下，悲痛欲绝，闻者莫不黯然。妹妹蟹江银坐在轮椅上也来了。她歪斜着头，向姐姐默祷着，枯井般干瘪的老眼里溢满了泪水。

一位跟着阿金婆三十多年，为她摄下一万多张照片的记者，向人们介绍两位老人日常的饮食起居，引起人们的极大兴趣，大家都巴望从她们那里学得一些养生和长寿的秘诀来。

日本已进入了高龄化社会，六十五岁以上的老人所占比重年年增加。这个国家对老龄者采取了一系列福祉政策，在退休年龄、养老金、医疗保险、家庭护理等方面，都有比较完整的措施。妥善处理社会老龄化问题，成为新世纪里世界各国面临的一项重大课题。社会不断进步，人们毕竟早已从野蛮进入了文明。从民间传说中，我知道日本古代有"弃老"的恶习。老人们活到六十岁，即被视为无用之物，由儿孙辈将他（她）们背到深山岙里丢掉。那故事里说，做儿子的背着老娘向山里走，路上，老人不断折下树枝扔在路旁。儿子问她干什么，娘回答说，怕你回家迷路啊。儿子感动了，又把老娘背回家来。这故事十分感人，我初次读到时流下了眼泪。长野县有座高山，山名曰"姨舍"，意为"弃老""把老妈妈丢掉"的意思。莫非这里就是那种残酷而又悲怆的故事的发源地吗？前年夏天，我由小诸乘电车回名古屋，中途经过姨舍山，停车八分钟。小小站台，高踞于悬崖之上，左边就是万丈深谷。山风猎猎，烟雾萦绕。我想如果历史上真有这种事，会有多少老人被自己的儿子扔进那望不见底的幽谷之中啊！但愿这仅仅是一种传说，一种谎言。感慨之余，聊作汉俳一首："危乎姨舍山，为何停车八分半？座中无老年。"记得作家井上靖有篇小说，就是以"姨舍"为题材的。人生暮年，衰迈老朽，于社会于他人都是一种累赘，生命的意义也由"正"转化为"负"。生与死本来就是一对矛盾。有生必有死。生同一，死各异。生易而死难。芸芸众生之中，"善终"或"无疾而终"者能有几人？从这种情况看，"浮生若梦""人生如寄"之类的思想便有了某种哲学意味，不可一律斥之为消极。在平常情况下，贪生怕死或恋生恶死，本是生物的一种天性，人也不可例外，故有"好死不如赖活着""死皇帝不如活叫花子"的说法。当然，为着一种崇高的理想和道德而献身，那是一种更高意义的生死观，只有少数人才能做到。我常想，当一个人最后受到病痛折磨、"不欲生，但欲死"的时候，你硬让他活下去，对他（她）本人来说是一种残酷行为，不如"安乐死"为好，这样做更合乎人性，合乎人道。生命并非无条件美好。因此，我非常赞成"安乐死"这一物事。我觉得，这是文明社会实施生命关怀的一种最理智、最富人情味的手段。

"生是不幸，活是痛苦，死是解脱。"

这句话是谁说的呢？一下子记不起来了。

2000 年 2 月 10 日

冬夜的叫卖声

"烧芋，烧芋，又香又甜的九州烧芋。"

单调而低沉，时而舒缓，时而急迫的叫卖声，通过高音喇叭传送出来，在寂寥的冬天的晚上飘荡着。

打开窗户向下一瞧，一辆小型卡车，装扮成四方形，车厢里点着电灯，在街道上徐徐行驶。开车的是一位老人。广播的声音显然是他的录音，反反复复，不厌其烦。在脱光叶子的枯树枝下，在衰草凄迷的石板径上，一天又一天，时时有这样的声音震动着我的心胸。

忽然记起夏天的夜里，也正是这位老人，驾着同样的货车，叫卖"蕨饼"。蕨菜是一种多年生野菜，春天开放薄绿的拳形小叶，食之，可以清心败火，祛湿消暑。我曾有几次要跑到楼下，购而尝之。但只是一时兴起，一直未能实行。

不过，那时他是吹奏一种乐器的，声音像箫，听起来呜呜咽咽，如泣如诉。每于灯下听到这种音乐由远而近，心中就有些悚然，便停下手中的活儿，放眼窗外，目送那一车灯火在幽冥的夜色中闪烁明灭。

烧芋也好，蕨饼也好，都是一种便宜食品。超市的一块生芋也就是一百日元。这位老人这种小本生意究竟能挣多少钱呢？我无从知道。但有一点可以肯定，他是属于比较贫困的阶层。他也许主要靠这种清淡的小买卖赚点钱养家糊口吧。他家中或许只有一位年迈病弱的老伴，儿女都已另立门户，抛他而去了吧。想到这里，我不由得对这位老者泛起了同情。

日本是个数一数二的经济发达国家，国民生活普遍是比较富裕的，但并不等于说完全消灭了贫穷。相反，近年来，由于泡沫经济的影响，许多工厂企业倒闭，职工失业，生活面临很大困难，贫富悬殊十分明显。偷盗抢劫、青少年犯罪等社会问题日益严重。

有的人日取万金，有的人朝不虑夕。有的职业棒球选手年俸三亿日元，较少的也有一亿三千万日元。把这些人的收入同这位叫卖烧芋和蕨饼的老人比一比，岂不发人深思。

棒球选手照样打他们的棒球，赛场上照样天天欢声如潮。这位卖烧芋和蕨饼的老人照样开着他的货车，在寂静的夜路上踽踽而行，将那苍凉而喑哑的叫声传向这座山镇的每个角落——"烧芋，烧芋，又香又甜的九州烧芋啊！"

…………

1999 年 12 月 25 日

两首逸诗

　　十五年前的 1985 年，我在早稻田大学进修日本文学，指导教授是"白桦派"研究家红野敏郎先生。有一次，他领我参观校内一个展览室，那是土岐善麻吕有关文学活动的展出。土岐善麻吕又名土岐哀果，歌人和国学家，1908 年毕业于早大英文科。他曾任日本中国文化交流协会理事，1965 年成为日本艺术院会员。关于他，我缺乏研究，所知甚少。我的这篇小文的目的也不是着意介绍他，而是那次展览使我发现了两首中国文学家的诗作。我当时立即记录了下来，至今一直保存在手边。

　　一首是郭沫若的：

　　　　清水出芙蓉，

　　　　峨眉秀碧空，

　　　　无猜似明月，

　　　　明月在怀中。

　　　　李太白蜀人也，杜甫称其清新俊逸。

　　　　一九六四年十月四日

　　　　书奉土岐善麻吕先生

　　　　　　　　　　　　　　　　　　　　　　郭沫若

一首是老舍的：

> 白也诗无敌，
>
> 情深万古心，
>
> 愁吟启百代，
>
> 硬语最惊人。
>
> 土岐善麻吕先生教正
>
> 一九六五年春　老舍

这两位文坛先辈是在怎样情况下同土岐善麻吕谈论起李白，具体赠诗的细节如何，这些都不十分清楚了。这两首诗也许鲜为人知，故敬录于此，供研究者们参考。

由此我联想到，自新中国成立至"文化大革命"这段时期，有多少文化艺术界的人士赴日本访问，许多人在各处应邀即兴赋诗题词。这些文献资料有的被日本人士个人收藏，有的散见于各地博物馆、公民馆。偶尔得见，如明珠再现，电光一闪。这也是历史文化的一笔财富。倘能有人用心征集搜求，编成一部集子，当是很有意义的事。

2000 年 10 月 10 日

东海六渡遂宏愿

——记鉴真和尚

公元754年（唐玄宗天宝十三年）春，古代日本的国都奈良，风和日丽，繁花似锦。郊外一条蜿蜒的小路上，走来了一队远行僧。经过几个月的长途跋涉，他们已是步履艰难，筋疲力尽了，但人人神情振奋，欣喜异常。其中一位双目失明的高僧，在弟子们的搀扶下，一边走一边饱饮着大和原野清爽宜人的空气，他为自己终于战胜海上的惊涛骇浪而感到无限鼓舞。啊，到啦，终于来到啦！

这位和尚就是中国唐代著名高僧鉴真法师。十二年前，他接受留唐日本僧人荣睿和普照的邀请，发愿东渡，六次起行，五次失败，最后以百折不回的毅力，战胜重重艰难险阻，实现了东传佛法的宏愿。

鉴真，扬州江阳县人，俗姓淳于，生于公元688年，成长于值开元、天宝盛世。他十四岁出家，远游长安、洛阳，就学于许多名僧智识之士。后来坐镇淮南，在扬州大明寺讲经传律，济施贫病，闻名江左。公元742年，鉴真受到日僧延聘时，已经五十五岁，况且又是学养深湛、名满天下的禅门大师，加之自然条件险恶，交通阻隔，真可谓"淼淼沧海，百无一渡"。照常人的想法，他是不会远赴异国的。然而出人意料，鉴真一经邀请，便欣然承诺，从此开始了史无前例的"六次东渡"的壮举。

他教育众弟子说：为了佛法，即使牺牲生命也在所不惜！这种为中日文化交流事业勇于献身的果敢精神，实在令人钦敬。

鉴真渡日五次受挫，最惨重的是第五次失败。公元748年，鉴真的船队浮海不久，就碰到了特大台风，在海上漂泊数月，几至绝境，最后漂到了海南岛南端的振州（今崖县）。他们一行越过雷州海峡，辗转广西、广东、江西，经陆路回到扬州。在长期的羁旅生活中，鉴真和尚得力的助手日僧荣睿病殁于端州，弟子祥彦身死吉州（今江西吉安），鉴真本人也因奔波劳顿和天气暑热的折磨而双目失明。但是，这位六十一岁高龄的老人并未因屡遭挫败而气馁，他一念不泯，壮志弥坚，依靠自己坚韧不拔的意志排除万难，取得了第六次东渡的成功。

鉴真每次入海都携带着大量的佛教经典和雕刻、绘画、医药、书法等文化艺术珍品。他的随行人员中，除了学有专长的弟子以外，还有玉匠、画家、建筑师等能工巧匠。鉴真的渡日，实际上也是一次以僧团组织的形式，向日本传播唐代高度发展的文化的活动。在鉴真东渡以前，日本早就通过派遣唐使和留学人员等各种途径，吸收唐代文化的精粹，并加以创造性地融合发展。日本古代光辉灿烂的奈良、平安文化就是这样形成的。鉴真在日本传播戒律，兴建佛寺，行医治病，十年如一日，用辛勤的汗水，浇灌了两国人民友谊的花朵，在中日文化交流史上书写了不可磨灭的一页。正如日本奈良市副市长庆田八郎所指出：鉴真和尚不仅对日本佛教有着重大的影响，而且传播了中国古老的文化，日本人一提起鉴真的名字都肃然起敬。

公元763年，鉴真病逝于奈良，终年七十五岁。他死后就葬在唐招提寺内。每年六月六日是鉴真圆寂纪念日，这座保有盛唐建筑风格的著名寺院对外开放，展出鉴真使用过的法牒、袈裟、法灯等遗物。寺内供奉的鉴真干漆雕塑像，被定为日本的"国宝"，受到特别的保护，每年只开放三天，供人瞻仰。

鉴真和尚墓地前有一个水池，传说鉴真生前最爱倾听潺潺的流水声，因此弟子们特意在他墓前开塘引水，以寄托缅怀之情。

1978 年 5 月

千里莺啼绿映红

——记竹内莹子

日本广播协会（NHK）的对华广播中，有一个栏目叫"一衣带水"。中午，打开收录机，就有一个亲切悦耳的声音在呼唤着听众："亲爱的中国朋友，你们好，我是竹内莹子，欢迎大家收听我主持的节目。"

每当这时，我的小女儿雷雷就会放下碗筷，奔跑过去，一边提醒我："爸爸，快来，开始啦。"这个节目办得丰富多彩，有吸引力，颇能投合国内一些青年人的喜好。我对它也有着特别的好感，因为我在日本期间也曾经参加录制过。那时，NHK派人采访过我，要我谈谈中国的日本文学研究的情况，这位采访者就是竹内莹子。

一天，后乐寮来了一位日本人装束的小姐，中等个儿，白皙而端丽的圆脸，浑身带着青春的朝气。她笑嘻嘻站到我面前，我按日本人的礼仪用日语作了自我介绍。对方看我一副毕恭毕敬的局促的样子，扑哧笑了，连忙说："我是中国人，哈尔滨来的。"我也不好意思地笑了。一听说她是中国人，我立即感到轻松起来，因为我们之间不再有什么距离了。

她原有一个中国的名字，父亲是中国人，母亲是日本人，三年前毕业于东北某大学的日语科，后来到日本留学，和母亲住在一起。目前在 NHK "中国班" 担任节目主持人和播音员。

一个雨天，我到涩谷区神南的 NHK 广播大厦录制节目，一走出原宿车站，就看见绿荫丛中耸峙着一座巍峨的建筑。这是我第二次到这里来。头回是 1981 年 3 月，我来这里参观过演播厅，看过一出神话剧的录制情况。莹子到门口迎我，她陪我走进国际局办公室。这是一个占据半个楼层的大厅，像个大教室，又像工厂里的大车间，各个语种划片分割。中间有一块小天地，天花板上吊着一个写有 "中国班" 的牌子。每人有个长方桌，上面堆满文稿资料。想不到这个赫赫有名的大广播机构，编辑人员的工作场所是如此简朴、寻常。国际局亚洲部长永岛先生是位严谨而热情的人，他能说一口流利的汉语。他先给我们交代了几句，就领着我们到专门的制作室去。在他的导演下，我是被采访者，莹子是采访者和主持人，一问一答，十五分钟的节目，包括开始曲在内，一点不能多，一点也不能少。永岛非常认真、细致，我们反复了几次，他才表示满意。从这点上，我又亲身体验到了日本人对工作一丝不苟的精神。

1986 年春，莹子要结婚了。我应邀到麴町会馆参加婚礼，并作为来宾致辞祝贺。这是我第一次参加日本式的婚礼。大家一一在前厅里签到，写上喜礼的数目，然后到筵席上坐下来。每人面前摆着一份丰盛的盒饭，有红鲤鱼、寿司、炸鸡等。莹子穿着华丽的婚纱，手捧鲜花，依偎在新郎身边，甜美，娇媚。她的父亲也从国内赶来了，双方家人也都鲜衣洁履，满面春风，和宾客一道为新郎新娘举杯祝福。

婚后，到西欧旅行度蜜月。莹子从罗马写来了信，谈起在伦敦、巴黎等地的见闻和观感。他们回国不久，邀请我和小林到横滨市旭区的若叶台新租的公寓里做客。莹子带着几分歉意地说，她第一次作为主妇招待客人，但不会做菜，要我们自己动手。商量了一下，我们决定包饺子。小林和面，我和新郎唯满去超级市场买菜。到了那里，唯满不知道要买些什么，仿佛对市场里的东西十分陌生。这也难怪，日本男子是不大逛菜市的，何况他才有了家庭，哪知柴米油盐之类的事呢？我只好反客为主，买了韭菜和猪肉，又选了几样时鲜蔬菜下酒。午饭也是由我和小林一手包办。莹子不知道炒菜先放油还是后放油，便到阳台上去摆弄刚刚开放的郁金香。唯满凑着想帮忙，但插不上手，只好远远地做个看客。

唯满是个纯朴、内向的青年，一眼就可看出他的沉稳和笃实。他是横滨市政府的职员，横滨和上海结为友好城市后，唯满作为友好代表团成员访问中国，莹子担当翻译同行。千里航路，生出万般柔情，他二人两相爱悦，随结同好。

87年春节刚过，我接到莹子一封精巧的流光溢彩的信笺，她欣喜地告诉我，她已经开天辟地做母亲了。女儿取名裕子，是个活泼可爱的小公主。她还把婴儿的照片剪贴在信笺上寄给我，让我分享她的幸福和欢乐。

结婚，生女，使得莹子的家务负担加重了，但她仍然孜孜不倦地埋头工作和学业。她一面出色地完成 NHK 的播音任务，一面继续攻读文学硕士课程。89年春我再去日本，莹子热心地帮我找房子，搬家，托朋友给我送来书架和日常用品，使我非常感动。后来我才知道，她是难得有这样一个休息日的。我平日打电话去，总是找不到她，工作和学习仿佛车子的两轮，成日载着她不停地奔跑。

我回国前，她利用工余时间来元住吉住处看我。莹子背着双肩书包，穿着红球鞋，全然一副中学生的打扮，依然充满了明朗的朝气。我问她唯满怎么没来，她娇嗔地说，唯满整天围着裕子转，他心中只有女儿，有时连出差都免了。这就是男人的感情，我是过来人，自然能体会得出的。

我们畅谈了十几分钟，莹子说还有事，就急匆匆走了。我看着她那渐去渐远的背影，心想，日本社会快节奏的运转，已经把她锻炼得十分成熟了。一个人只要有一个美好的理想支撑着，就会对未来充满希望，信心百倍地在人生的道路上不断进取。

友谊的电波在蓝天回荡，莹子亲切动人的声音依然牵系着无数中国少男少女的心。"千里莺啼绿映红。"在两国关系进入一个新阶段的时候，眼看着满园春色，耳闻着呖呖莺声，我永远不会忘记那些像莹子一样为构筑友谊的大厦而默默奉献着的人们。……

1992 年 10 月

"北京亭" 主人

　　我第一次见到"北京亭"主人 J 先生，是在东京千代田区日中友协举行的新年午宴上。会场设在神田铃兰大街附近的扬子江饭店。那天因为有事晚到了几分钟，进入餐厅看到客人们都已俨然地坐定，我们一到，大家就开始举箸了。大圆桌上摆满了淮扬名菜，喝的是绍兴酒，播放的是古典名曲《春江花月夜》，里里外外一派浓重的中国气氛。区友协的负责人汇报了一年来为促进两国友好所取得的成果，客人们报以热烈的掌声，会场里充满了欢声笑语。

　　我的对面坐着一个瘦小的男士，五十多岁，高高的颧骨，炯炯的双眼，稀疏的头发。他一直沉默着，老像是在思考什么。会场的欢乐气氛丝毫没有给他一点感染。我们这桌轮到他敬酒了，他猝然站起来，目光对全场扫视了一下，神情严肃地说：

　　"兄弟本不想临席，但诸位的盛情难却。我们中国人一向珍重友谊，我还是来了。我是为友谊而来……"

　　这几句话先是惹得众人一怔，会场顿时变得鸦雀无声，继而爆发一阵掌声，大家的眼睛一齐转向了他。

　　"然而，"他呷了一口酒，"问题在于什么是真正的友谊，怎样才算维护友谊。"

　　会场又是一片寂静。人们屏住呼吸，且看他还说些什么。那人停了一下，忽然提高嗓门愤激地说：

"难道让中国留日学生按指纹，把中国蔑称为'支那'，这也算友谊吗?"

刚才的沉默酝酿了现在的爆发，仿佛堵截的江河冲决了闸门，一泻千里地咆哮起来了。他的话大意是：中日恢复邦交已经许多年了，两国政府和人民都在为发展友好交流尽心尽力，但也有少数人，至今依然沿袭军国主义那一套做法，严重损害了中国的尊严，这是不能容忍的……他的发言义正词严，很有说服力。这位小个子立即吸引了我，不由对他产生了几分敬意。

散席后，他立即瞄准我走来，郑重地递过一张名片：J，东京华侨总会理事，"北京亭"餐馆老板。我一阵惊异，他就是J先生？在国内我早就听说过。因为大多数留日人员都见过他，受到过他的热情关照。J对留学生们视同亲人，有求必应。谁有了困难，只要打个电话给他，他总是尽力相助。这位令人向往的J先生没想到在这里不期而遇。他先前的那副冷峻的面孔顿然不见了，热情而又有礼貌地问这问那，说见到我很高兴，叫我有事一定找他，千万不要客气，否则太见外了，等等。如果说他刚才还是一块冰，那么现在就是一堆火，使人感到威严的外表藏着一颗滚烫的心。

从此，我们便时常往来，对他的情况也知道得更详细些了。J于1925年生于四川，战时赴日本留学，毕业于秋田矿业专门学校，后又进日本大学法学部。毕业后滞留东京，在神田水道桥附近开设中国餐馆。他青年时代身居异国，历尽生活的各种磨难，饱尝了"亡国奴"的苦味。但J是个正直的有良心的中国人，他一直顽强地同反动势力进行坚决的斗争，保持了高贵的民族气节。战后，他作为华侨团体的负责人，联络有志之士，大声疾呼，反对有些人仍把中国称为"支那"，把中国的东海和南海称作"东支那海"和"南支那海"。他发动东京爱国华侨组织了"'支那'蔑称根绝会"，反对当局强使中国入境人员在登录证件上按捺指纹的做法。

在J开办的中国餐馆"北京亭"里，火柴盒上工整地印着这样的字："请您不要把中国叫'支那'。"有些日本人进来用餐，随口叫道："来碗'支那'面。"J老板立即严正回答："本店只有中国面，要吃'支那'面的请出去。"客人弄得很尴尬，有的悄然离去，有的耐不住美味的吸引，只得顺从地改口："对不起，来一碗中国面。"

我有一次从神田路过"北京亭"，J先生特为我包了菜肉水饺，还炒了一盘猪肝下酒。因为久未吃到家乡风味的饭菜，这回可使我大快朵颐。厅堂里挂满了一些食客的题词，都是有头面的大人物。但老板并没有看轻我，也恭恭敬敬捧出一块"色纸"来。我也未能免俗，提笔写了两句话：

> 北京亭有北京味，
> 中国人是中国心。

J先生看了满意地点点头，立即悬到靠门边的横梁上了。

有一次，J先生夫妇邀我到池袋一家日本料理店（即餐馆）吃生鱼片，饮河豚鳍酒，同席的还有日本国立国语研究所的T先生。先把"清酒"温热后盛在散发着木材香气的方木盒中，泡上几片河豚的尾鳍，漂漂荡荡的，喝起来有一种非甜非咸的味道。然后上来一盘青虾，T先生用酱油一浇，只见紧缩的虾身猛然一伸，把酱油弹得他满头满脸。我们都笑了。各人立即捏住虾脊送进嘴里，嚼之铮铮，汁水沾颐。有时一口咬住了虾头，虾身作有力地一弯，夹得嘴唇生疼。然而 T 和 J 却吃得津津有味，边吃边聊，十分融洽。饭后，换个地方喝咖啡。忽然，T 和 J 激烈地争论起来，双方各不相让。原来他们在讨论日本军侵华的往事。起先各抒己见，争得面红耳赤，后来 T 被说服了，竟致悔恨地失声痛哭起来。只见他那肥硕的身子伏在小桌上不住地抽动。这时 J 先生夫妇俩连忙好言劝慰，轻轻拍着 T 的肩头，摇着，哄着。看那情景，就像父母抚慰受委屈的孩子。T 十分激动，临别时一再说，他受到了一次极好的教育，犹如大梦初醒。J 望着他那渐去渐远的背影对我说："T 是个正直的日本人，受到宣传的欺骗，对侵华战争有些糊涂的认识，这一点必须给他讲明白。历史是历史，友谊是友谊，决不能混为一谈。"

是啊，对于一个长期居住在外国的老华侨来说，祖国是至高无上的，还有什么比对中国母亲的感情更深沉更丰厚的呢？正如 J 先生所言："我们这些身居异邦的人对'中国'二字十分敏感，倘若有人对她稍有不敬，我们的内心就异常难受，不能不管。"

多么朴实的话语，多么纯真的赤子之心！在改革开放的时代，在众多人蜂拥着走出国门的今天，让我们记住这位老华侨的提醒。不为别的，只因我们是中国人。

1992 年 8 月

155

大阪两友人

改革的大潮在神州大地上涌动。转换机制，更新观念，下海经商，寻求第二职业，成为街谈巷议的热门话题。办公司，搞实体，发财致富，是当前许多人追逐的目标。如今的人提起钱来，也不再遮遮掩掩、讳莫如深了。小报上宣扬的是亿万富姐发家的经验，电视里播送的是江洋大盗敲诈勒索、杀人越货的犯罪故事。大学的院墙被推倒，盖起了蜂窝般的商店，喧闹的校园放不下一张平静的书桌。有的学生不再把心思用在书本上，而是琢磨着如何去社会上捞一把……

我惶惑了，不由得联想到全民炼钢的那个时代，深感自己落后于形势。但究竟如何适应这样的时代，怎样转变自己的价值观念，却一时只能彷徨观望，拿不出个好主意来。

难道金钱就真的高于一切了吗？难道除了经商赚钱，人生就再没有更美好的追求了吗？我不信这个邪，只好株守着自己的本行，老老实实过着吸粉笔灰和爬格子的清静日子。

有人说，"九等公民是教员，海参鱿鱼认不全"，认不全也罢，想想三十年前"酱油冲开水"的大学生活，如今不愁吃不上白菜熬豆腐，也就心满意足了。

当然，有时也免不了有些自我贬值的感觉。看看满街奔驰的出租车同自己无缘。来几个朋友上中山陵一趟光门票就花去了月

156

工资的一半。瞥一眼秦淮河的臭水也要掏腰包。再吃一顿馆子呢？一结账，连下个月的牛奶费都贴进去了。到这时候不由得出身虚汗。

不过，倒也不必这般心灰意冷，在孔方兄身价百倍的今天，清贫依然不失知识分子的本色，还是有人把教师这个行当看得很高很高的。尤其是当我从两位日本商界朋友的身上获得这种感触时，我的心情久久不能平静下来。

绫井芳秀，一个瘦削的老者，大阪伊丹一家商社的社长，经营精密机械。中国改革开放以后，他及早在上海中山南路买下一层中信公司的房产——中山苑，准备以这里为据点，在上海开店办厂。他对中国急剧发展的形势拍手叫好，但同时也对某些单位不守信用、拖延时间、不择手段赚钱的作风，提出了尖锐的批评。去年春天，我在驶往上海的火车上偶然结识了他，陌路相逢，他显得那么高兴，大有相见恨晚之慨叹。不久，他再次来上海，专门抽空到南京来看我。他说，和大学教授交朋友，是他一生最大的光荣。从此，他逢人就眉飞色舞地把我俩的巧遇讲给朋友们听。今年元旦，他携夫人以及内弟夫妇再到南京做客，那两天恰逢风和日丽，我陪他们畅游了中山陵、夫子庙和玄武湖。我们一同在同庆楼吃烤鸭，下秦淮河里泛舟，进五芳斋喝麻辣牛肉汤，这一天仿佛给了他一生中最大的乐趣。登中山陵时，他一个人跑在最前头，一口气爬了数百阶台阶，还不时转过身来，给大家拍照。看到他那迅捷的身影，谁能想到他已经是六十五岁的老人了呢？但绫井先生毕竟上了年纪，再加上平时很少步行，一天下来，晚上回到饭店，两腿感到酸痛。他在袜筒里塞了两包"发热袋"，又一头钻进了卡拉OK厅。

绫井先生一再向我表示：教师是十分高尚的事业，钱是身外之物，一个人活着，有比赚钱更重要的追求目标。他经商并非为了发财致富，而是为两国的友好尽一分力量。他说，大家要抛开狭隘的地理观念，做个宇宙人，为维护和发扬最美好的人性而不断努力。

同热情爽朗的绫井芳秀先生相对照，田川幸雄先生显得深沉而含蓄。他也是伊丹一家公司的老板，但我从他身上嗅不到一点商人气息，毋宁说他更多地带有知识分子的儒雅的风度。在上海的一次晚宴上，他惊诧于中国人吃螃蟹的熟练技巧，面对着盘中的美味踌躇着无从下手。他和我一见如故，毫无顾忌地向我袒露了自己的身世。原来他是抗清将领郑成功的后裔。郑成功的父亲郑芝龙，明末遗臣，福建人，亡命日本，居于肥前国（今长崎、佐贺）的平户，后来同田川氏女田川松结婚，生下郑成功和七左卫门两个儿子。郑芝龙1646年降清，随遭灭族之灾。长子郑成功以台湾为根据地，同清军作战，壮志未酬而病逝，被晚明朝廷赐"国姓"朱。日本江户时代著名剧作家近松门左卫门所著《国姓爷合战》一剧，就是以郑氏父子的事迹为题材的名作，在日本家喻户晓。田川先生说，他的身上流着中国人的血，他的所作所为都是遵从先祖的遗训，为中日两国友谊的长城添砖加瓦。今年元旦，他和老友绫井先生结伴游览南京，这天正逢他六十岁华诞，在南大南苑餐厅的宴会上，他望着朋友为他置办的硕大的生日蛋糕，心情十分激动。他说明年还要来南京过生日。

在玄武饭店平静的客房里，田川先生对我讲述了他的清寒的青少年时代。他本是大阪教育大学的高才生，毕业后拿到了"教谕"的"免许"，立志做一名教师。但命运和他开了个玩笑，偏偏让他走上了从商的道路。他早年在一家公司里当职员，工资低廉，不得不早晚出外打零工。早晨送牛奶，发报纸，晚上做家庭教师，一天工作十四个小时。前两年，在经济萧条之中，他的公司破产，损失巨大，目前正寻觅着复苏的路子。他打算在上海开一家中日饮食店，经营两国的大众小吃，如果成功，争取三五年内在中国各地逐渐建立一批分店。他设想得很美好，我祝愿他的这一计划能够顺利实现。

分别时，他紧紧握着我的手恳切地说，他不会忘记自己是半个中国人的，并和我相约：他打算把日本出版的有关他的先祖的一些书刊寄给我，由我在中国做些实地考察，可能的话，写一部有关郑氏父子的传记。他的一腔殷殷之情，使我来不及思量是否有精力担当这项重任，竟欣然答应了。

为着这份真挚的友谊，我怎好拒绝呢？

1993 年 1 月

长谷川水自成泉

——记长谷川泉

　　长谷川泉先生是一位博闻多识的文艺评论家、蜚声世界的学者，研究森鸥外和川端康成的权威。我很早就听说过他的名字，拜读过他的文章，在日本文学研究上，引以为效法的榜样。读其文，思其人，我巴望有一天能够见到这位大学问家，但我又常常自笑愚痴，觉得很难碰到这样的机会。

　　人生竟然也会有这样的巧事，1986 年 3 月 1 日，我应邀到东京麴町会馆参加竹内莹子小姐的结婚典礼。作为来宾，我致罢祝词刚要离开讲台，忽然看到一位老人脚步蹒跚地向我走来。他个儿不高，圆润的脸孔，胖胖的身材，戴着一副深度的眼镜，微笑着伸出手来，自我介绍道：

　　"我是长谷川泉，欢迎你的讲话。"

　　我一下子愣住了，真不敢相信，眼前站着的就是我一直景仰的人物。他那谦谦君子的风度，洵洵长者的神情，使我感到非常温暖和激动。

　　不久，我到文京区本乡的医学书院拜访他。长谷川先生在自己宽大的会客室里接待了我。他赠送我两本新著：《〈雪国〉的分析研究》和《鸥外文学及〈德国纪行〉》，并用毛笔在扉页上写下"邂逅"二字，签了名，盖了章。这是先生的惯例，我陆续得到他十余本赠书，都是这样郑重其事地挥毫题词以作纪念的。

后来，我参加过长谷川先生主持的川端康成文学讨论会。尤使我难忘的是那年春天，我出席东方学会年会，在会上宣读了《关于日本自然主义》的论文，长谷川先生不顾行动不便，一直从头至尾莅临会议，听了我的发言，对我文章中的不足之处给予一一指点，殷殷之情，令人感动。

作为一个普通的研究人员，我接触过不少名流高士，有着许多不同的感触，有的学者声名远播，便自有一种威仪，令人敬而远之。有的待人虚与委蛇，缺乏坦率和真诚。像长谷川泉先生这样热情平易，虽身为名士而不摆一点架子的人是不多的。给我留下这一印象的还有著名画家东山魁夷先生。我曾以"平凡与伟大达到了和谐的统一"这句话记述了我会晤东山先生的感受。我以为这句话也同样适宜于长谷川泉先生。

1989年春，我到国学院大学研究岛崎藤村，长谷川泉先生是我的导师之一。他当时因胆结石开刀，长时期卧床，右腿肌肉萎缩无力，出院后也没有恢复过来。我看他上下楼时两手交替着扒着栏杆，一点点挪动着脚步，心里十分难受。而我自己呢，也因腰病开刀不久，时时受疼痛折磨，步履维艰。看到先生强支病体，亲自开车赶来授课，不见一点悲观的影子，使我倍受感动和鼓舞，大大增强了我同疾病斗争的意志。

我曾经到文京区西片1号先生的家里访问过。这里距我上次住过的后乐寮不远。一座白色的小楼，下面是车库，上面是卧室兼书斋。儿女别居，夫妇独守，铺天盖地放满了书，东一堆，西一堆，先生就在书堆里写作、待客。这情景似曾相识，对了，几年前我在作家野间宏家里做客时也如此。这使我想起，中国和日本凡是搞文笔生活的人，大都比较清苦，安贫乐道不正是两国知识分子共有的品格吗？

长谷川泉先生是我的良师，也是我的亲密的朋友。多少年来，我们一直书来信往，从未间断。他每有新作，总是忘不了送我，自己亲手包封，或托出版社邮寄。他对我总是有信必复，有求必应。其实，他对所有的朋友都是这样的。坐在长谷川先生的面前，望着他那和蔼亲切的面容，你可以毫无拘束地畅谈自己的见解，放肆地向他提出各种各样的问题，而不必担心对方对你的看法如何。因为他那一副如海洋般广阔的胸襟，可以包容天地，涵养一切，包括你的无知和幼稚。

今年深秋，长谷川泉先生率领日本翻译家协会代表团来南京访问。他依旧拄着拐杖，行动很不自由。每遇到一个台阶，总是踌躇良久，不肯举步。看到他艰难的步履，我又是一阵难受。然而先生兴致颇高，游中山陵，他仰望着遍山秋景，激情满怀。他为南大师生举办了一次日本战后文学的讲演，手支单拐，孑然独立于讲台之前，侃侃而谈，如数家珍，受到与会者热烈的欢迎。他为此行亲笔书写了"天纸风笔"四个遒劲的草书大字，制成四方的染帐，一路上送给中国各界朋友。

"泰山不让土壤，故能成其大；河海不择细流，故能就其深。"半个世纪以来，长谷川泉在文化艺术领域里，孜孜矻矻，锲而不舍，终成卓然大家。他几乎每年都有几部新作问世，至今已出版了六十余部专著（不包括编集类书籍）。这何止是著作等身，恐怕早已超过他身高的几倍了。

长谷川水自成泉，涓涓滴滴之水，汇成叮叮咚咚的泉流，又溶成浩浩荡荡的江海。这就是长谷川泉先生的治学之路，人生之路。

1992 年 11 月

美的灭亡

——川端康成之死

　　1972 年 4 月，日本古都镰仓，樱花烂漫，绿树婆娑，这座佛寺之城的大街小巷，到处呈现出一派芳春的景象。崇尚自然的日本人正沉醉在赏樱的欢乐气氛之中。这时，一个不幸的消息从城西南隅的长谷地方飞出，立即传遍了镰仓，传遍了整个日本列岛。——当代著名作家、诺贝尔文学奖获得者川端康成自杀了。时间，4 月 16 日，地点，逗子市小坪的一家公寓。

　　当时，人们在四楼的一个房间里找到了他，这位曾经以《雪国》《古都》《千只鹤》等作品打动千万读者心灵的文学大师，静静地躺在棉被上，口中含着煤气橡皮管，枕边摆着打开的威士忌酒瓶和酒杯，没有话语，没有遗书，就这样无言地走了。鹤冈八幅宫的钟声呜咽了，长谷大佛流泪了，整个镰仓，整个日本都陷入了悲痛之中。

　　人们清楚地记得，仅仅三年多之前，也是在这长谷的作家的宅邸里，欢乐充满了每个人的心头，车声、人流，镁光灯闪闪烁烁，各界人士和市民蜂拥前来向川端康成道喜，祝贺他荣获 1968 年度诺贝尔文学奖。国民们深深感到，这不单是作家一个人的光荣，同时也是整个日本民族的骄傲。自从诺贝尔文学奖创立半个多世纪以来，在亚洲只有印度的泰戈尔获得过这种殊荣。川端康成的获奖，使得"川端文学"从此赢得了世界声誉，大大提高了日本文学在世界文学中的地位。可是有谁料到，这种欢乐的气氛尚未散去，忽然又袭来了悲哀的狂涛。人们惊愕了，做着各种各样的猜测，企图从作家的出身经历、创作道路和性格上去寻找答案。

人对生死的看法和采取的态度因阶级、民族而显出差异，同一阶级或同一民族又因出身经历、道德修养和文化素质等因素而千差万别。中国过去有一种说法，叫作"好死不如赖活着""死皇帝不如活叫花子"。在今天看来，这种抛开理想和信仰，单纯追求活命的观点实在不足为取，不过，也确实代表了一部分人的人生哲学。日本人认为，死是生之延续，死是道德的自我完成，是一种修身律己的行为。如果需要，似乎随时都可以去死。由生到死，仿佛是从一种境界走到另一种境界，就像出门旅行一般。这种生死观是和日本民族崇尚佛教的禅学思想以及武士道精神密切相关的。那种听了叫人毛骨悚然的"切腹"，可算日本人的一种"国粹"，别国人怕是学不来的。

自杀似乎成了日本人的一种传统。单举文学家为例，翻开日本现代文学史，不到一百年之间，就有七八个知名作家相继走上了这条道路。明治时代的厌世诗人北村透谷自缢而死，白桦派文学的重镇有岛武郎同恋人双双情死，此外，芥川龙之介、牧野信一、太宰治、田中光英、三岛由纪夫，也都采取这样的手段结束了自己的生命。对于文学史上的这种特异现象，许多外国研究人员和读者迷惑不解，问日本人，谁也说不清楚个中三昧。但有一个事实是肯定的，那就是这些自杀的作家死前都陷入了一种不能自拔的痛苦之中。对他们来说，"自杀也是通过自己的手所进行的一种安乐死，是利用死摆脱痛苦和烦恼的方法"。（唐木顺三语）

那么，功成名就的川端康成有些什么痛苦和烦恼呢？他为什么要自寻短见呢？

1899 年初夏，川端康成出生在大阪的一个破落大家庭里。幼年时代父母先后病死。康成很早成了孤儿，在祖父母的照料下过着清贫的生活。后来，祖父母也去世了，亲人们的亡故，给幼小的康成以沉重的打击，每次参加亲人的葬礼，都在心中印下痛苦的记忆，他因而成了"葬礼的名人"。康成在寂寞和悲哀中苦熬着日月，从小养成了一副"孤儿根性"。这种"孤儿根性"对于他以后的生活和创作起到了决定性的作用。川端的少年时代，由于几度恋爱失败，饱尝了世俗的冷酷和人情的淡薄，他觉得这个世界对于自己来说，是悲凉的、无可留恋的。就在他对人生产生失望，在文学的大门口去留徘徊的当儿，得到了前辈作家菊池宽的知遇和照拂，从此步入了文学艺术的殿堂。川端康成和横光利一等人发起了"新感觉派"文学运动，成为这个流派的代表作家。1926 年，川端出版他的代表作《伊豆的舞女》，获得了广泛的好评，奠定了他的作家地位。

这篇小说主要叙述一位少年到伊豆半岛旅行，路上邂逅巡回演出的艺人，其中有一位天真烂漫的舞女，两人产生了一种朦胧的恋情，但又无法表白心曲。作品结合对沿途美丽风光的描绘，细致地表现了少男少女纯真的友谊和互相倾慕的心理，好似一首恬淡幽远的抒情诗。

小说中的主人公其实就是作者本人，这个故事也是他的亲身经历。川端康成从小失去亲人，从未尝受过人间的温暖与友爱。那位纯情的舞女一旦把他当作好人加以赞誉，并待之以体贴之情，这就立即在少年心中激起了感情的波澜，久久不能平息。作家常常体味着这段甘美的回忆，他把这个难忘的经历叙写下来，遂成一篇美文佳构。艺术的力量是巨大的，《伊豆的舞女》问世以后，引起了强烈的反响，多次被改编成影视和戏剧，还选进了国语教科书。许多地方建立了"伊豆舞女"纪念碑。作者旅行所经过的道路和沿途风物，一时成为游览的胜迹。食品工厂生产了"伊豆舞女"的糖果、点心，就连东京新宿开往伊豆的火车，也冠上了"舞女"的番号。

代表川端康成文学创作最高成就的是中篇小说《雪国》。这部作品描写一位舞蹈研究家名叫岛村的人，三次到雪国同艺伎驹子以及叶子两位少女交往过程中产生的感情纠葛，反映了生活在社会底层的妇女的悲惨处境和向往美好生活的愿望，批判了资产阶级醉生梦死、蹂躏女性的腐朽思想。《雪国》在艺术表现上极富特色，作者在继承日本传统的基础上，运用了西方现代派的表现手法，使两者完美地结合在一起，酿造了一种特殊的艺术氛围，代表着"川端文学"着意探索日本美的总的主题。

在川端康成看来，作为一个文学家，其使命就是探求美。可以说，川端康成的整个人生与文学活动集中反映在一个"美"字上。川端心中的美，不光有自然之美，人情之美，也有性爱之美，肉体之美，还有颓废之美，灭亡之美等等。在川端眼里，美是无所不包，无所不在的。著名风景画家东山魁夷在谈到川端康成时说：

"人们提起川端先生，必然要触及美的问题，有人说，他是个无餍的美的追求者，美的猎人。……先生不但寻觅着美，而且热爱美。美，可以说是先生的休憩、喜悦、恢复，是生命的反映。……我之所以能同先生长期而亲密地交往，是因为除了美之外，我们几乎没有谈及其他任何东西。"①

---

① 东山魁夷：《星离去》，引自：陈德文主编，《冬天的富士》，天津：百花文艺出版社，2000。

纵观川端康成的创作，他的每一部作品都记录着在探求日本美的道路上留下的足印。作为新感觉派文学的代表，他不惮吸收西方现代主义的手法以丰富自己的艺术表现；作为一个东方的文化人，川端康成始终立于本民族文化的基础之上，为发展和创造东方传统的美付出了毕生的精力。阅读"川端文学"，便是徜徉于作家所创造的这种美的境界之中。

诺贝尔文学奖给了川端康成以极大的荣誉。奖状上的题词表扬他"以敏锐的感受，高超的小说技巧，表现了日本人内心的精华"。荣誉和地位使他受到振奋和鼓舞，更给他增添了沉重的精神压力。自从获奖以后，他的创作灵感渐次枯竭了，再也写不出激动人心的作品了，这就预示着"川端文学"面临着空前的危机。此外，在社会生活方面连连遇到一些挫折，使他对现实丧失了热情和勇气。在这种严峻的形势下，川端的情绪悒郁不振，心神不宁，只得靠安眠药打发日子。这种精神障碍症反转来又加剧着他的痛苦和烦恼，最后只好把死当作一种寻常事看待。他没有留下遗言，因为他早就说过："倘若自杀，以没有遗书为好，无言的死，就是无限的活。"①

一代大家离开了他曾热爱过的世界，一个文学巨星陨落了，他没有留下什么话，他也无须再说什么话。他身后留下的数百万言的文学作品，不正是他心灵的真实写照吗？

沁园春

（川端康成）

新绿惨淡，百花垂泪，星堕长谷。

---

① 川端康成：《大明星的异常》，《一草一花》讲谈社，1991。

七十三春秋，不堪回首。
"葬礼名人""孤儿根性"，
一身盛名，一世屈辱，
留下华章谁颂读？
《千羽鹤》《古都》共《雪国》，
占尽风流！

一朝挥手离去，纵有千般烦恼抛休。
叹神仙国里，知音甚少，
泉台冷落，无人把酒。
三五明月，二八丽姝，
何须倩影对长愁？
探美境，遍写世间情，光耀今古！

1991 年 2 月 28 日
春雪飞舞之夕

川端文学随想

一

我默默注视着川端康成的这张面颜。平静中隐含着忧戚，冷峻里流露出热情。这是一张总也不笑的脸，又是一张永远不哭的脸。与其说是一副生人的面孔，莫如说是一尊岩石的雕像。

冷面的人生，冷面的文学。

注视着这张面孔，如同注视着一座文学之神。我内心里凝结住一腔热血。这张脸使我重新审视着文学。他仿佛在问：你懂吗，文学是什么？

川端康成把笑颜抛却在古代，又把哭颜留给未来。他只用一种平静的素颜面对今天，面对苍黄反复的人世。

在这张平静的素颜上，有着现代人解不开的无数星座，它们等待未来加以证明。这张脸其实就是一首人类的寓言。现代人企图解析这首寓言；用川端的话说，那是徒劳。

素颜上的一双大眼睛是深邃的海，一只回顾着古代，一只直视着未来。这双眼洞穿一切，凝聚着作家全部的睿智。它是川端文学火山的喷发口。

川端康成的素颜，实际上就是一副纯日本人、纯日本文化、纯日本美的真实而又生动的地形图。

川端的脸是最没有伪装的裸露的脸，一如他的作品。只将一个真实的存在呈现在世人面前，毫不做作，毫不扭怩。不管世界怎样评说，他都相信一个真实的自己，一个不同于任何人的川端康成。

读懂了川端的素颜，也就读懂了川端文学。

二

一生下来就被命运抛进痛苦的渊薮。亲人相继死去，"孤儿根性""葬礼名人"，铸造了川端的个性，也铸造了川端文学的个性。对于常人来说，苦难是人生的不幸，而对于一个作家来说，苦难是财富，是幸运，是开掘不尽的黄金富矿，是文学创作不竭的源泉。没有少年时代的孤独哀伤，就没有川端文学的壮丽辉煌。

对于一个读者来说，你如果没有川端康成那般痛苦生活的经历，你就很难理解川端和川端文学。你只能凭臆想去想象那种苦难。然而，你的任何臆想和想象都只能是隔靴搔痒，触及不到皮肉。这是我们川端文学研究者的不幸与悲哀。

生活的磨难是艺术家的财富，也是艺术批评家的财富。

三

生活和艺术是怎样的关系呢？依我看，平常人的生活只是生活，而艺术家的生活便是一种艺术。川端康成的全部生活都已经艺术化了。所以在他那里寻不见生活和艺术对立的例子，也看不到艺术游离于生活的现象。这就是一个艺术家所获得的纯粹的世界。他的每件作品都是来自生活的艺术制作，都应看作脱离生活尘寰的人类精神的财富，而不该用俗世的眼光看待它们。来自生

170

活的东西，一旦进入艺术的境界，便化作人类文化天宇上璀璨的星辰。

川端文学是古典式的日本生活的再现和凝结。这种再现和凝结代表着日本民族美意识的追索和探求。因此，社会生活越现代化，就越距离川端遥远，就越难于理解川端文学。

四

川端康成属于历史，属于传统。

研究和认识川端文学，只能暂时回到历史，回到传统。如果我们带着现代人的心情去读《伊豆的舞女》，读《雪国》，读《千羽鹤》，那仅仅是阅读，无法进入作品的世界，无法深入人物的心灵。

用日本传统式的审美方式对待川端文学，这是研究川端的关键，这一点作家早已告诉我们了。

你看，在诺贝尔文学奖授奖式上，他为何一副纯日本人的衣着装束呢？这是一种暗示，一种指引，我以为。

五

我爱读川端康成，也跟着谈那种"热"，胡乱发过一些议论，面对一些作品侈谈什么"表现了美丽而纯洁的爱情"啦，而对一些作品又说"描写了男女性欲和肉体关系"啦，还对其他一些作品下过"颓废和腐朽"的评语，等等。但是当我冷静下来再深入研究一下作家个人，我惶恐了，汗颜了。我发现我的见识多么主观肤浅，我的评语多么孟浪随便。我说的这些，作家或许并未有所意识，不，他完全没有意识。他是在更高的层面上创作着自己的小说。他表达的主题就是真实的人性，别无其他。而表达这种真实的人性是一切文学艺术的最高境界。在这种境界之下，是用不着什么"纯洁的爱情"，什么"男女情欲"，什么"颓废腐朽"之类或褒或贬的言辞加以论说的。

六

到目前为止，日本已有两位作家荣获诺贝尔文学奖。

当然，一个作家获得诺贝尔文学奖，并不等于他的文学创作达到了顶峰、无可企及了。获奖者本人必须有个清醒的头脑。川端康成就是一位具有清醒头脑的作家。他没有因此而忘乎所以，也没有趾高气扬，看不起同类，骄傲自满起来。他很冷静，也很淡然，一切都以平常心待之，这是大气度、大心胸。这是研究川端文学的学者所不可忽略的重要一环。

有的论者谈到川端康成获奖后感到压力大，背上了荣誉的重负，由于他的艺术已到顶峰，创作思想枯竭，再也写不出更好的作品，所以只好自杀求得解脱。我以为，这是对川端康成的误解。川端既然没有把诺贝尔文学奖看得如何如何崇高和重要，他也就无所谓考虑到为保持这顶"荣誉"而寻求自杀以获解脱。自杀对于常人来说是恐怖，是灭亡，但对于川端来说，自杀不是消极的死，而是积极的生，或者是生之延续。这是另一种境界的艺术的探求，是川端康成自我生命升华的一种独特方式。我们不可用自己的俗念来取代作家对艺术和生存意义的富有个性的追求。

七

我赞成这样的观点：川端文学是"悲"与"美"的融合。悲是基调，美是主题。悲而不伤，美而不艳，是传统文化在现代最完整的体现。我读《伊豆的舞女》，被作品中少男少女清美而纯净的情爱所激动、所吸引。这种情爱就像酒曲，它促使整个作品都得到美的发酵，酿成一坛令人心醉的艺术的香醪。作品纯美的汁液泛滥出来，流溢到外界的自然环境上，使得小说产生的舞台——伊豆半岛、修善寺、天城山、下田港等，已经不仅仅是地名，而作为文化艺术的细胞，被千千万万的人所熟悉、所向往，甚至有了"舞女号"的电车行驶各地。由此，我想到文学的浩大的力量，想到日本人的浪漫气质，想到日本民族和日本文化的伟大之处。

清清亮亮的笔墨，简简单单的叙述，吞吞吐吐的会话，含含糊糊的交往，构成了《伊豆的舞女》那种游移不定、扑朔迷离的艺术境界，反映了日本文学虚幻和暧昧的传统的特征，具有摄人心魄的艺术感染力量。

长年以来，我在课堂上教授学生关于这篇小说的翻译技巧，作品中所描述的自然风景和地理环境皆成为我梦中向往的地方。

《伊豆的舞女》是小说，更是一首诗，一首描述少男少女纯美感情的诗章。

八

真正的艺术是脱俗的，因此我们不能使用人世普通的俗语去状写和评判川端文学。诸如颓废、堕落、淫靡、肉欲之类的语汇。我们必须从艺术的高度去判别作品中的人物，赋予他们文学上应有的光辉。

我们不能随心所欲地把《雪国》中的驹子说成是情窦初开的恋女或者欲火烧身的荡妇，我们只能追究作家是否写出了生活的真实，写出了人性的真实。从真实不真实这一角度出发，才能正确走进川端，走进川端文学，才能领略川端艺术之宫的瑰丽的世界。

生活的虚假使现代人变得丑陋，文明逐渐淹没了人性的本真。只有文学才可能还原人的本真，使得虚假的人生变得真实起来。美只存在于真实之中，而虚假是丑恶的苗床。何时这世界能多一些真实，也就多一些美好。

川端康成为我们做出了表率，他的文学是真实的，因而也是美的。

九

文学的崇高使命不仅在于表现美，还在于创造美——人性美、自然美、艺术美。川端康成一生都在追求这样的美。失掉了追求美的热情，文学的生命也就枯萎了。我们阅读《伊豆的舞女》《雪国》《古都》，阅读《千只鹤》和《睡美人》，我们便能体会到作家在努力表现这种美和创造这种美。这便是川端文学真正的价值。

中国现代文学的许多作家也都注意发掘和创造生活中的美。如鲁迅的《阿Q正传》《祝福》《从百草园到三味书屋》，郭沫若的诗和历史剧，茅盾的《子夜》，巴金的《激流三部曲》，老舍的《骆驼祥子》，曹禺的《雷雨》等，无不在追索和表现人性美、自然美和艺术美，成为中国现代文学的不朽之作。

十

文学艺术是一项精神创造工程，它要求作家像蜜蜂酿蜜、春蚕结茧一般付出艰苦细致的劳动。艺术创作的艰苦与细致，客观上限定了艺术家无法多产。一个作家一生能有一两部叫好的作品就很不错了。过去嘲笑过一本书主义，现在能有几个作家可以以一本书而自立于文学之林呢？多产必定出粗品，任你是再伟大的天才，一年推出一部甚至几部长篇，也只能大都水货，虽然自画自赞一通，但最终上不了台面。作家必须有精品意识，要提倡"十年磨一剑"的精神。有些作家使用电脑写作，一天敲出几千字几万字，几个月就能完成一部长篇，以多产作家自居，实乃可笑之举。说得刻薄些，这只能是在制造文字垃圾。

学习《红楼梦》的作者曹雪芹，对你的作品也来个"披阅十载，增删五次"吧。

十一

日本的现当代文学，有了川端康成便为世界所瞩目，再有了大江健三郎，又在世界上赢得了一定的地位。这是日本文学的骄傲，也是东方文学的骄傲。但是出了两位诺贝尔文学奖的获奖者，只能说明他们自己一时的辉煌，或者说所处时代的一时的辉煌。有了这两位作家开创的道路，还需要其后一代接一代的努力，才能保有这份光荣。稍一松劲，很容易滑落下去。好比登山，先有人达到了一定的高度，后来人必须创造更高的高度，否则还不如没有先前的高度，一直平坦地走着较为省力。文学的大起大落，只能暴露其底气不足，这是当前日本文学面临的严重的挑战。

十二

人类物质文明的发达，注定了文化艺术的衰落与单调。文学仿佛更钟情于人类原始的命运。科学的昌进，逐渐销蚀着神话的美丽。例如，人类一旦登上月球，一切有关月亮的神话一朝跌落为谎言。科学技术的前进，必将带来更多的文学殿堂的崩塌。这是现代人的悲哀。

川端康成沉默于这种悲哀之中。川端文学从某种意义上说是反文明的，是钟情于原始的人性美的。只有原始的，自然的，才是恒定的，具有持久的生命力。

日本现当代文学家和艺术家中，有不少人自觉或不自觉成为反文明艺术的代表者，诸如永井荷风、川端康成、井上靖、东山魁夷等。随着科学的昌盛，这种反文明的文化意识还会进一步强烈起来。

中国也一样。

十三

文学的创新要以继承为前提，没有继承便没有创新。所谓"推陈出新"并非意味着推倒一切旧的，凭空创造新的，而是在原有的基础之上，生发新的要素，以实现新旧的融合发展。同样，"破旧立新"也不应该毁掉一切旧有的传统，另行创造所谓新鲜的事物。

许多自命不凡的"学者""专家"，言必外国，话必西方，而将自己本国的东西抛在脑后。他们只知 ABC，不识甲乙丙。拜金主义膨胀，知识成了金钱的奴隶，伪科学、伪文化横行无阻。

发达的经济气候，虚浮的文化氛围。

文学在彷徨，它瞻前顾后，无所适从。

文学何时能走出迷雾，张开翅膀拥抱新世纪的曙光？

我默默注视着川端康成的这张面颜，陷入了深深的思虑。

2000 年 12 月 12 日

东京樱花节

　　日本的春天，是个热闹的季节，风流的季节。观赏樱花，是"年中行事"中人们"最当回事儿"的活动。

　　或许现代文明，把人们和大自然隔离得越来越远的缘故吧。日本人十分关注四时草木的变化。春分刚过，寒气未收，人们就在企盼樱的消息。街头巷尾，到处插满人造的花枝，盈盈春意，昭示着樱神的降临。许多团体机关，忙于筹备形形色色的赏樱会，出广告，贴标语，招徕八方人士。

　　渐入四月，各大报社电视台，都抢先报道樱花初放的快讯。从鹿儿岛到北海道，樱花犹如一支远征的部队，在"春"将军的率领下，由南向北，渐次推进。樱花前线所到之地，群情激奋，万民欢腾。

　　四月初，是关东地区赏樱的极盛期。这时候，春阳骤暖，群芳灿烂。看，清纯秀雅的大山樱、妩媚姣好的染井吉野，还有八重樱、淡墨樱、菊樱等，将整个东京装扮成一片花海。人们扶老携幼，箪食壶浆，涌向上野、新宿御苑、千鸟渊和井之头等，云笼罩的林道路，涌动着观樱的人流。花团锦簇的樱花树下，汇聚着欢乐的笑脸。游客们东一群儿，西一堆儿，摆上饮料点心，面对着盛开的樱花，饮酒赋诗，团坐笑语。人们轮番伴着卡拉OK，唱一曲喜爱的"演歌"，是赏樱活动中不可缺少的项目。所谓"演歌"，这是日本人独具特色的抒情音乐，不论谁，都能来上几首。常常是一人神情专注地低吟浅唱，周围的人鼓掌相合，齐声喧呼。"演歌"的内容多属男女聚散，人生悲欢，如泣如诉，如怨如慕，富有醇厚的文学意味。一首歌唱下来，可以尽吐平日的不快与烦恼。

如果你是个人独游，也不必担心自己的孤寂。你随意走进哪一簇人群，都可饱享到温暖的友谊。你尽可以和素昧平生的人们拉起手来，载歌载舞，大饮大嚼，然后"拜拜"而去。

天上江雨溅浪，软风团雪；地上彩衣翠袖，笙歌聒耳，好一派迷人的春景春色！

比起上野来，位于吉祥寺附近的井之头公园别有一番情调。这座公园偏离都心稍远，从"都内"去，要辗转换乘几次电车。这里林木疏朗，绿芽糁径，优雅而富有野趣。园内一注碧水，周围樱树环列，樱花面湖而开。斜枝弯弯低吻着湖面，落英纷纷飘洒于水上。

入夜，湖畔灯火荧荧，水中云霞漫漶，惝恍如仙境，是观赏"夜樱"的时候。双双情侣，耳鬓厮磨，三两挚友聚会船中。一罐啤酒，几块鱿鱼，尽情享受着春夜良宵。

⋯⋯⋯⋯

大凡初遇的事，总是新鲜的，敏感的，最令人感动。数十年前第一次看见樱花初放，就是这样的心情。其后，来得多了，一趟又一趟，脚步匆匆，人影憧憧，再不能获得一次仔仔细细观看樱花的机会了。笔也懒了，虽然写过不少"颂春""赏樱"的文章，如《又是樱花时节》《谁人赏樱伴》《五月春日井》等，但随着年龄老去，好奇心没有了，钝感力增强了。春夏秋冬，花开花落，对一切都麻木了起来。

不久又将是春天，心里总是有些茫然。但愿今春会有一番美好的心境，以迎迓人生老境的芳春花宴。

2016 年 3 月

五月雨

　　当新绿初染江南的时候，春雨也跟着下起来。起初只是细细的微霖，带着泥土的清新，尚不足以驱走连月的春旱。谁知一入五月，雨水渐多渐猛，这会儿，竟然潇潇有声，彻曙未绝。晨起推窗，但见溟蒙的雨雾中遍走着匆匆的人影，其中，一紫衣人高擎花伞，从沆荡的湖畔姗姗而来。我心中怦然一动，那不是Toma吗？她果真到中国来了？

　　我正踌躇地想叫住她，那紫影一闪而过，像一只蝴蝶倏忽远逝了。我一阵惆怅，眼里的人影虽已消失，记忆中的容颜却渐渐明朗起来。

　　那是六年以前，东京的春雨也是这么细，这么柔，伴着微风，温润着行人的面颊。湿漉漉的地面上是散散密密的落樱。我沿着铺锦叠翠的学园小径，去 W 大学外事科报到。一位身材亭亭、面容清纯的姑娘，把我引到科长的办公室，帮我填了一张张表格，向我介绍了 W 大学的情况。她的汉字写得不算好，但点点画画极为工整，带着女性的娟秀。从字迹上，我认出以 A 科长的名义发给我的一切信函，皆出自这位小姐之手。她给了我一枚小巧玲珑的名片，印着：Toma，W 大学外事科职员。我送她一幅东山魁夷自制的挂历和一叠从王府井买来的国画书签。Toma 十分高兴，珍爱地观赏着，口里不住说着感谢的话。

随后，她陪我到图书馆、大学讲堂、教学楼等地转了一圈，会了几个有关的人员。春雨霏霏，校园里满眼绿色，空气里洋溢着群花的芳馨。Toma 衣着素朴，不戴首饰，不施粉脂，这和我见到的日本女孩子不大一样。也许在大学工作的缘故，她的装束显得庄重而富有教养，甚至带着几分书卷气。

第二天晚上，大学总长专为外国进修人员开了隆重的欢迎会。讲堂门口的桌子上堆着用英文写的名牌，我一到跟前，Toma 就很快找出我的名牌来帮我别在胸前。在她的协助下，我们几位中国人员同 N 总长进行了毫无拘束的交谈，留下了愉快的印象。

在我将要回国的时候，A 科长给我写来一份"依赖书"，意思说，近几年 W 大学同中国的交往越来越密切，外事科没有一个懂中文的，工作十分不便。为此已决定一人脱产学中文，托我物色教员。但奔走了数日也未找到合适的，只好自己先应承下来再说。"开学"那天，我整理好房间，拿出上好的茉莉花茶，等待这位学生的光临。门外响起了轻轻的敲门声，跟着一声女性的问候，开门一看，是 Toma。"是你学中文？"我有些惊奇。"是的，您看我不行吗？"她很有礼貌地反问，话语里藏着几分不平。"不、不，当然行，而且会学得很好。"我忙不迭解释，连自己都感到有点狼狈。她笑了，在桌边坐下，紧紧地靠着墙角儿。我请她喝茶，她每啜一口，总是说一声："好香，谢谢。"她拿出一本相册来，那是两个小女孩从童年到大学时代的照片。她指点着哪个是自己，哪个是妹妹。她还给我讲述了家里的情况。她老家是新潟——著名的米乡。父亲是"税理士"，母亲是家庭主妇。姊妹两个在东京上学，同住在目白的公寓里。姐姐毕业后留校，妹妹继续攻读经济学硕士。年迈的父母整日记挂着两个千金，规定她们每月回去一趟，顺便捎些大米来。新潟就是过去的越后，我知道，那是一个充满文学气氛的古国。

我对她的行动有些不解，为什么要把童年的照片拿给我看？为什么要详细告诉我她的家庭情况？事后才了然，她决心学好汉语，把我当作老师和朋友。她这样做是履行一种"拜师"的礼仪呢。

Toma 非常用功，很快学会了一些简单的会话和日常用语。从她身上，我看到日本少女勤奋好学、热情善良的品格。

在我就要离开日本的时候，中国留学人员在涩谷区的土井写真大厦举办了一次"摄影展"。闭幕那天是我值班。暮雨朦胧之中，Toma 跑来参观。她是从朋友那里得到消息，下班后急急赶来的。我没有通知她，心里怀着歉意。她看得很认真，仿佛每一幅作品都能激起她极大的兴趣。她说，中国伟大，中国人伟大，我一定要到中国看看。

我们一起走向涩谷车站。我没有带伞，催促她先走，她不肯，执意和我共打一把伞。Toma 高擎玉臂，一路上只是顾及着我，她的半个身子露在雨地里，头发上缀满了晶亮的水珠。要知道，在日本只有恋人才会合撑一把伞的，日语叫"相合伞"。我有些难为情，可她却毫不在意。我这 1 米 83 的个儿，叫人家把伞举过头顶在雨天里走半个多时辰，其艰难之状可想而知。

到了涩谷车站，她把一包装帧精美的"越后团子"悄悄放进我的书包里，翩然地登上山手线电车，走了。

回国后，她来过信，中日两种文字交替使用，因为忙，我只回过她一次，此后便断了消息。不知她现在怎样了，论年龄，她或许已经结婚，不在 W 大学了吧。

啊，这泠泠不绝的五月雨。……

1992 年 5 月

修学旅行记

2000年8月下旬，坂田新副校长率领爱知文教大学国际文化学部八名大学生（男女各半）赴南京大学学习参观两周。余随其行，零星记下一些见闻。

8月16日（星期三）　晴热　名古屋—上海

上午11时离高森台经胜川去名古屋空港，等片刻，坂田教授亦到。于Group counter 26—29处集合。不多久，男女同学次第到来。

顺利通过安检，乘上中国西北航空公司的292班机，15时35分起飞。其间，航空小姐发过饭盘，正在为我倒咖啡时，机身发生颠簸，并愈趋严重，咖啡汁遍洒右腿，并殃及邻座的坂田教授，机舱内的通路上全是抖落的饭盘、饭菜、刀叉、碗筷狼藉一片。看来飞机遇上了强气流，刹那之间一些人大惊失色。我顺便接住一个夹在座位口袋里的蛋糕吃了，算是了结了一顿午餐。有一位乘客连连向我说："第一次，第一次啊！"约10分钟后，飞行恢复平稳，17时许，安全降落于虹桥机场。机上有近百名京都的中学生，他们要去西安参加音乐节，由一位校长带队。那位校长曾在上飞机时同我聊过一阵，这时带着些惜别的神情望望我，说："我们还要再飞一个小时呢。"

南大海外教育学院的邓和栾两位老师来接，随后乘面包车去苏州。行车约一个半小时抵苏州，住入华侨饭店。入浴，夜半12时半，手表停摆，不早不晚，偏偏凑在这个时候，可见是个谬种（借用鲁迅《祝福》中鲁四老爷的话，一笑）。看来电池完了，又一时无法更换，徒叹奈何。

8月17日（星期四）　晴热转阴　苏州—南京

早饭后乘车去寒山寺和拙政园。奇热。曲径浓荫，藕花满塘。绿叶红轮，流水脉脉。环湖一匝，随众游人出。等车，车久久不来，据闻司机去加油，颇费周章。买折扇十把，计十元，价甚廉。一店主视我良久，忽指我为日本人，并不容辩白。姑妄言之姑听之。一笑而已。中午于嘉余楼用餐。坂田教授欲访段玉裁故迹，但问了许多人，尤其是老者，竟无一人知晓有其段氏！段本为金坛人，号茂堂，字若膺，曾做过县知事。卜居苏州枫桥之畔而志于学。著有《说文解字注》等，专长于《诗经》、小学。这位名噪一时的大学问家，虽然作古不到二百年，但于这个文化古都，竟然连老一代人都不知道他，文化之"滑坡"令人浩叹。

下午乘车沿沪宁高速公路去南京。坂田教授和邓老师聊起来。邓本是历史系老师，出身书香门第，掌故颇多。早年曾在北京和广州待过，任教于中山大学。坂田先生向他问及了陈寅恪以及他的先人等情况。邓一路饮水，身体颇佳，看来很注意养生之道。

4时许到达南大西苑宾馆，入住2007室，坂田先生居对过。晚上洪银兴副校长会见，略做学校情况介绍。海院负责人凌德祥举行便宴招待我们一行。

8月20日（星期日）　晴热　南京—扬州

两天的暴雨，将南京灰蒙蒙上空略做打扫。今日上扬州，看样子是个好天气。预约7时来的车子7时半才到，司机是个木讷少语的青年，面目清秀，一派严肃，与之言语，唯点头而已。车过长江大桥，烟水苍茫。"船头江水茫茫，商人少妇断肠。"——这是谁的诗句？车至江北正在修路，两侧堆满沙石土方。行车10分钟后，进入"高教区"，有人指左前方不远处告之曰"南大浦口校区"，惭愧，我竟未得机会去过一次。

过六合，渐渐变为通衢，车行无碍，但时时见有行人、小货车等横穿路面。9时半进入扬州市区。商量半天，是去和园还是去个园。终于定下去个园。下车走过一段泥泞曲折的小路（大路正在修筑），进入个园。于朝北入口处小店买富士胶卷一个。见满园青竹森森，石山累累。个园相传是清代画家石涛寿芝园故址，后落入一个盐商之手。园内桂花厅，前植桂树，后有假山。曲水叠石，千姿百态。分别构成春、夏、秋、冬四景。据邓老师介绍，某中央首长曾来此，入假山中迷路不得出，使得保卫人员大为紧张。云云。

离个园去大明寺、平山堂。门口照相时顺手将背包置于树下圆形石墩之上，后径入境内。少顷，忽觉肩上少点什么，方才觉察。立即到门外，见包仍立于原处，周围有数人，或坐或站。竟无恙。

入寺中谒鉴真和尚像。出东门，见巨塔耸立，高渺入云。赏平山堂内诸题刻，见《风流宛在》巨匾高悬堂上，心想，欧阳翁今何在哉！堂中杂乱无状，不久出，绕池一周，坐于亭上小憩。天气甚热，水边亦然。摇扇取风，风亦甚微。下山，去金陵山庄午餐。坐于堂内，忽见天棚上残破不堪，细审之，则为吊锦也，却给人如此错觉。被引入红楼宴厅，满眼朱红，古色古香有之，但乏清雅之趣。

午后游瘦西湖。从五亭桥乘游船西行。绿水浩荡，清风徐来。划船为一农家女，姿态秀曼。观两岸垂杨柔枝，低拂湖面。荷花盛开，红光耀眼。至二十四桥，登岸，观毛泽东题杜牧"二十四桥诗"诗碑。碑身约为一米见方的白色大理石。毛书镌其上，龙蛇飞动，气势昂扬。在桥旁留影两枚。又乘船回返，穿五洞桥，泊钓鱼台。再乘船向东南绕行。又想起韦庄的词句："春水碧于天，画船听雨眠。"若变夏为春，改晴作雨，该能尝其中况味，亦未可知。

至南大门登岸。乘车时，遇一卜者，手中举"看手相"纸牌，且追且言。所言多中，奇之。

登车返程，晚6时安抵寓所。

他和风景对话

——再访东山魁夷

我的面前放着东京鸠居堂印制的雪白的信笺，这是画家东山魁夷夫人写来的：

"知悉来日，身体欠佳，想有诸多困难，务请珍重。现于高岛屋举办回顾展，居家日少。11、14 两日午前将在会场，倘能来此会面，当为幸甚……"

望着一行行娟秀的小字，东山夫人温厚、慈祥的面容浮现在我的脑中，我又仿佛听到她那细声细气、充满关怀的话语了。

这次应国际交流基金邀请，来日研究岛崎藤村，按理说，既有经济保障，又有热情的导师，本是非常惬意的事。但半年多来，为腰病所苦，行动受到很大的限制。除了既定的研究项目和计划中的参观考察之外，我不得不舍弃一切访友的内容。

然而，自打来日以后，一位老人亲切的面孔一直在我的眼前闪现，使我不忍"过其门而不入"。这不单由于我同他已有近十年的交谊，而且因为我承诺选译的他的散文选迟迟出不来书，我要当面求他谅解，以弥补内心的歉疚。他，就是著名风景画家东山魁夷先生。

我一大早离开川崎市中原区的"下宿"，乘地铁赶到东京日本桥高岛屋。这是一家历史悠久的大百货店，除了出售商品外，八楼设有展览厅，经办许多著名文化艺术展览。虽然未到开店时间，前后大门已挤满了人。10时，身着漂亮工作服的小姐打开大门，对着蜂拥而入的人们频频施礼。我夹在人群之中乘电梯上了八楼。原来大多数人都是来看画展的，中途下梯购物的人寥寥无几。参观者从电梯口一股股被吐出来，潮水一般涌入展览会场，又如漩涡一样，回荡在这座豪华的艺术之宫里。

这次回顾展，共展出东山大中型绘画八十一幅，是从画家众多作品中精选出来的。这些作品凝聚着画家毕生的心血，悉为东山艺术的精粹。原来，东山画伯的一些名作大多为世界各国大博物馆所收藏，为了举办展览，重新从各地征集而来。上半年，先在柏林、汉堡和维也纳巡回展出，将当代日本绘画艺术圆满地介绍给西方各国，轰动了欧洲画坛。9月，又在东京举行这次空前绝后的"东山魁夷展"。

人们一提起日本画，就会联想江户时代的"浮世绘"，想起喜多川歌麻吕和葛饰北斋等画家。1985年春，世界收藏"浮世绘"最有名的大英博物馆，在东京上野公园举办"'浮世绘'返里展"。展出了歌麻吕、写乐、北斋、广重等著名画家三百多件作品。我当时正在早稻田大学进修，特地跑去大饱了眼福。"浮世绘"是社会风俗画的意思，以世态人情为题材，兴盛于江户时代，它吸收了西洋绘画的技法，反转来又给西洋绘画以有力的影响。

现代的日本画，从"浮世绘"、中国水墨画及西洋油画汲取营养，博采众长，加以创造性发展，形成了独特的画风。这种绘画以"岩绘"为颜料，将珊瑚、贝壳、孔雀石、云母、水晶、辰砂、玛瑙等研成细末，掺入骨胶调和，再用水溶解，画在绢或纸上。纹理致密，色彩明丽，具有极强的视觉效果。

东山绘画取材于自然界森罗万象的景物，天光云影，风霜雨雾，山石林泉，花朝月夕……这些自然风景，一旦摄入东山的笔下，就变成了富于灵性、充满魅力的艺术之神，紧紧抓住观览者的心。东山画伯说，风景是人心灵的祈望，他在作画时就是在和风景对话。然而，被污染被损害的风景绝不是人的心灵的象征。东山魁夷诅咒现代文明破坏了自然界的和谐，扰乱了人们正常的生活秩序，将人类和大自然分离开来。他的画面里，绝没有现代文明的痕迹，有的只是清澄、素朴而洁净的风景。他热爱这样的风景，用多情多彩的笔，描绘、歌颂和保卫着心中的风景。他和志同道合的夫人也一起生活在这样的风景之中。东山魁夷住宅的周围生长着苍郁的树木，当我第一次站在他家门口时，我曾疑心来到了护林人的小屋。

　　在回顾展上，我第一次看到了东山先生的肉笔原作，真可谓琳琅满目，美不胜收。看，将丰润的绿野一劈为二的宽阔绵长的《路》，就在你的脚下。朝露瀼瀼，晓树迷蒙的《月宵》会使你回忆起儿时耕耘过的田野。松林茂密、春水浩渺的《山湖遥遥》，满含着无尽的野趣，撩拨着你那颗好奇的心。玉树琼枝、胧月如璧的《冬华》，展示了一幅北国浪漫的冬景。而那杨柳依依、水天一碧的《扬州薰风》，又在人们的耳畔传来了二十四桥明月夜的箫声……。这一幅幅绘形绘声、光彩照人的风景画，似乎又把被现代文明夺走的一切送归大自然的怀抱，让人们重新饱享自然风光慈母般的爱抚。东山魁夷的风景画绝没有人物出现，作为动物，我也仅看到一马一鸟。那是《青响》和《白朝》两幅画。前者，万绿掩映的湖畔，一匹脱缰的白马悠然前行，马首顾盼着湖心，雪一般的身影印在清碧的水里。那静寂的绿荫深处，仿佛传来笃笃的蹄音。啊，这幅画曾使多少人为之迷醉啊！著名作曲家团伊玖磨感慨地说，他站在画前，宛若置身于一曲音乐的高潮之中。他决心把画的作者和这匹白马谱入一首钢琴曲中，已经约请女钢琴家中村纮子来演奏。

再看看那幅《白朝》吧。寒凝大地，冰封雪裹，一只斑鸠蹲伏在挂满冰凌的树枝上，寂然不动。面对着这浩瀚的严寒，斑鸠在期待什么呢？它在做着美丽的梦，它正为冲出冬夜迎接春曙积聚着力量呢。这幅画不正是画伯本人的"言志"之作吗？东山魁夷1908年生于横滨一个船具商家里，十八岁进入东京美术学校专攻日本画，师事结城素明和松冈映丘等著名画家。后来留学德国，学习绘画史，中途因父病辍学回国。战争期间，父母兄弟相继死去，自己在艺术上也遭受重大挫折，几至绝境。然而，正是大自然拯救了他，使他振奋精神，经受了磨难，度过了人生的冬天，迎来了艺术的春天，成长为日本画的一代宗师……

人群里一阵轻轻的骚动，将我从沉思中惊醒。前厅里有一对皇族夫妇在看画展，有人专门为他们讲解。那讲解的人身穿深蓝色西服，背对着观众，声音细弱，一边讲一边不住挪动着脚步。看到他那光亮的头颅和硕大的耳轮，我一眼就认出那正是东山魁夷先生。

皇族夫妇参观完毕，在宫内厅护卫人员的簇拥下走了。我站在门口，只见东山夫妇笑盈盈地走过来，忙不迭把我领进会客室，亲切而随意地交谈起来。东山先生告诉我，上半年到西欧巡展，老两口为征集、运输和布置展品，往来奔波了六趟。为了保障展品的安全，对于大件的障壁画，必须专门雇用大型飞机分批装运。有时，两次展览会只间隔一周时间，简直紧张极了。可以想象，这对于年逾八旬的老人来说是多么艰巨的工程啊！

当我问起今后的创作计划时，东山画伯略微沉吟了一下，缓缓地说，眼下使用的"岩绘"越来越难于到手，加上年迈，有力不从心之感。"然而，绘画是我的生命，我要为之奋斗终生。"

是啊，为了艺术，为了探求美的至高境界，老人从未放下过手中的笔，每年都有作品问世。这次展出的《雾的山峡》，就是最近的新作。画伯将这幅画献给了柏林国立东洋美术馆，以此酬答青年时代哺育过他的艺术之乡。我还听说，前两年，东山先生将全部家藏的自作（包括写生底稿和试作），全部赠给了长野县，该县设立了东山魁夷馆，专门收藏、研究和展览东山的画作。

东山魁夷为何选中长野县呢？我想，大概这里是画伯常去写生的地方，长野的山川秀色正是日本风景的代表，也是东山绘画艺术崛起的源泉之地吧。

夫人拿来一本印刷精良的画集，东山先生提起毛笔，工整地写上了自己的名字。他一手掀着封面，等墨阴干了，才站起来郑重地交给我。我捧着这件珍贵的礼物，端详良久，想起初次在他家做客的情景来。那时，他赠我十一册画论散文，也是这样郑重地签了名的。不觉之间，已过去了四年，彼时情景，恍如昨日。

离开高岛屋，走在银座的街头，又立即陷入现代文明的包围之中。林立的大厦、潮水般的汽车、汹涌的人流，使我刚刚松弛的神经又立即紧张起来。这时，东山魁夷那促人警醒的话语又在我的心头响起：

"我们应当使大地母亲永葆洁净，因为她是生命的源泉。必须有一颗能和自然协调生活的心。在人工乐园里，存留不住生命的光华。不管你愿意不愿意，现在都应当认识到这样一个问题：我们的风景紧密关联着我们人类的生存啊！"

1989 年 10 月

美马老人

　　我的为数不少的日本朋友中，既有学者、教授、市长、法官、作家和艺术家，也有中小学教师、记者、商人、农民、和尚和家庭主妇。每当夜阑人静、案牍疲倦之时，面对荧荧的灯火，我的这些朋友就会一一出现，将他们的笑脸在我眼前倏忽一闪，于是引来了一连串的回想。这一张张笑脸，就是一页页丰富的文字，使人读着、想着、念着。这些文字，自然连缀成一部五彩缤纷的书，一部充满温馨的友爱的巨著。

　　今天，我又把这部大书打开，翻到了"美马庆宣"这一章。

　　十几年前，长女在南京外国语学校读书，一天回家对我说，日本有个"熊猫俱乐部"，给学校送了一批图书，她代表学校写了感谢信。不久，收到这个团体的成员美马庆宣的回信。从那时起，信来信往，从未间断。美马每次来信，总是热情介绍各方面的知识，有时还夹寄一些剪报和照片，再附上一枚中国邮票。意思很明白："别忘了再给我写信啊！"美马的信写得活泼、有趣，一手漂亮的毛笔字令人叫绝。有一次他在信中叫女儿从他的名字上猜测年龄，我们都摸不着头绪。美马下次的信上说："'庆宣'就是庆祝宣统退位的意思呀。"这时我们才恍然大悟：他生于1911年，已经是年逾古稀的老人了。

不久，他到南京来，行前向我提出了要求：不住宾馆，只想找一家普通客栈，靠着街巷小路，窗外能听到孩子们的欢闹和小贩们的叫卖。这叫我着实为难了一阵子。到南京后，我陪他看了瞻园和总统府，在丁山宾馆吃了晚饭。美马是个瘦小的老人，黝黑的脸膛，一副农民的打扮，质朴，善良。因为他行事匆促，没有机会长谈。

1985年我再次到日本以后，才真正认识了他，比较深入地了解了他。

他诚然是个农民，任德岛县阿南市日中友协的事务局长（即秘书长）。阿南是四国东南海岸上的蕞尔小镇。就是这样一个小地方，竟然也有不少热心于日中两国友好的人士，尽心尽力、默默无闻地工作着。

美马告诉我，几年前，阿南市友协和中国某邮电医院签订了一项协定：每年出资聘请该院数名医护人员到日本进修。美马作为事务局长，义不容辞担当了联络和组织工作。他国内国外，马不停蹄到处奔走，像春蚕和蜜蜂，为促进两国文化交流这一伟大使命吐丝、酿蜜。

美马庆宣靠农业谋生，家境并不富裕。几个儿女长大成人后，鸟儿离巢一般远走高飞，老两口儿守着几亩稻田和几株果树，辛苦地劳作着。一个孙女读音乐学院，由爷爷负担着她全部的学费和生活费。从老人的言谈中，可以觉察人生暮年的清孤与惆怅。这就是日本人常说的"空巢感"。然而一谈起中国，一谈起小小的阿南为两国友谊做出的贡献，美马顿时如年轻人一般焕发出青春，心中充满了自豪和满足。

那年秋天，美马在东京给我寄了一筐自家种的橘子，一个个像小足球，还连着碧绿的叶子。我咬了一口，太酸，弄得几天都吃不了饭。我写信感谢他，并直言相告。不想他又跟着寄来一筐，里头还放了一瓶自制的果酒。他在附信中说：我家橘子强酸，使你为难，但我深知你的同伴中有人挺得住，就分给不怕酸的朋友享用吧。你看，多么风趣的老人。

不久，美马邀我去德岛，差人陪我参观了德岛山奇伟的石柱群和新落成的鸣门大桥。那天狂风怒号，波涛汹涌，桥脚下时时传来阵阵轰鸣，一团团水花腾跃而上，随风飞卷到桥面上来。这使我看到了濑户内海男性般剽悍的一面。

在德岛小住三天，我们又一起到关西地区走了一趟。从小松港乘船到和歌山，再换乘火车到大阪。上船时，美马为大阪的侄女带了一筐家乡土产（我猜那还是橘子），一路上背着。我想帮他，他哪里肯？一个七十多岁的老人，肩负着重载，吃力而又快速地走在人群的前头，海风飘扬起花白的头发……这个形象我至今不忘。美马在路上告诉我，他此行回去，就要为两位中国护士小姐的归国而忙碌。那两个护士在德岛大学的医学院留学两年，得到阿南市友协和美马老人的亲切照料，回国前本来预订好了到上海的船票，谁知她俩不肯乘船，执意要乘飞机，还得重新订票。美马向我讲述这件事时，丝毫看不出嗔怪的神色，仿佛一位老爷爷向别人诉说自家两个淘气的孙女。一边说，一边呵呵地笑。

邮电医院的两位院长应邀访问日本，美马约我一道陪伴客人到东京后乐园附近的能乐堂观赏古典戏剧"能乐"。美马为每人买好戏票，送大家入座后，推说有事出去了（我想他是有意为友协组织节省），并约好散场后来接我们。谁知两位院长对"能乐"毫无兴趣，干脆中间退场到街上买东西去了。不一会儿，看见美马远远跑过来，一副焦急不安的样子。他说他到剧场门口接我们，一看人都不在，以为出了什么事，急忙到处寻找，正巧在大街上撞见了。看见老人走得满头大汗，一副惴惴的样子，大家甚感内疚。

"我有小钱，愿意帮助你。"

美马用不太熟练的中国话对每个留学生说，这是发自肺腑的语言，表达了一颗真诚的心。

某师大的M女士，撇下一个刚刚进幼儿园的孩子赴日进修，时常因思念爱子而悒郁不振。美马老人特地从浅草公园买了一只电动玩具小狗，嘱咐她捎给国内的儿子。中秋节前夕，美马又专为M寄来一包自家晒的柿饼儿，叫她每当想家的时候就吃上一块，说可以减少怀乡之苦。

长女去名古屋留学后，老人每年暑假都邀她到德岛消夏，他怕孩子经不住南国日光的灼晒，特为女儿买了一顶精制的巴拿马草帽，自己依然戴那顶破的。……

美马是个极平凡的老人。在我的日本友人中，他也许只算个普通的小人物。然而，我一直对他怀着深深的景仰之情。我常常想，中日友好就像一棵亭亭如盖的大树，美马是一片闪动的绿叶；中日友好又如泱泱东去的江河，美马是一朵跳跃的浪花。没有那一片片绿叶，哪会有隐天蔽日的青荫；没有那一朵朵浪花，江河就会顿然失去滔滔的气势。

我赞美这位平凡的老人。我永远不会忘记这个为崇高的事业奋蹄不息的老马。

1992 年 8 月

我的房东和邻居

　　到日本留学或研究，最头疼的是找房子困难。出国前几个月就托人打听，要么租金昂贵，要么面积狭小，或交通不便。折腾了好久，莹子说她认识一位不动产主，可以帮忙介绍。三月末的一天，我和妻子乘东极东横（东京—横滨）线赶到元住吉，同莹子会合后，去车站附近的铃木不动产公司。年轻的店主夫妇倒很热情，一谈起房租，令人咋舌。于是讨价还价半天，他声称看在莹子的面上，由每月八万日元降到六万（约合人民币二千七百元）。我因腰腿疼痛，实在不愿白跑冤枉路，就答应下来，签了合同。妻埋怨我太性急，说还可再压低些，一路嘀咕不休。

　　铃木领我们去看房子，来到一块被低矮的冬青树分割成几个四方形的地方，坐落着几幢孤零零的木板房。一个穿戴齐整、打着红领带的人，笑嘻嘻迎过来。铃木说他就是"大屋"（房东）先生，叫河原春彦。此人六十开外，红润润的脸膛。他很有礼貌地同我寒暄了几句，用钥匙开了房门。妻看到里头空空洞洞的，什么也没有，更不满意了。我对她说，在日本租房都是这样的，除了地上铺的榻榻米之外，一切都得自己采买。好在厨房、浴室、卫生间齐备，环境清静，距车站也不远，她再看看我病痛难支的样子，也只好不说什么了。

　　搬家那天，我们到街上买了被褥、煤气灶具，房东送来几张

196

桌椅，两个"蒲团"（坐垫）和一些碗筷，莹子托朋友运来一个小书架和一些日用品，一个临时的"家"就初具规模了。

住了一段时间，我们发现河原一家人心地都不错，周围的邻居都是他的房客，相处得也很好。第一天，河原抱来一些肥皂和毛巾，分别用纸包好，写上人名，带领我一道向左邻右舍一一打招呼。我们都用同一句话："新来了客人，给你添麻烦了，请多多关照。"然后一弯腰，递上一个小包。我因腰疾，只能点头致意。而河原很认真，每次必成九十度，好像他是房客，而我反成了房东了。

考虑到只有半年时光，妻提议不装电话和订阅报纸了。我生病怕打扰，也不想多同外界联系，就同意了。除了每周到国学院大学上课外，其余时间躺在屋里，俯在榻榻米上看书，写论文。我只把房东家的电话告诉了少数几个朋友。我躺在地上，听到房东家电话铃响，就像听到空袭警报一般心惊胆战。有时一阵急促的脚步走来，玻璃门外晃动着模糊的人影。果然房东家有人来叫了。我吃力爬起来，摇摇晃晃走过石子小径，进入房东家门，脱鞋，换鞋，登上一个台阶，跟跄地奔到电话机边。对于一个健康的人来说，这一切算不上什么，可在我，却像行刑一样可怕。河原注意到了这点，每次有我电话，总是先问清对方是谁，如果是女儿或国内人来的，妻就可以代劳了。

房东家七口人，河原的老母已九十有二，我们在时，她曾生过一场重病，后事都准备了，结果老太太大难不死，奇迹般地好了。河原的妻子也有六十光景，患眼疾，目力微弱，对面不能辨人。每星期五，丈夫搀扶着老伴乘电车到涩谷一家医院针灸。听河原说，那位医生刚从中国学得针灸技术，每天门庭若市，针一次要花两千日元。妻是眼科医生，告诉他这种病是先天性视网膜色素变性，治疗效果不大。但河原依然不改初志，每周陪伴老伴进城就诊。

房东的儿子在汽车厂工作，早出晚归，很少见到他。儿媳承担全部家务，照料两个病弱的老太，还要带两个儿子去学游泳，立志让他们当运动员。家中有一辆白色皇冠车，停在门前绿荫棚下，十分显眼。一次，我们要到中原区役所去办外国人登录证，河原的儿媳正巧开车进城去接公婆，顺路送了我们一程。路上，她和我们拉起家常。她说，光是婆婆全家就够忙活的了，娘家还有一个半身不遂的母亲，卧床多年，还需她回去照顾。每天往来奔波，十分劳累。说罢，她脸上出现了愁云。

每天早报一到，河原总是先派小孙子送给我看，有时妻也过去拿。她虽不谙日文，因满是汉字，倒也看得津津有味。有几次，她到河原家去，发现他们的饭食都极简单，不像我们国内人又烧又炒，一做就是满桌子菜。有一次，午饭时河原送来一小碗酱眉豆给我品尝，此物味淡而甜，只可吃着玩玩，是不可用来佐餐的。

河原退休在家，平日里忙着管理庭园，修剪花木。他有时也到我屋里聊天，他说活了六十多岁还未曾去过中国，不知道长江、长城是个什么样子。当他听我说起中国人喜欢吃鸭子时，他惊奇地叫起来，笑道："那是水鸟，怎么能吃呢？"看到他那副神情，我也笑了。其实，东京和横滨就有不少中国料理店，那里的烤鸭并不比全聚德差。他怎么就一无所知呢？可见他从未光顾过那些饭馆。从河原一家人的生活上看，使我对"国富民穷的日本"这一说法产生了同感。

我的右邻是一对年轻夫妇。男的姓大森，在一个食品厂工作，他曾送过来一大箱罐装的大麦饮料，我们好久才喝完。大森每天一早骑摩托上班，晚上很迟才回家。他每次出门，总是把障子门拉得山响，然后就传来突突的摩托车声，由近而远，直至消失。大森的妻子金屋藏娇，很难碰上一面。一天，有个女推销员来到我家门口，对妻哇啦哇啦讲了半天，我当时正在厕所，只听大森妻子哗啦把门打开，对那女推销员喊道："人家是中国人，一点不懂日语，你可是白费劲呀。"那女的一听，调头就走了。

我的左邻是个独居（？）老太，她每天总是把湿衣服搭在塑料杆上，然后一桶桶地提水向上再浇，院子里不断有哗哗的水声。她家偶尔有一个男人来住，想是她的老伴吧。逢到这时候，老太便到街上买些时鲜菜蔬，关起门，小锅烧得吱吱响，小院里弥漫着诱人的香味。

对面也是一对年轻夫妻，男的不常在家，尚无子女，女的腰肢肥满，像个运动员。她每天在我家门口的水龙头下面洗刷不停，可从来都没有向这边张望过一眼。她家前面靠路口的窗户常常敞开，有时从街上回来，可以看到两头狸猫并立于窗前，一动不动瞧着园内飞舞的蜂蝶。

附近还有一位华裔妇女，脸上施着白粉。她见到我们感到很亲切，说在日本生活太寂寞，不如中国好。她还告诉妻到超级市场购物的窍门。原来大凡牛奶、面包、咖啡等有生产日期的食品，每天进货时，店主总有一番大调动，新鲜的放进货架里头，快要到期的换到显眼易取的地方。从此，我们再去买东西时，有时也学着那些日本主妇，伸长胳膊向里头掏。

·············

半年的"下宿"生活，使我对日本平民社会有了进一步了解。我和房东、邻里之间的友谊虽然淡如薄云，但也引起了几丝留恋。回国那天，我的房东用自行车推着行李，把我们送到车站。电车开动以后，我看到河原仍然站在人行道口向这边张望。

妻转过脸来对我说："咱们回到南京，可要立即给房东和邻居写封信啊。"

1992 年 10 月 20 日

日本的大学教授们

依田憙家

我到早稻田大学进修日本文学，首先给我以热心帮助的是依田憙家教授。出国前在北京集训时，我的北大老师张光佩先生就对我说，依田是一位乐于助人的人，去了有什么困难可以找他。张老师在我国驻日使馆教育处工作多年，对依田十分了解。

果然，在早大欢迎外国学者的晚餐会上，一位秃顶、面孔白胖的先生，端着酒杯，笑盈盈地走过来同我聊天，他正是依田憙家。当他得知我是研究近代作家岛崎藤村的时候，忽然神情兴奋地说："太好啦，应该到小诸、马笼等地看看。"原来他就是小诸人，至今那里还有宅子，每年总要回家几趟。他答应过些时候陪我到那里走走。

夏日的一天，我们一同从上野乘火车去小诸。打那时候起，我同小诸的土地、山川、民众结下了不解之缘。想想我同小诸的关系，我不能不深深感激依田先生的牵线搭桥，使我能在作家岛崎藤村早年生活和工作的地方任意奔走，获得了许多宝贵的研究资料。以致后来同小诸市长盐川忠巳先生商定在中国举办藤村文学奖等活动，都与依田先生的帮助分不开。这些都是后话。

我们下了火车，已经是暮色苍茫的山间之夕了。叫了一辆出租车，先到他的故居去。汽车迎着清凉的晚风，在高原地带的绿野中跑了一阵子，来到一个偏僻的村落。依田叫司机过一小时后再来接我们。他领我进了家，这里没有人居住，冰箱、电视、生活用具一应俱全。日本的电费低廉，用得越多越便宜，电冰箱即便不放什么东西，也是一直通着电。门上挂着一把小锁。依田笑着说："小偷是不会光顾我这个穷家的。"前后两座房屋，中间是个大院子，长满了离离的青草。客厅里悬挂着一些中国友人的题字，原来李芒、卞立强、朱实等先生都先后来过这里。

高原的夏夜凉气侵肤。周围是无边的黑暗，一束灯光从古老的屋子里射出来，无法穿透浓重的夜幕。

聊了一会儿，随便吃点东西，一小时过去了，我们又上车一路颠颠簸簸回到了小诸市。

第二天，依田陪我参观了岛崎藤村供职过的小诸义塾的遗址、大手门、马场里，以及扬羽屋、水明楼等作家旧游之地，并拜会了盐川忠巳市长和依田公一教育长等小诸市的朋友。其后，依田憙家先生还陪伴我再访古都镰仓，拜访了作家川端康成的故居。平时，他常常打电话邀我到咖啡馆小坐，我们还就中日两个民族的审美意识、接受外来文化的态度进行过深入的交谈和探讨，使我获益匪浅。依田还把保存多年的战时新潮社出版的《藤村全集》送给我，并嘱咐我多读一些江户时代近松门左卫门的作品。为此，他专门带我到新宿的纪伊国屋书店买了一本近松作品集。

三年后，我再去日本。因为腰病的折磨，步履维艰，行动困难。为了不给朋友们添麻烦，我悄悄住在川崎市中原区的一座"下宿"里，没有和外界发生联系。除了到国学院大学上课之外，每天躺在榻榻米上看书、写文章。后来小诸市请我去为市民大学举办讲座，到那里一看，日程表上也赫然列入了依田憙家的名字。我想，依田看到这张日程表，一定会怪我为何不和他联系吧。诚然，我应该打个电话通知他一声才是，不过，我怕他得知我为病痛折磨，心里一定很着急。我何必给他增加苦恼呢？依田先生果然对此有了芥蒂，我回国后写信向他解释，他没有回我。这使我回想起一件往事：

就在第一次见面不久，他约我一个月后在神乐坂的一家咖啡馆小聚。我还是国内那个老习惯，以为到时他还会来电话的。一个月到了，依田先生没有动静，我想他老先生肯定早忘了。谁知当晚他打电话来了，责问我为何失约。我无言以对，只好向他道歉。从此我得到了教训，外国人相约，不管隔了多久，都是有效的。打那时起，凡有约会，我就记在小本子上，经常翻看。因此再没犯过同样的错误。

然而，我这次不是更严重的失约吗？想到这里，我惶惑了。

不过，我会永远记住他给我的热情帮助，感念他对我的诚挚的友谊。下次再去日本，我一定到他的西早稻田公寓做客。

芦田孝昭

早大第一文学部几位研究中国文学的教授，和我都有些交往，其中芦田孝昭先生最熟。1981年我去东京，他到新大谷饭店来看我，说想研究青年诗人徐刚的作品，托我居中介绍。我给徐刚写了信，他们从此取得了联系，结下了文字之交。1985年我在早大学习期间，时常到他的研究室去。他和稻畑耕一郎先生合用一室，房间狭小，堆满了书，各人面前耸立着高高的书架，人在其间，仿佛置身于深山峡谷之中。当他得知我有意利用暑假想去长野访问时，主动说："我给你找个熟人，可以在他那儿住上一阵子，深入体验一下藤村早年的生活。"我愉快地答应了。

一天，他打电话来，说人已找到了，约我到新宿一家茶馆小聚。我如约到了那里，看见芦田和一个粗壮的男子坐在桌边。各人要了一杯咖啡，芦田互相做了介绍，然后对我说："这位姓中岛，在下田经营一座养猪场，你可以到他那里帮忙，利用余暇到小诸各地参观，挣得的工钱可以充当生活费。"

他说得十分真诚，能想出这个主意来，倒也用心良苦。然而我听了总觉得不是滋味，只好一笑置之，谢绝了他的美意。

1987年暑假，系里通知我说有个"旅中多事"的日本人打电报来，约我在南京见面。我很纳闷，在我的朋友中，没有叫这个奇怪的名字的。拿到电报一看，原来是芦田从安徽屯溪打来的。上面写着："旅中多事，未及联络，此去南京，务请面晤。"

我到金陵饭店见他，芦田笑嘻嘻开门迎候。几年前花白的头发已经全白，团团盘在头顶，就像一个缠着布巾的印度人。他说此行皖南是为了做一次中国古典文学之旅，路过南京很想见见匡亚明和唐圭璋两位老人。我打电话给匡老联系，匡老爽快地答应了，并派他的汽车接我们到高云岭。匡老引我们到他的学而不厌斋坐下，天南海北地畅谈起来。匡家有一只外国种母犬，名叫"玛丽"，肥硕似虎，在我们谈话时，它骛于桌椅之间，声威慑人。说起"玛丽"，我和它还有一段"过节"呢。去年秋，我去拜访匡老，一站到那扇灰色的大门口，便听到院内犬吠如豹。女佣小李开门让我进去，在放自行车的当儿，忽觉小腿后面丝地一阵刺疼，转身一看，一只大黄狗正用爪子挠我。匡老见我被狗抓伤，不住声地埋怨小李，他的夫人连忙拿来了红药水给我搽上。谁知回家后被当医生的妻子发现了，她连夜去匡宅查问此狗是否打过防疫针，又从省防疫站弄来了狂犬疫苗。……

如今，我和"玛丽"又碰上了。它似曾相识地看了看我，便不再理我，也许心里在想："上次你太小题大做啦，我是跟你闹着玩的。"芦田却和"玛丽"一见如故，他对它越亲，它就越放肆地在腿边钻来钻去，甚至爬上沙发去舔客人的脸。临别时，匡亚明为芦田孝昭题了"博闻多识"四个字相赠。我们顶着灼热的夕阳在花园前边合影留念。

南师大领导听说有日本学者访问唐圭璋，十分重视，专为唐老安装了吊扇。老人的学生、诗词学家曹济平先生引我们到唐老身边。唐老的女婿立刻拿来了假牙给岳父装上。我看到这位词学泰斗躺卧在一张古老的竹榻上，细白的双腿叠在一起，像两根擀面杖。芦田俯身握着老人的手，亲切地谈论着，显得十分融洽。

事后，芦田对我说，在南京能见到匡唐二老是他终生的荣幸，从他们身上，切实体验了中国古典文化给予一代学人的深厚的教养与滋育。

中午，我请芦田到寒舍小酌。天气奇热。芦田饭后不思午睡，盘腿坐在小床中间，闭目合掌，意如坐禅。

我送他乘车去上海。临上火车时，他递给我一个塑料袋：薄袜一双，半包吃剩的果酱，两个火柴匣大小的空手饰盒，里头分放着两瓣玉兰花。

他肩头依旧挎着那只白色的帆布包，走了，像一个深山探宝的石匠，带着他的斧凿，又到中国各地寻访文学矿藏去了。

进藤纯孝

进藤纯孝是日本大学艺术学部的学部长，著名文艺评论家。他本名若仓雅郎，出版过《战后文学的旗手》《反逆作家论》等著作。当年，我曾一度想到日大去，拜请他作为我的指导教授。

他欣然允诺，很快寄来了一张盖着他的印章的名片。我为了联系寻找保证人，耽搁了一段时间，进藤等急了，来信说："拿着我的名片只管来好了，别的手续以后再补办。"他老先生把事情看得太简单了。后来因故去了早大，虽然失去了直接向他求教的机会，但对他的直爽与热情留下了难忘的印象。

有一天，我冒着潇潇春雨，到位于东京练马区江古田的日大艺术学部看望他。进藤把我让进宽敞的办公室，和我极为亲切地谈了一个上午。他爱喝中国的白酒，我送他一瓶"洋河"，他很高兴，回赠我两册由他主编的《江古田文学》杂志和一本印装精美的《朋友的中国》。后者是他一年前访问中国的随笔集。进藤先生在这本书中详细记叙了他在中国各地的所见所闻，遇到的每一位朋友。在《中华门上寥寥》这一章，他写了访问古都南京的种种感受，写了同江苏人民出版社高斯、傅庭芳、李景端等诸位先生结下的友谊。进藤十分珍视这种友谊，他对我说，临别南京时，《译林》杂志主编李景端先生的"人生何处不相逢"的赠言，使他十分感慨。

同时，他也以学者特有的严谨与坦诚，记述了在南京留下的一些不快。那是他到南大参加座谈会的时候，进藤先向与会者介绍了一下日本近几年文学创作和研究的情况，他的话音刚落，我方一位对日本文学一知半解的李姓仁兄突然发言，他滔滔不绝讲了半天，归纳起来有两点：日本除了《源氏物语》之外，没有什么文学可言，不可和欧美等国同日而语；中国研究日本文学的人大都是低能儿，不成气候……

当时，进藤纯孝只是以沉默待之。今天从这篇文章中可以看到，进藤是很不以为然的。他写道：对于这位教授模样的人的"忠告"，我虽然没有公开反对，但总觉得不是滋味。我在中国确确实实遇到了一些对日本文学热情而又执着的才俊，只要有这些人在，我就能在那里找到知己。……

雨晴了，窗外的风景顿然明亮了。进藤也从回忆中回到了现实，脸上的暗影也随着天上的浓云一起消散了。屋子里又充满了爽朗的笑声。

几年前，进藤先生从日大退休了，摆脱了行政事务，可以专心于近代文学研究了。他的家住在世田谷区的经堂，我几次路过那里，都没机会到他家中看看，这也是令人遗憾的事。

安藤夫妇

早大有一对同中国关系密切的教授夫妻，男的是安藤彦太郎，专攻中国政治经济；女的叫岸（安藤）阳子，在法学部讲授汉语和中国文学。"文化大革命"时期，他们在北大教过书，同卞立强先生很熟识。我去早大之前，曾为找房子发过愁。卞先生宽慰我说，不要紧，可请安藤夫妇想办法。那时安藤夫妇正在北京进行一项研究，住在友谊宾馆。我去那里找他们，岸阳子身穿一件枣红的连衣裙出来迎接我。她似乎刚刚起床，还未来得及梳洗。安藤也出来了，木木地望着我，显得很陌生。其实，他在一年前曾随早大的清水司总长访问过南大，匡亚明校长和代表团一起座谈，晚上还举行了盛大的宴会。当时我自始至终都在场。安藤回国后还给匡亚明写来一封长信，详细谈了他建立社会科学研究会的设想，以及同南大进行学术交流的打算。匡校长立即托我以他的名义给安藤写了回信，做出了积极的响应。谁知从此便没有了下文。这次见面，是他真的把"那档子事"忘了，还是因为别的，我就不得而知了。幸好，岸阳子十分热情，她能说一口流利的汉语，日文也很地道。她给我的印象是爽朗、干练，具有中国女性般的通达与聪敏。关于找房子的事，她满口答应，叫我到日本后就和他们联系。临别时，岸阳子在她丈夫的名片上添上自己的名字交给了我。

赴日前一天，我打电报给安藤，告诉了我抵达东京的具体时间，并约请他到早大会面。（现在想想，我的做法太孟浪了。）在首都机场候机时，我遇到北师大的金老师，她和我一样，也是利用世界银行贷款去早大进修的。我们又提到了房子问题。她说她的住处还没有着落，到东京后只好先去使馆暂住。她问我去不，我说不去，早大已经有人为我找好房子了。到了成田机场，已经是万家灯火。金老师和另外几个同行聚在电话机旁，给使馆教育处拨电话，我一个人叫了出租汽车直奔新宿而来。到了早大的大隈讲堂，一位教授帮我把行李扛进去，却不见安藤的面。等到9时，他来了，说电报接到了，房子很难找。他说他的夫人已经给中国使馆打了电话，叫我马上去使馆想办法。我只好又乘出租车到了六本木。到使馆一看，金老师等人已经安顿下来了，只是我穷折腾了一气，挨累不说，还花掉一万多日元的车费。

后来又去了几趟日本我才知道，对于留学人员来说，最头疼的事是住房，要想寻到条件好租金又便宜的宿舍，不亲自跑上几天是根本办不到的。我当时不了解行情，居然让一位日本教授勉为其难，这就只能闹出笑话来了。

不久，日中学院院长、著名汉学家藤堂明保去世，安藤彦太郎接任院长之职。日中学院和我居住的后乐寮毗邻，有时逢年过节，学员们举行各种活动，我也常去参加。我还应邀为学员们授过课。有时见到安藤院长，他依然木木的，带着一副冷峻的表情，给我留下了很难接近的印象。

隔了好久，岸阳子突然打电话来，请我到赤坂的一家海鲜馆吃螃蟹。原来他们夫妇正要为北京某研究所的一位徐姓"副研"开钱行会。那位比我还年轻的"副研"即将学成归国，酒深情亦深，同安藤夫妇的关系看来十分亲近。我本来就不大善于交际，碰到这种场合更是如坐针毡。岸阳子生怕冷落了我，不断给我斟酒、盛菜。席上，岸先生不住拿话来调侃丈夫，安藤只是红着脸，嗫嚅着，任凭妻子取笑，一点也不反嘴。这使我从他那冷峻的表情里窥见了温文尔雅的一面。

后来，岸阳子先生来后乐寮看我，要我帮她校正译稿。她当时正在把《鲁迅全集》的日文插图版译成中文。这本书为裘沙夫妇所作，钟惦棐作序，楼适夷作后记。岸阳子还请我到饭田桥附近的"唐九郎"吃砂锅泥鳅。……

七八年过去了，我同这对教授夫妇再未获得谋面的机会。1989年我再去日本，在由东京开往小诸的电车上，偶然读到安藤彦太郎发表在《日本与中国》报上的一篇文章《无花的蔷薇》，不胜感慨。知道这对夫妇依旧在为两国的友好交流尽心尽力，我感到十分欣慰。我等待同他们再会的日子。

1992年5月10日

暮年感怀

深深的忆念

　　旧历除夕之夜，爆竹声响成一片，六朝古都沉浸在节日的欢乐气氛中，突然，接到东京的电话：野间宏先生早于１月２日去世了。这不幸的消息一下子使我陷入巨大的悲痛。我抬头望着窗外，苍茫夜色里，仿佛出现了一位老人惨白而臃肿的面影。他用缓慢的语调跟这个世界告别，然后脚步蹒跚地走向遥远的天国……

　　"核战争和环境污染的危机，更加深化，我为从根本上改变人类生存的条件，反对一切差别做出了努力。

　　"务必想想吧，请多保重。"①

　　他去了，留下了自白，也留下了期望。

　　前几天、从ＮＨＫ②的广播里，听到井上靖先生去世的报道，心情几天都没有缓过来，实际上，野间先生早在井上先生前头作古了，我却一点也不知道。这两位都是当今日本文坛泰斗，是我十分崇仰的大作家。出于对"井上文学"的喜爱，我翻译过根据井上氏的小说《天平之甍》改编的剧本、他的历史小说《苍狼》、

---

① 引自野间宏1986年自制贺年片上的题言。
② "日本广播协会"的略称。

游记《我的西域纪行》以及一些短篇小说和散文，并和先生有过一面之识。那是1986年春天，在东京"阳光城"剧场观看著名表演艺术家杉村春子主演的《欲望号列车》，休息时我在大厅里见到了井上靖。我走过去问好，告诉他《苍狼》的中译本已托日中文化交流协会转送，目前正在翻译他的新作《我的西域纪行》。井上先生听了微笑着点点头，说了声"谢谢"。这短暂的会见给我留下颇深的印象。

至于野间宏先生，我和他初识是1982年冬，那时他率领日本作家代表团来南京访问，我陪伴了半日。在新街口，野间先生不进大商店，他在一家小杂货铺里买了一个鸡毛掸子，扛在肩上，兴高采烈地在大街上走，几位同行作家取笑他，周围的群众也为之驻足。可他怡然自得，好像买了一件无价之宝。这件小事使我感到，这位文学大师严冷的外表下深藏着无邪的童心和平易热情的品格。

1985年岁暮，我在东京和野间先生再度会面，我们谈文学，谈两国文化交流的过去和前景，对未来充满了信心。翌年元旦，他连发了两次贺年信给我，叮嘱道："学习期间，要取日本之长，舍日本之短。"从他颤抖的手写下的弯弯曲曲的文字里，使我窥见一位正直善良的日本作家热爱中国、珍视友谊的美好心灵。

几年前，我应约为山东大学吴富恒教授主编的《世界著名文学家评传》撰写《岛崎藤村》和《野间宏》两篇专论。前者是我长期研究的对象，似乎较为顺手些；而后者则使我犯了踌躇。我虽然和野间宏有些交往，但对于这位"战后派文学旗手"的作品所知甚少，说不上有什么研究。于是，我便向作家本人求援。接到我的信后，野间宏先生很快有了回音，并接连两次寄来了他新版作品集各卷"解说"的复印件，并谆谆提示我写作中应注意的问题，令我十分感动。

于是，写作这篇关于他的评传随之成了我义不容辞的责任。我怀着敬慕的心情，很快完成了任务。接着，又泛起一个想法，打算在这篇文章的基础上再进行较为全面的探讨，就作家的创作思想和文学主张写一篇专论。年前我把这一构想写信告诉了野间宏先生，希望得到他进一步的指导。然而，信发了两个多月没有回音。这在通常是不大会有的。我只以为作家很忙，无暇顾及，万万没有想到他在未接到或刚刚接到我的信之前就与世长辞了。

东京小石川三丁目那幢古老的小楼依然矗立在夕阳的余晖里吧。如今，人去楼空，多少寂寞，多少惆怅！然而，那充盈屋宇的著作，却记录了作家的丰功伟业，为后人留下了取之不尽的精神财富。

悲痛之余，我再次展读野间宏先生的来信，并将其中两封附之文末，以志悼念。

第一封信

×××先生：

收到去年岁末寄来的信和贺年片，感谢您美好的祝福。读了那篇洋溢着真情的文章①，我心中涌起温馨的友谊。我再次拿出您写的访问记阅读，在家中和妻子谈论着。您满含怀念的感情回忆着那次交谈的情景。不过那次没有好好招待您，实在失礼。

---

① 指拙作《和野间宏的一夕谈》，载于《当代外国文学》1986年第3期。

来信中提到吴富恒教授主编《外国著名文学家评传》，您应约将撰写《岛崎藤村》和《野间宏》两篇文章，我衷心祝愿该书获得成功。搁笔。

野间宏拜

1988. 1. 14

第二封信

×××先生：

自上次分别，您在学术研究方面想必又获得丰硕的成果和巨大的收获吧。新年来临，新中国又将进入前所未有的新时期，我怀着期待的心情注视着。

上次寄去了参考论文，现在再把新近发表的一些文章寄去，这些或许对于您的写作有所帮助。人们认为最难理解的是《阴暗的图画》，如果把小说中的主人公深见进介看成是作者那就错了。《阴暗的图画》虽然有些地方是基于作者的体验，也有模特儿，但仍然属于虚构。况且在作品中都发生了很大的变化，我想尽办法把两个模特儿合成一个人物了。还有，小说中描写布鲁盖尔的画集，因空袭而焚毁，事实上这本画集现在依然存在。

野间宏拜

1988. 2. 23

看花满眼泪

——悼念风景画家东山魁夷

　　春日井的五月，依旧是绿树满山，杜鹃遍地。可是我的心情和去年此时大不一样了。正应了那句老话：年年岁岁花相似，岁岁年年人不同。自从 5 月 8 日在广播中听到东山魁夷画伯仙逝的消息，悲伤一直压抑着心头，这槛外的美景也变得一片愁惨，黯然失色。不是吗，无边光景谁堪绘，从此画坛无知音！

　　二十年前，我偶然在日本中学国语教科书上看到一个奇特的名字和两篇奇特的文章，立即被吸引住了。那是一位艺术家对于生命意识的解读与评价，字里行间闪耀着智者的光芒。我从未见过这种"全新"的散文，马上翻译出来，发表了。这就是东山魁夷的《听泉》和《一片树叶》。篇中的两段文字使我终生不忘：

　　　　泉水常常问我：你对别人，对自己，是诚实的吗？我总是深感内疚，答不出话来，只好默默低着头。

　　　　我从事绘画，是出自内心的祈望：我想诚实地生活。心灵的泉水告诫我：要谦虚，要朴素，要舍弃清高和偏执。

　　　　心灵的泉水教导我：只有舍弃自我，才能看见真实。

217

舍弃自我是困难的，甚至是不可能的，我想。然而，絮絮低语的泉水明明白白对我说：美，正在于此。

——《听泉》

一个人的死关系着整个人类的生。死，固然是人人所不欢迎的，但是，只要你珍爱自己的生命，同时也珍爱他人的生命，那么，当你生命渐尽，行将回归大地的时候，你应当感到庆幸。

——《一片树叶》

以后的几年里，这两篇文章不胫而走，被各地出版社收进多种散文集和评赏集中，为千千万万的读者所爱读。1985年，我来早稻田大学研修，曾到市川市登门拜访东山魁夷先生，受到他和夫人热诚的接待。东山先生将十二册画论散文集题赠予我，这位艺术家平凡而又伟大的人格使我深受感动。回国后，我应百花文艺出版社之约，翻译《东山魁夷散文选》，画伯亲自为之作序，表达了对中国读者的一腔热情。这本书是从《和风景的对话》《听泉》以及《探求日本的美》三本散文集选取的精粹。一版再版，至今已有三种版本，印数十多万册。1996年，人民日报出版社向我约译《东山魁夷散文精选》，作为"名人名家书系"之一，翌年出版发行，收录了东山散文中的大部分秀作。至此，东山魁夷以一位著名风景画家和独具特色的散文作家出现于广大的中国读者面前。

我常常想，在日本，人们只知道东山魁夷是风景画家，很少人知道他又是散文作家。可是在中国，人们不仅知道他是风格独运的风景画家，而且也知道他又是成就斐然的散文大家。这绝不是毫无根据的臆想。我曾经拿他的名字询问过日本几所大学的学生，他们回答我的是一脸的茫然。鉴于此，我在去年祝贺东山先生九十华诞的信笺上写着：莫道扶桑少知己，神州何处不东山？

去年4月，我来日之前，江苏有家出版社要出名人传记丛书，约我译东山画伯的自传集《旅环》。我写信和东山先生商量，夫人回信说，画伯正忙于富山县的画展，健康欠佳，只得由她代笔，甚感失礼。她告诉我，中国漓江出版社买断了东山部分著作的版权，要我直接和对方联系。信中对我的旅日生活关怀备至，并寄来了唐招提寺开山忌的请柬。经过漓江和江苏协商，后者欣然同意将《旅环》出版权转让给前者。后来我把此事告诉东山夫妇，他们也很高兴。

对于东山魁夷的艺术观和人生观，许多知名人士都做过很高的评价，我在翻译介绍东山散文时也谈过一些感想和体会。下面一段文字或许可以帮助读者了解这位大艺术家对于生命和艺术的态度：

战争的灾难几乎使得东山魁夷陷入绝境，然而，正是这种残酷的遭遇孕育了艺术家的新生。东山魁夷的人生观中渗透着宗教的宿命论，他相信"无常就是人生的真实，人只有深深感悟这一点，才能产生活下去的力量，才能决定生存的态度"（《我的座右铭》）。他认为，人都是被动地生活着。我们没有理由把这种生活态度视作消极，相反，正由于作者参透了生命的要谛，他才能把生死看得如此淡然，并由此升华了自己的人生信条。东山魁夷说："人们生存在地球上，不论谁的生命都是有限的。在无限的时光的河流中，不管多么长寿，也只不过是一瞬间的事。只有完全燃烧自己、最后化为灰烬的人，才能葆有长久的生命。"（《不死》）从这一点，我们不难理解，作者何以在自己的生命行将完结之时，反而能用"临终的眼"（川端康成语）更加客观、冷静地看待世界，从而感悟出"眼中的风景为之一变，焕发出了光辉"（《旅路》）。

（《东山魁夷散文精选》序）

东山魁夷在川端康成逝世时，曾写过题为《星离去》的悼念文章。他在文中将川端比作夜幕上一颗清澄朗洁的明星，"它那闪闪灼灼的样子，它那迸发出的光辉，似乎眼看就要飞向太空，化作一片光明"。这两位同时代的艺术家对于生死有着共同的看法。在他们眼里死不是消亡，而是另一种形式的生存。死是休憩，是安眠，是暂时的"离去"。死犹如舟车上的挥手，亭站边的握别，早行前的依恋，晚酌后的安慰。你看，他们对待死是那么从容，那么潇洒。

对于东山魁夷的逝世，报道中只说：画家因老衰，6日辞世于一家医院，8日密葬，拒收一切香奠礼物。12日晚，电台有个专题节目，由画家平山郁夫等座谈东山魁夷的生平业绩。

大凡艺术家的辞世也许都是寂寞的吧，像萨特那般的热闹能有几人？东山魁夷一生都在苦难和寂寞中奔走，他没有子息，身后只留下同他志同道合，以沫相濡的寿美夫人。但对于艺术家来说，平静与寂寞何尝不是一种惠予，一种幸福。东山魁夷正是在寂寞冷清的生涯中参悟了生命的要谛，达到了光辉的顶点。他在完成孤独的人生之旅后，也就获得了艺术上的永恒。

对于常人的死，眼泪是慰藉，是祝祈。对于东山魁夷这样的艺术家来说，眼泪也许就是误会，就是亵渎。

但我毕竟是个凡人，对于死者，凡人自有凡人的纪念方式。我虽然不是一个感情十分脆弱的人，但每逢亲友离世，总是悲从中来，伤悼不已。

看花满眼泪。姑且让我掬两行清泪，作一篇小文为东山画伯送行吧。

1999 年 5 月

怀念坂田新学长

到今年年底，坂田新教授逝世整整八周年了。在这段时期内，我常常想起他，萦萦之思，不绝如缕。

画家东山魁夷说过，人都是被动地生活着。人的一生道路，并非完全由自己把握。就我个人来说，决定人生道路两次大转折的因素有二：一是大学入学时阴差阳错学了日语；一是南大"停年"之际，来日本担当大学专任教授。前者是服从国家分配，后者则是坂田新教授的邀请。

那么，我是何时何地同他初识的呢？我自己怎么也想不起来了。只记得1981年3月，我参加"大平班"访日一个月，早大第一文学部芦田孝昭教授，经山东大学曹大峰老师介绍，到东京新大谷饭店找我，托我将一本他参加编纂的《汉和词典》带给匡亚明校长，或许就是那时，芦田最早向我提起他的得意门生的吧？

大约过了两年之后，我突然接到坂田新来信，言语恳挚，热情洋溢。大意是作为汉学青年学者，他非常仰慕古典文学专家唐圭璋、程千帆、孙望等名师，很想到南京进入诸家门下，研习中国古典文学。先是，他求告在中国大使馆任教育参赞的我的北大恩师张光琏先生，张先生叫他直接和我联系。遵照张先生吩咐，我先和南大外办协商，领导为了使坂田新全方位多接触几位汉学权威，建议他到南师大去，同时商求南大程千帆先生参与学术指

222

导。坂田十分高兴，立即表示同意。当他负笈迈入这座古意盎然、硕学荟萃的高等学府时，南师大领导热情接待了这位异国学子，为他的研修计划作了周到的安排。我有一次去看他，一位专门照顾他饮食起居的老师正在对他嘘寒问暖，关怀备至。

1985年，我在早稻田大学做研究期间，坂田新已从早大大学院毕业，回名古屋老家，在爱知县立大学任教了。当时，他给我寄来过一本题名《近代文学的发掘》的著作，似乎是他们几个早大文学部院生（研究生）博士论文的结集。

印象比较深刻的见面是1987年秋，我随南大曲钦岳校长访问名古屋大学的时候。当时，我们下榻于鹤舞公园附近的名大医学院旅馆。原大平班日方副主任、名大教授平井胜利先生托人带信给我，说坂田新想见我。第二天，坂田新偕夫人雅子怀抱刚满周岁的女儿文子，请我在公园附近的一家饭馆小饮。多年不见，席上相谈甚欢。

后来，坂田新多次带领一些跟他学习汉诗的老年学员，包括他的父母，作"江南汉诗之旅"，路过南京时，总是约我在古南都饭店见面，畅谈别后情景。

九十年代后期的一个雨天，朱新华君从校办带来一份传真，是坂田新打给我的，内容是说他打算主持成立一所新大学，由他的岳丈林惠先生任初代学长，他任副学长，邀请我届时赴日担当新大学专任教授，并且表示"能同挚友一道工作，是最高兴的事"。当时，我临近退休，愉快地应承下来。

1998年4月初，我正式赴任。抵达名古屋那天，坂田新约上小林讲师和我女儿一起到小牧机场迎接。按一般礼仪，对特聘外国教授当日由新大学招待在市内饭店住一宿，第二天开始入住学校代租的公团住宅。不几天，爱知文教大学在名古屋一家饭店举行成立庆典，邀请为新大学尽力的社会各界名流莅临。会场摆满鲜花、蛋糕等。校长和副校长以及本校教职工，鲜衣洁履，同来宾们济济一堂，场面热烈，令人难忘。

大学走上正式运营轨道之后，管理有条不紊，事业蒸蒸日上。最初几年，坂田新和我一同担当汉语教学，校内校外见面的机会很多。他家住在名古屋市瑞穗区白龙町，距鹤舞公园不远，每次相约，他总是叫我先坐电车到鹤舞车站，他和雅子夫人开自家车前往。一次，他约我去他家附近的一家小饭馆出席家宴，双亲及妻女同席。他的父亲、坂田学园理事长坂田清，二战时到过中国河南，对当时的见闻记忆犹新。当晚饭后，大雨滂沱，街道上流水荷荷，坂田新同夫人雅子和女儿文子，快速通过马路，径直而去。两位老人似有踌躇。老太太另有亲戚照应，我便挽着坂田清老人，扶他慢慢前行。老人一边过马路，一边对我说，新君很有能力，大学一定会越办越好。

坂田新嗜烟酒、轻饮食，每回一起用餐，他总是吃得很快，正当我对眼前大大小小的杯盘左右为难，不知从何下箸时，坂田早已风扫残云，高执香烟，吞云吐雾了。

后来，坂田副学长来校的日子逐渐稀少，有时办事很难找到他。坂田的社会活动似乎多于他的教学工作。有一次，他到稻泽市开办汉诗讲座，邀我和澳大利亚黎坎利教授夫妇同往，他去讲课，我们三人坐车到木曾川转了一圈儿。

当然，每月一次的教授会他是必来的，他和林惠学长一左一右坐在主席台上，两人手中各执一支香烟，氤氲缭绕，直至散会。不久大学内实行禁烟，开教授会时，他很少发言，一张青黄的脸，闭着眼木然地坐着，形同佛雕。我知道他的烟瘾又来了，只是强忍着而已。

后来，我同坂田新有过两次出差的机会。一次是 2000 年暑假，带领八名日本学生到南大修学旅行，学习汉语。在南京，坂田新同当年进修时的恩师周勋初先生夫妇重逢，师生在西苑宾馆畅谈无尽，给我留下深刻印象。第二次是 2006 年年末，他突然约我一道再去南京，直到上飞机，我都不知去干什么。我们访问南师大，在晚宴上会见了古代文学专家吴锦教授和孙望先生的女儿孙原靖老师，坂田畅叙当年留学经历，缅怀已逝恩师，感慨万端。孙老师还各赠我们一册郁贤皓教授主编的《诗海扬帆——文学史家孙望》一书作为留念。然后，坂田和我又到无锡江南大学和苏州大学访问，向两所大学表述了相互进行学术交流的意愿。苏大日语系主任朱建明君，原是南大日语系毕业生，他和苏大外院负责人对我俩的到访十分热诚，筵席丰盛，气氛热烈。

2008 年岁暮的忘年会，是坂田新学长最后出席的一次教职员晚宴。那天，特批出一座吸烟席，坂田新同几位平素躲躲闪闪的男女"爱烟家"，一道尽情吞吐，好不高兴。

该来的事终于来了。

过了新年，有一天，大概是 1 月 7 日，我和村林副学长一同乘电梯上楼，他对我说，学长住院了，准备动手术。我问他什么病。他指指腹部，我便不再问下去了。

其后将近一年，坂田几乎都在医院里度过，只是偶尔到位于市中心"荣"的 NHK 广播大厦为本校大学院院生上课。我每周在那里授课一次，始终未能碰到过他。

我多次打电话想专门去医院探视，都被照料他的亲族婉拒了。询问事务局，每次都得到同样回答："大丈夫。"意即"还好，问题不大"。

其间，他还在为攻读大学院后期博士课程的院生 C 君上辅导

225

课，我只能从他那里听到有关坂田学长的一些消息。

2009 年 12 月 23 日，我和留学生们一起去福井县芦原（awara）探访鲁迅先生的恩师藤野严九郎故居，翌日回名古屋的电车上，C 君泪眼汪汪来到我身边，悄声说："刚接到朋友电话，坂田先生昨夜走了。"我一时无语，悲从中来。我明白，我从此失去一位异国知己，一位互相切磋学问的挚友。

12 月 26 日，在他家附近的平安会馆举行葬礼，坂田教授生前故旧数百人参加，多半是他的师友和学生，楼上楼下，挤满了吊客。坐在曲录椅上的和尚念完漫长的经文，大家排队烧香，随着哀乐，披露死者生前演说录音。久病的坂田，用慷慨激昂的语调，畅抒个人抱负与理想夭折后的怅惘心境，令在场的听众怆然泪下。

失去最心仪的导师，C 君研究佐藤一斋的愿望随之化为泡影。听他的同学说，C 君每天关在宿舍里神情颓丧，借酒浇愁。他终于忍受不住痛失良师的打击，毅然放弃即将拿到手的学位，提前一年回国了。……

坂田新教授（1949—2009），生于名古屋，爱知文教大学第二任学长。日本当代优秀汉学家，儒学研究家。著述颇多。曾在 NHK 做关于《论语纪行》系列讲座。坂田学长对学生十分亲切，有求必应，堪称教书育人之楷模。他的逝世，无疑是日本当今汉学界一大损失。作为朋友，我永远忘不了他。

他早年送给我的签名本《近代文学的发掘》，依旧孤寂地站立在我南京家里的书橱中。每次休假回宁，总要翻阅一番，以慰缅怀之念。

2016 年 11 月 27 日初稿
2017 年 12 月 15 日修订

岁暮， 我的书

昨夕，南京大学出版社通知，我的第四本纪游散文集《岛国走笔》已经出版，入库待售。样书在路上。年末又增一书，好似老农栏中再添一犊。问君能有几多喜，恰似窗外天女撒碎玉。

我在这本书的《后记》里说：

《岛国走笔》是我目前阶段性日本文化之旅的结集，包括《我在樱花之国》《花吹雪》和《樱花雪月》中部分有关日本题材的游记散文。

这话大体不差，但也不全是，题材稍有例外。总之，它是我四十余年以来，往来日本的记忆、心灵的遍历、人生的实录。虽然情思浅淡，文字粗朴，但字里行间闪现着我匆匆的身影，刻印着我的行行足迹。

我自幼有个癖好——好奇，无限的好奇。吾欲知之，吾必识之。小时候我对任何人与事，似乎都充满痴情，有时胜过爱憎。但凡我想知道、估摸着经过努力可以实现的欲望，我必奋力以求之。旅行探幽就是其中之一。可以毫不夸张地说，收在本书中的 60 篇文章，无不浸染着当时当地的风声月色、花露草香。

北方，我到过因一部《非诚勿扰》电影，引动千万旅行者蜂拥而至的北海道，这块秘境早于电影八九年前就迎接过我风尘仆仆的姿影。我到过道东五湖，和"湿原之神"丹顶鹤对话，与"森林之王"棕熊相望而过。我蹲踞在屈斜路湖一湾温热的碧水之畔，掘开脚边滚烫的黑沙，连吃两个顷刻即熟的鸡蛋。我前往知床半岛的路途上，同一群老太太高唱《知床旅情》，攀登过道东最高峰——积雪覆盖的罗臼山顶，远眺阿霍茨克海和千岛列岛荒瀚的春景。我考察过古代网走刑务所（监狱），只身走进单人铁监，体验过百多年前开发北海道的"功劳者们"（当时的犯人）苦难的牢狱生活。

南方，我遍历冲绳本岛，对五六百年前中山靖王"金锁沉埋，壮气蒿莱"的首里城宫殿，包括清朝皇帝题匾的字迹，做过精细的考察，面对这片"逝去的辉煌"，奉上一曲迟来的挽歌。……

伊豆半岛，我前后去过七八次之多，那块地方简直是一块磁铁，一次次吸引我自觉地或不自觉地将脚步迈向那里。是川端康成还是井上靖？是扮演伊豆舞女的一群女星，还是那位靠一首《天城越》彻底从《津轻海峡冬景色》进而得以"脱皮"，因偶遇大师从而得以东山再起的美人悲歌后？都是，都不是。我住过汤本馆，坐过《伊豆的舞女》中的"我"观看舞女表演的楼梯，攀着岩壁一侧湿漉漉长满青苔的S形石叠小径，下行到净莲瀑布，走过一道道山葵水田小畦，在那块背衬数丈流瀑、镌刻"天城越"几个大字的巨石前留影纪念（参见豆瓣相册）。我参谒过石山寺，独自享受过打破惯例、进入紫式部写作《源氏物语》的"源氏之间"，探访过广岛、长崎"原爆"中心，穿街走巷，寻访过签订《马关条约》的春帆楼，掬清泪、涤国耻。……

新扎的笤帚初扫铺席，会留下满床稷子壳儿。这大概就是敝帚自珍的道理吧。还有许多话要说，但既然书已出，我也不再饶

舌了。有兴趣的朋友不妨翻翻，只要对尚未到访日本或已经来过
日本的朋友，起到点儿导游小册子作用，或重新唤起一次记忆，
作为作者也就满足了。

2017 年 12 月 31 日草就

新年梦影录

序

某年夏，昧爽，游阿寒湖。船至湖心，朝暾初起，彩霞漫天。水底毯藻赛绿玉，珠珠历然可见。上下相映，美景无极。游客雀跃之。片刻即隐，众回花幽香旅馆进餐，食鱼翅羹。余游兴未尽，脚力尚足。遂同三五知己，结伴登阿寒山览胜。山一南一北，一雌一雄，余所访者，南雄也。山北有洞窈然，不知其深。少入，则寒气四塞，似不可穷也。伴者遂返。独余一人执手电竟入，曲折行数武，则穷其全境矣。余乐之，笑同伴功亏一篑也。投光于石壁，依稀有文字，漫漶难读。指认良久，终不得其意。怅然欲返，忽观旁侧有一小穴窅渺。以指探之，渐大。穴中藏桃花雕木小桶，启其盖颠倒之，一纸卷滑然出。展之，则行草数列，文白参半。观之，似初学汉文者所为。遂携归。近日整理杂书，偶见于箧底。磨折似败叶，几不可读也。恰遇文思阻滞，构想半日，未得一语。故假以代之。乞谅宥。

丁酉 11 月 11 日草就，15 日修改。苦居斋记。

1. 美酒佳丽，害人之鸩；萧斋孤檠，砺我之石。

2. 路上三人行，必有我师焉；座中千客饮，鲜为我友矣。

3. 以诚对人，人必还我以诚；以伪待人，人必报我以伪。

4. 可羡者，信天翁伉俪，一生诗酒唱和，红袖添香夜读书；可叹者，麒麟童夫妇，晚年殴詈交加，黄泉路上共投缳。

5. 梁上有君子，黑甜中需处处留意；座中遇佳人，酒馔里应时时小心。

6. 家中正有可意客，室外厌来叩扉人。

7. 临难有绿珠，相知遇红拂，人生可遇不可求也。

8. 一代豪雄曹孟德，铜雀台上谁望墓；两袖清风张建封，燕子楼中人有情。

9. 诗人独酌于月下，可以助诗兴；将军豪饮于马上，可以振军威。

10. 名片是分子式，观之，既能识其人，亦能识其品。

11. 婀娜行于前，只可缓而背观，不宜逾而反顾。背观永保美，反顾常失望。

12. 春月朦胧，夏月朗润，秋月明艳，冬月幽渺。

13. 枕上闻蝉，浴中听鸟。不亦乐乎？

14. 啤酒应冷饮，清酒宜热酌。

15. 豆棚瓜架读《聊斋》；月下花前诵《红楼》。

16. 蕉窗抚琴，琴声幽而远；临流吹笛，笛声润而扬。

17. 书斋，文人心灵之港湾。

18. 玩物丧志，嗜酒损身。

19. 美颜怒面，为人所厌；媸容含笑，悦人所见。

20. 疲马食残刍，卧听于惽惽小雨夜中，孤旅乡愁鸡塞远。菜汁溅女手，蒙诮于乘合车上，旧梦不回陇东寒。

齐鲁文化散策

山东在我心中

山东是中国历史文化的源泉之地。这里有中华民族的母亲河——黄河，有天下闻名的文化之山——泰山，有《水浒》英雄们大显身手的梁山泊。自古以来，在这块土地上出现过多少可歌可泣的人物，演绎过多少威武雄壮的故事。小时候读过的书里，讲述着齐桓的霸业，管晏的才智，孔孟的理想，二王的风流，李幼安的忧苦，郑板桥的清廉，蒲留仙的孤愤。幼小的心灵里时常翻腾着这样的文句："子曰，学而时习之，不亦乐乎""浴乎沂，风乎舞雩，咏而归""人固有一死，或重于泰山，或轻于鸿毛"，还有"兰陵美酒郁金香""岱宗夫如何？齐鲁青未了"等，这些同山东有关的诗词和文章数也数不尽。

其实，我本鲁之人也。二十世纪四十年代末到五十年代初，我的家乡曾一度划归山东省兰陵县，县府设在大运河畔那座中外闻名的城镇——台儿庄。1952 年前后，兰陵县撤销，复归江苏邳县。因此，从心理感觉上说，我似乎同山东更贴近，更融合。

然而，亲近不等于熟知，山东对于我仍是一片生疏而神秘的圣土。六十年代初，我在北京上大学，坐火车来往于泰山脚下，一直没有机会一登为快，黑暗里眼望着东天连绵不绝的苍茫山景，心中默诵着杜子美的《望岳》，只好将"一览众山小"的志向付诸未来。

谁知这个"未来"一下子过了四十年。老来实现少年愿，终于下定决心，利用暑期回国休假，怀着一副朝圣的心情"壮游"齐鲁大地，拜谒中华文化的始祖、先贤，试着做一次历史的回眸，文明的探访，心灵的净化。

这里就是琅琊

经常听到和读到"琅琊"这个词儿，也知道有两位历史名人出生于琅琊——诸葛亮和王羲之。但琅琊究竟在哪里，一直未曾思考过，脑子里只有一团飘忽的意象。这次到了临沂，方才顿悟，那琅琊不就是这里吗？上文提到的兰陵县本来就属于临沂地区管辖，这么说我的家乡宿羊山，也应属于古代的琅琊郡，稀里糊涂数十年，到这时才突然发现自己原来是孔明和王右军的"同乡"！

说起王羲之，家乡流传着许多关于他的传奇故事，而这些逸闻轶事似乎还没有人写在书上，不妨记录两则如下。一是"书圣访书"，说的是王羲之学书既成，自成一家，名声远播，但不知还有谁的字比他写得更好，遂微服出访。一日过农家，见一老妇烙煎饼，手法甚高妙，待煎饼熟，揭之若纸，随手抛掷，飘过房梁，落于几案上，层层叠起，整齐划一，不爽毫厘。羲之奇之，问之则莞尔曰："老身制饼之法如王羲之写字，天下无双矣。"顿悟为神仙点化，不复访。二是"父子共书"：献之作"成"字，仅剩一点，遇朋友招饮，求父完笔。父以草秆沾墨投之代作点。献之呈其母观之，母曰："吾儿学书千百日，唯有一点像羲之。"这都是近乎神话般的传说，恐不足信。王羲之虽出生于琅琊，但后来移居会稽山阴（今浙江绍兴），那些有口皆碑的"坦腹东床""兰亭燕集"等风流韵事都产生于山阴时代，而琅琊仅有一处青少年时代的洗砚池和晒书台藏于老街古巷中，供今人瞻仰凭吊。

七月的骄阳，灼人眼目。车子在一座老式的门楼前停下来了，这里是兰山区洗砚池街20号。公元303年，也就是一千七百年以前，中华书圣王羲之就诞生在这里。跨进大门，满眼碧绿，迎面便是一个大池塘。池畔垂柳纷披，像张挂起一道道帘子。池水很浅，也不流动，水面上有一片片的水藻，漂荡着残枝碎叶。池南边有一座碑亭，双碑并立，一高一矮，右书"洗砚池"，字略大，左书"晋王右军洗砚池"，字略小。沿南畔左折，有一长廊，额上书"墨华轩"三字，左右廊柱上是一副楹联：

> 继永和雅兴集欧柳颜赵众家风范衍箕裘勿忘先贤，
> 续淳化遗韵汇苏黄米蔡诸体精粹刊碑帖以昭后昆。

这副楹联概括了建廊者的意愿和当代诸家的书法风格。碑廊的确汇集了国内知名书家的题碑，真草隶篆，琳琅满目。在导游小姐的指引下，我一时兴起，一一朗读了碑文的内容，十分快意。池北是晒书台，由赵朴初题额题碑。室内的展品不多，只有几幅当代人写的字。晒书台前面的花圃里矗立着王右军的雕像，右手搦管，左手倒背于身后，仰头望天，衣褶斜向右方，仿佛是站在航行中的船上。我立即想起"舟摇摇以轻飏，风飘飘而吹衣"的诗句。

跨出洗砚池的大门，又回顾一下园内，此时夕阳如火，池边的柳条纹丝不动，暗含着无言的寂寞与哀愁。王羲之在这里生活了多久？他是多大岁数离开故土去南方的呢？这些在历史上似乎都没有定说。现在日本皇家宫内厅所藏名帖《丧乱帖》上说："丧乱之极，先墓再离荼毒，追惟酷甚，号慕摧绝，痛贯心肝，痛当奈何奈何。"也许表述了旧家遭际的一场浩劫，但究竟指的哪一件事情，却不得而知。而"虽即修复，未获奔驰，哀毒益深"等句，没有言及"先墓"何人何时加以修复，而王羲之又因何"未获奔驰"，以祭奠先祖？这些都是一团朦胧。

让历史在朦胧中沉睡吧，也许因了这些说不清道不明的朦胧，古代文化才更带有神奇的色彩，王羲之这位中华书圣才更具有无限的魅力。

从洗砚池乘车 10 分钟便到达银雀山汉墓竹简博物馆门前，匾额上的题字出自中国书法家协会主席启功先生之手。银雀山位于古城东南，1972 年 4 月，从一、二号汉墓中发掘出七千五百多枚西汉竹简——《孙子兵法》与《孙膑兵法》的简书，致使自唐宋以来有关孙武其人其言真伪的论争得以解决，震动了海内外。博物馆南侧的回廊里展示了汉墓和竹简的发掘情况以及国家各级领导人前来参观的场面。中央殿堂内有一个深坑，上面搭着篷帐，据说最近又有了新的发现。

孙武是春秋战国时代吴国的兵法家，仕吴王阖闾征伐四方，建立了大功业，著有《孙子》，后世称为兵法之祖。而孙膑是战国时代齐国的兵法家，他是孙武的后裔，魏国的庞涓妒其才，使其受刖刑，断其足，故名"膑"，后领齐国大军大败庞涓。记得童年冬夜，听祖母讲"孙庞斗智"的故事，梦里满是金戈铁马。今睹银雀山出土的《孙膑兵法》简书二百二十二枚，心中不由得对这位久远的古代军事家产生了由衷的敬意。

一览众山小

自古以来，吟咏泰山的诗文和俗语俯拾皆是，我从小也读过一些。诸如"挟泰山以超北海"，"人心齐，泰山移"，"人固有一死，或重于泰山，或轻于鸿毛"，等等。还有上文提到的杜甫著名的《望岳》，一直牢记心中，一生都不会忘记。

8月3日，晴热。早8时由苍山县城出发经由临沂去泰山。车窗外山岭纵横，河川交错。一路上看到许多熟悉的地名：孟良崮、莱芜、抱犊崮等，二十世纪四十年代，在这块地方有过一次决定中国命运的大决战。如今，领导这场战争的双方将领都回归于一抔黄土，我听见天地间的猎猎长风犹如当年战马的嘶鸣、炮弹的呼啸。转眼之间，六十年过去了，如今我的眼前是一片充满欢乐和希望的田野，"平畴交远风、良苗已怀欣"。还有谁记得"当年鏖战激，弹洞前村壁"的情景呢？

中午抵泰安市，暂小憩于森森古槐荫下。侄儿江山给当地同学联系，不久在他们引导之下，车子一直开到中天门（据说外地车如无当地有关单位的陪同，不能直接开到这里）。由中天门乘索道上南天门，高山巨壑，一一从眼底掠过。前不久在《光明日报》上看到部分学者联名上书，呼吁反对在泰山景点建造索道，看来徒劳矣，不然我今天也不会乘着索道"登"山。但我想可能是另外一处索道吧。不过照我的想法，既然已经有了这一条，也就会有第二条、第三条，何必书生气十足，去碰这个钉子呢？当然，学者自有学者们的道理，他们那种爱护泰山、珍重祖国大好河山的拳拳之心十分可贵。从游人这方面看，有了索道，自然可以省却双脚的劳顿，但却不得不割舍许多久已闻名的风景名胜，如十八盘、泰山刻石、经石峪等。这真是一个难以解决的矛盾。

我以为，年轻力壮者尽量不要乘索道，只有用自己的双脚一步步尝尽登临之苦，方能领略祖国河山之壮美雄奇。年迈体弱者乘索道是无可奈何的事。

到达南天门，远望玉皇顶烟雾萦绕，气象壮丽。走在天街（这里就是常听说的"快活十里"吗？）之上，因为天气酷热，丝毫没有"高处不胜寒"的感觉。有的人随身携带的毛衣等物反成了麻烦，明智者早已抛置于山下车子里了。过了一座牌坊，见一片古典建筑群，门额上写着"碧霞祠"三个字。碧霞是传说中东岳大帝之女，境内香烟袅袅，游人嘈嘈。有刻石一碣，上面刻着一行字："泰山极顶1545米。"

出碧霞祠登玉皇顶，一排巨大的摩崖石刻赫然出现在眼前，中有乾隆所题游山诗，录以存之：

攀跻凌岳顶，仆役亦已劳。

行官恰数宇，旧筑山之坳。

迥与天为邻，瀚然云作巢。

依栏俯岱松，凭窗眄齐郊。

于焉此休息，意外得所遭。

恭诵对月诗，徘徊惜清宵。

傍晚云霞收，近宵星斗朗。

天籁下笙竽，松花入帷幌。

神心相妙连，今古一俯仰。

始遇有宿缘，初地惬真赏。

清梦不可得，求仙果痴想。

乾隆戊辰二月晦日夜宿岱顶作　御笔

其中，"恭诵对月诗"和"徘徊惜清宵"之间有两行小注："皇祖有……"因此处正是刻石断裂之处，第二行注文已不存在。另外，诗中"凭窗眄齐郊"的"齐"字尚存疑。

至玉皇顶，见一尊高大石碑，古貌苍然，不镌一字。这就是千古之谜的"无字碑"。旁侧有一小石碑，刻郭沫若手书：

> 夙兴观日出，星月在中天。
>
> 飞雾岭头急，稠云海上旋。
>
> 晨曦宛晦若，东关石巍然。
>
> 摩抚碑无字，回思汉武年。
>
> 一九六一年夏登泰山观日未遂——郭沫若

郭诗中仍有拿不准的字，即"宛"和"关"字。离开无字碑，脑子里不住思索那几个难解的草书字体，一边绕日观峰漫步。峰回路转，云海苍茫，绿树巉岩，高高下下。放眼远望，齐鲁大地尽锁于一团团水雾之中，浑然难辨。

因发高烧而感身心疲困，下午即乘索道返回中天门。没有打算宿于山上，像乾隆那样尝一尝"天籁下笙竽，松花入帷幌"的味道。封建皇帝之风雅，平民百姓岂敢效仿？我也没有观日出的奢望。乾隆皇帝诗中只记"晦日夜宿岱顶"之情，而未写观日出之景，可见泰山对这位"天子"并不领情，没有一展"日赤如丹，云成五彩"的壮丽姿容，一定使他大失所望，为保全皇帝尊严竟只字未提，可想见他的窘态。郭沫若登泰山也没有看到日出，但他并没有什么遗憾，只在题注中表明"观日未遂"，文人坦诚之心实可感也。

下午三时离泰山去曲阜，投宿阙里宾舍。在妻和侄女的呵护

238

下，夜里连喝四瓶开水，吃药，冰敷，热渐退，至平明浑身觉得轻松了许多。阙里宾舍位于孔庙之东，孔府之南，本为孔子诞生之地。宾舍建筑设施和服务属一般水平，没有什么特色，而房费昂贵，令人咋舌。

曲阜朝圣

曲阜是儒家学说的始祖孔子的故乡。孔子同耶稣、释迦牟尼并称"世界三圣"，朝拜这块东方圣地就是参谒同孔子有直接关系的"曲阜三孔"，即"孔府""孔庙"和"孔林"。

孔庙即"至圣庙"，是历代封建王朝祭祀孔子的礼制庙宇。周敬王四十二年（公元前 478 年），孔子去世后第二年，以其故居三间为庙，内设孔子的衣冠礼器，岁时奉祀。以后逐渐扩建或重建，形成一座规模宏大、气势雄伟的古典建筑群落。由南天门一踏入院内，便见苍松翠柏森然排列，雕梁画栋，金碧辉煌。跨入大成门，一座巍然的殿宇矗立眼前，这便是大成殿，是祭孔活动的中心地，建筑格式和故宫的太和殿一样，周围雕栏玉砌，华美壮丽。入口处有两段石阶，中间分别嵌镶九龙戏珠石雕两块。阶下有两棵桧树，老干虬枝，古趣盎然，默然注视着从它下面过往的一代又一代参拜者。"先师手植桧"位于大成门内，参天而立，万代不衰，象征着圣人之精魂与天地共存，与日月争辉。

孔府即"衍圣公府"，紧邻孔庙，是孔子嫡长孙世袭衍圣公的衙门府第。三路布局，九进院落，前为官衙，后为内宅，最后是花园。孔子逝世后，子孙依庙而居，宋代始设官署于孔庙。明初创建衍圣公府，经历代扩建重修，成为前堂后寝、衙舍合一的庞大建筑群。我看那花园犹如故宫神武门内的御花园，但似乎更为广大。衍圣公的主要职责是奉祀孔子，护卫孔子林庙。宋以后，陆续增加了管理孔氏族人、管理先贤先儒后裔等职责。据闻，孔庙内珍藏的孔府档案是世界上持续年代最久、范围最广、保存最完整的私家档案。

走进孔府仍然是游人如织，熙熙攘攘。本来是十分幽静的场所变得热闹起来。一些不太上档次的书法小摊充斥其间，夹持在厅堂路巷之侧。一簇一簇衣着不同的海内外游人络绎不绝，每一个团组都有一个导游相陪。往往一处景点聚集着好几个团组，同样的解说词同时自好几个导游的口中吐出，而导游又大都手持一个扩音器，吵吵闹闹，震耳欲聋。在这种气氛里，人的心情是紧张的，脚步是匆忙的，本来应该边看边思索的地方也无法多站一会儿。这是参观游览中一个很令人头疼的事，所以只能走马观花，浮光掠影。

孔林称"宣圣林""至圣林"，是孔子及其家人的专用墓地，有坟冢七万座、历代石仪 85 对，墓碑 400 通，乔木 42000 余株。孔林已经延续 2400 余年，历代帝王不断赐给墓田，面积逐渐扩大，成为世界上年代最久、保存最完整、规模最宏大的氏族大墓群。

乘电瓶车在园内奔跑一周，沿途林木参天，浓荫蔽日。古墓累累，松柏苍苍。刚刚走出杂沓的人流来到一块清凉之地，身心为之一振。

孔子墓位于园林的中心，墓丘隐于绿树碧草之间，墓碑上刻着"大成至圣文宣王之墓"一行篆字，墓顶雕双龙，墓前置香炉、供台。孔子墓左侧是孔子的孙子子思之墓，右侧是子贡守墓处。孔子死后，弟子们庐墓守陵，都带着各地的树木种植于墓旁。子贡种植的楷树在墓的左侧，直到今天仍然老当益壮，充满活力。据书上记载：孔子葬鲁城北泗上，弟子皆服心三年，毕，相揖而去，各复尽哀。唯子贡庐于冢上凡六年，然后去。弟子及鲁人往从冢上而家者百有余室。

孔林入口之处的路线图上标有孔尚任墓所，随即穿林披草寻之，久未得，遂作罢。

孔林外的通道两旁，篷伞斑斓，货摊罗列，出售各种工艺制品。购得"澹泊明志"和"静远"两枚闲章，虽不甚佳，但差强人意。又见卖砚者，周遭雕龙纹甚精细生动，问之曰泰山石，索价亦不很高，随即购之，颇高兴，辗转把玩不止。又购得孔子雕像和叠龟各一。其中的"龙砚"带回南京后，下火车遇雨，上出租车不小心碰了一下，回家打开一看，竟成碎片，这才发现是青泥砖所雕，指甲抠之即剥落，徒呼上当。又联想到在孔庙门前和阙里街上分别刻了两块石章，有的刀法拙劣，尚不及自制；有的将篆书"印"字刻反了，这些要弄欺骗行为的小摊子能堂而皇之地在圣人故地招摇行骗，真是匪夷所思，实在同这块中外闻名的圣地应该保有的崇高的文化气氛格格不入。

临淄访留仙

一部《聊斋志异》写活鬼狐世界，曲尽其妙，反映人间万般风情。在古典文学里，此书是我研读遍数最多、写作收益最大的一部作品。今夏，我去临淄市，实现了长年的心愿——参观蒲松龄故居，领略了柳泉风光，游览了聊斋园，凭吊了这位文化先贤的长眠之地。

蒲松龄的故居——蒲家庄，位于淄博市淄川区洪山镇，先到新落成的聊斋园参观。迎面为一座白石牌坊，上书"聊斋园"三字，亦为启功先生所书。牌坊后面就是狐仙园，门两旁趺坐两只狐狸的石雕，挂着"蒲松龄艺术馆"的牌子。走进展览厅，当门供着蒲松龄的石膏像，两旁是郭沫若所题的那副著名的楹联："写鬼写妖高人一等，刺贪刺虐入骨三分。"展览厅展出了蒲松龄的生平和艺术活动。院子中央有一巨大的圆石，上面镌着："知我者其在青林黑塞间乎？——蒲留仙。"转身反望门内两旁的楹联，是作者表明《聊斋》写作意图的两句名言："集腋成裘妄续幽冥之录，浮白载笔仅成孤愤之书。"我知道这些话出自《聊斋》一书的序文之中。

石隐园系明代户部尚书毕自严家的花园，原位于西铺村。园内松竹成荫，怪石参差，奇花异树，景致清幽。当年蒲松龄设馆于毕家近三十年之久。毕自严之子毕际有官至刺史，家中万卷楼藏书丰富，振衣阁巍然壮观，蒲松龄时常在这些地方出入，他在这里有充裕的写作时间。他常常"移斋效樊堂""逃暑石隐园"，专心致志搜神猎奇，铸造名篇。《狐梦》《祝翁》《花神》等名作皆写于此时此地。

毕家号称"三世一品""四世同朝"，往来多达官贵人。蒲松龄虽一介寒士，但却不肯折腰事权贵，然而他同当时文坛盟主王士禛的交往却成为一段佳话。王渔洋虽为达官贵人，但他礼贤下士，爱才如命，对蒲松龄能肝胆相照，平等待人。这同当今有些人一旦当了官就不知自己姓啥名谁、架子摆到天上那种低级趣味完全相反。王渔洋官居一品，竟不断向一个穷教书先生"惠新作"，他曾对《聊斋志异》做过眉批、旁批、总批。他为《聊斋》的题诗，成为赞誉该作品的代表之作：

姑妄言之姑听之，豆棚瓜架雨如丝，
料应厌作人间语，爱听秋坟鬼唱诗。

蒲松龄年届五十仍孜孜不倦于科举应试，然而他命途多蹇，封建社会的高官厚禄终于同他无缘。他的夫人规劝丈夫："君勿须复尔！倘命应通显，今已台阁矣。山林自有乐地，何必以肉鼓吹为快哉？"蒲松龄从此不再留恋考场，专志于著书立说。他感慨地写下了这样的诗句："落拓名场五十秋，不成一事雪白头。"他一生怀才不遇，对个人来说也许是很大的不幸，但对中华文化来说却是民族的大幸，使得中国少了一个官僚，多了一位不朽的文学大师。

石隐园西侧有一碑廊，镌刻着当代一些名流赞誉蒲松龄的诗文，其中有刘白羽一首《题狐仙馆》，笔录于次：

　　青灯展卷鬼神惊，天上人间诉不平，
　　热血铸得沧海泪，奇思妙幻越高峰。

狐仙园北侧是满井柳泉，从前这里是绿柳环翠，风光绮丽。那口水井清冽甘芳，满而不溢。旁边有一碑，书"柳泉"二字，为沈雁冰所题。相传蒲松龄在此设茶馆待客，听过往行人谈鬼说狐，广集素材，建造《聊斋》文学大厦。

乘电瓶车到观狐园，这里草木苍郁，繁花似锦，四周有狐舍，饲养着各种狐狸，有白狐、蓝狐等名贵品种。声声哀鸣，阵阵狐臊，使人立即想起《聂小倩》《青凤》《莲香》《娇娜》等名作中美丽而可爱的女性形象来。然而文学总归是文学，动物和人尤其是和美女距离太远，二者之间实在难以画等号，我想来这里参观的男女老少再怎么发挥想象也无法将这些臊狐狸同美少女联系在一起。想到这里，觉得造园者的一番苦心可爱而又天真。

西南隅有一高台，松柏葱茏，前面立有一座砖楼，楼前一石碑，上书"蒲松龄柳泉先生之墓"，同出于沈氏之手。砖楼后面的草坪上是蒲松龄和夫人刘氏之墓。蒲松龄十八岁时与刘氏结婚，琴瑟甚谐。丈夫岁岁游学，妻子固守清贫，教子苦读，自己深夜纺绩，天曙方已。"自嫁黔娄艰备遭，家贫儿女任啼号，浣衣更惜来生福，丰岁时将野菜挑。"（《悼内》）。蒲松龄七十四岁，老妻去世，"五十六年琴瑟好，不图此夕顿离分"。是年过亡妻墓，酸风射眸，悲恻欲绝，"欲唤墓中人，班荆诉烦怨，百叩不一应，泪下如流泉"。

康熙五十四年（1715）正月二十二日，中华神州陨落一颗巨星，蒲松龄依窗危坐而卒，终年七十六岁。

蒲松龄故居是一座古朴典雅的民家住宅，一连四进的院落，瓦舍茅屋相间，月门花墙错落，藤萝满架，花木扶疏。入口处供有蒲松龄石膏半身像，慈眉善眼，笑容可掬。正房东西各一间，东间是卧房，摆设床板等物。西间是客厅，正上方悬挂"聊斋"的匾额，左右是郭氏手题的那副名联。西边几个院落有的挂满名人字画，有的是油画展。在这里我见到了郭沫若、刘海粟、田汉、老舍、臧克家、黄苗子、吴作人、沈鹏、欧阳中石等人游览故居的题咏。名家风采，各展其姿，满目珠玑，令我怡悦。另外一间屋子陈列着《聊斋》的几种外文译本，其中包括柴田天马、增田涉、松枝茂夫、常石茂，近藤彦太郎和安冈章太郎的日译本，以及前野直彬的《蒲松龄传》。

不过，现存的故居并非蒲松龄的出生地。这里原是蒲家庄一处场院破屋，蒲松龄十八岁结婚之后兄弟分家分到了他的名下。但由于他不断外出游学，到朋友家中就读，去江南做幕宾，三十三岁之后就到距家百余里的西铺村毕家教书，在那里生活了三十余年，而绝大部分著作都是在西铺完成的。

其实，蒲家庄的"蒲松龄故居纪念馆"是1955年筹建的，据闻为了充实蒲家庄故居中的实物，很多东西都是从西铺收集来的，如毕自严亲笔写的"绰然堂"大匾，蒲松龄在绰然堂睡觉用过的床，还有笔砚和蛙鸣石等。当时振衣阁和绰然堂基本完好，石隐园里的花木山石也如旧，然而现在楼宇颓圮，田园荒芜，昔日景象已经荡然无存。如今，谁还会到西铺去追寻这位文化名人昔日的姿影呢？

走出故居，街巷的小摊子上出售的大多是狐狸和其他工艺制作，上车时我带着流连的目光再看看聊斋园，园中正在继续施工，开发新的景点。其中的聊斋宫高耸如山峦，下面是运用现代声光技术再现聊斋故事的展览馆，有《罗刹海市》《席方平》《画皮》《尸变》等。将只供阅读的鬼怪故事变成可视可感的具体形象，倒也有趣，但是游完这块地方，我的感想是很复杂的。我总觉得，历史的本来面目和眼前的诸场面不甚契合，尤其是有些遗址，经迁移、改建，已经失去了原貌，变得面目全非了。如何才能让今天的观众品味到古代文化的真实意蕴，这大概是设计人员面临的一个很难解决的课题吧。

我以为，历史如果是朴实纯粹的，应当还其朴实纯粹，而不应该加以铺张扬厉，打扮得焕然一新。更不应当单从经济方面着眼，将本来较为单纯的题材搞得复杂化，用现代色彩涂抹历史。如果蒲松龄老先生泉下有知，面对这片广阔而华丽的聊斋园，他会怎么想呢？

走向黄海边

初秋，为出席"中国日本文学研究会"第八届年会，我来到美丽的海滨城市——青岛。康有为曾经概括地说出了青岛城市的特色："红瓦绿树，碧海蓝天。"郁达夫说这里有亚洲最好的海水浴场。梁实秋认为，青岛是最适合居住的地方。我下榻的黄海饭店距海滩仅一百米，早晨和傍晚我好几次独自在海滩上散步，双脚踩着松软的沙子，看着奔腾的海浪泛着白沫，一进一退，执着而又多情。记得梁实秋文章里提到他的一位朋友住到海滩旁边，夜里闻涛声无法入眠，只好搬家，这真是一个不懂得大自然妙味的庸人。

匆匆忙忙的几天会议结束了，与会者各奔东南西北。我偷得半日闲暇，独自走出饭店，沿海滨大道漫步，想去青岛海洋大学（最近已改名为中国海洋大学）拜谒闻一多故居。闻一多是我最崇拜的现代诗人，中学时代读过他的诗《死水》和《红烛》，荡气回肠，激动不已。无奈本次会议的东道主比客人撤离得还快，根本找不到一个引路的人。只好贸然独行，走了一段不短的弯路。正在沮丧之时，忽而瞥见一块写有"康有为故居"的牌子，不由一喜，随即趑了进去。

戊戌变法失败后，康有为、梁启超亡命日本，成立保皇党转而维护封建主义制度。1923年康有为来到青岛，先住在旅馆，不久租下位于鱼山之麓的福山支路6号一处房子居住。这年5月27日，他在家书中写道："青岛气候甚佳，顷得一官产屋，名为租，实则同买，园极大，价极少，候数日可得。"康写诗赞云："截海为塘山作堤，茂林峻岭树如荠，庄严旧日节楼在，今落吾家可隐栖。""节楼"即德国提督宅第。其后第二代恭亲王溥伟因迁居大连，把家具送给康，则使居所更具规模。这是一座二层楼砖木结构的老式建筑，一楼有会客室和展览室。会客室摆着几件雕花桌椅，展览室展出了康的生平事迹。沿木制楼梯登上二楼，楼上有康的卧室和书房，康于卧室之内每晚听涛声而眠。书房内悬"天游"匾额，为末代皇帝溥仪所题赠，康自题"解愠轩"三字。书房对面隔着走廊又是一间展览室，悬挂康有为自书的诗词联语。康有为书法多用浓墨枯笔，仿佛一团团黑色的草绳盘结缠绕。我随手抄录了一些：

下泽聊缓辔，上德可润身。

开径望三益，藏书富百城。

陈诗聆国政，讲易剖天心。

登崂山诗

别岸度岭涧潺潺，巨石崔巍松柏顽。

万竹青青盘磴道，明霞仙在海中山。

丙寅七月偕愚勤兄崂山明霞洞口占。

康有为生于 1858 年，卒于 1927 年，他的去世颇有些蹊跷。据云这年 2 月 26 日赴一同乡宴，席上饮一杯橘汁后腹痛如绞，日本医生认为是食物中毒，不久便七窍流血而死。康辞世后原拟葬故里广东南海，暂厝崂山象耳山，1943 年正式安葬。"文化大革命"之中，康墓遭毁坏，1984 年，重建康墓于前海浮山之阳（今青岛大学后），康门弟子刘海粟大师撰南海康公墓志铭。很想去那里看看，问了几个人，皆不知路径，只好作罢。

青岛之行，自然不能不游崂山。

我对崂山的意象是美好的，甚至带有几分神秘感。不用说，这是从《聊斋志异》中的《崂山道士》一文中获得的。我总以为，那里一定是个仙人如云、仙乐飘飘的胜境。从山脚下翘首仰望，但见一块块巨石参差耸立，各异其状，岩石之间生长着低矮的杂木，我猜那就是松树吧，但没有黄山松的婀娜之态。牛山濯濯，别具风神。海水逼近山脚，微风鼓浪，涛声阵阵。沿山道登陟，两侧小贩强卖各种纪念品，熙熙攘攘，令人不快。至一古观宇，风景幽胜，也许这里就是那位王七向仙人学道的场所吧。旁边有一堵墙，立于崖头，然而今人不似古人那样傻，没有一个人敢去碰一碰，更不可能看到穿墙而过的"绝活"了。本想细细观览一番，无奈游人太多，前呼后拥，摩肩接踵，不能靠近。当年王七学采樵不堪其苦，我今则因为前后拥挤而不堪其苦，只能略观其貌，草草下山，总算不虚此行。

此次崂山之游同行几位好友有：上海外国语大学教授陈生保夫妇、大连外国语学院教授罗兴典、东北师范大学教授刘光宇、北方工业大学教授郑民钦、辽宁大学教授刘立善、深圳大学教授郭来舜。此外还有国际比较文学会会长、日本帝冢山大学名誉教授川本皓嗣和九州大学名誉教授清水孝纯等。

2002 年 12 月—2003 年 1 月
写于日本爱知县
春日井市寓所

风雨五十年

——我的外语人生

　　《随笔》主编麦婵女士，经余红梅女士介绍联系我，要我写写自己关于日本文学翻译方面的事。初闻时我有点儿受宠若惊，一是我从未受到过权威报刊的"专约"；二是出于我对《随笔》杂志的敬畏。《随笔》坐镇广州，打从这家杂志一创刊，我就是它的一名热心读者。少年时代，我对产生过秦牧等大作家的南国土地深怀向往，二十世纪六十年代后半期，我有幸连续四年参加每年春秋两度的"广交会"工作，每每沐浴于花城的蕉风椰雨之中，快意之情至今难忘。

　　然而，如今要我谈谈自己，忽而泛起踌躇。说什么呢？

　　我出生于苏北穷乡僻壤，这里是古代鲁国领地，历史上经济萧条，文化落后。乡民们代代务农，但都具有一份崇尚文化的情怀，视孔夫子为先祖，对读书人肃然起敬。我念过《上论》（《论语》前半部），私塾先生对先圣敬若神明，反复叮咛学生对孔子的名字"丘"万不可错读为"qiu"，而应读为"mou"，第三声，写时为三横加左侧的一长竖，以便有别于其他"丘"字，一旦出错，弄不好会挨戒尺。因而，我自幼记住了"一箪食，一瓢饮"和"有酒食，先生馔"中的"食"应读作 si，第四声；"至于犬马，皆能有养"的"养"字，应该读作"样"，第四声，等等。

这使我读书作文十分着意于用词用字，对来自自己或他人口中笔下的错白字，本能上深恶痛绝，决不放过。

一、阴差阳错学日语（1960—1965）

我一生热爱文学，钟情祖国传统文化。1960年，考入北大中文系古典文献专业，怀着玫瑰色美丽的理想，默诵着老舍《我热爱新北京》的语句走进燕园。然而，我未能如愿以偿，那年根据国家需要，临时被调整到东语系学习日语。当时的心情无可形容，打个比方，犹如花轿进门后，一揭盖头，发现新娘不是心中的她！

从此，我阴差阳错同日语或者说日本结下不解之缘。不管我情愿不情愿，我都得将自己的人生定位于此。大学生活欲语还休，最初两年，肚子依然延续着高中时代的饥饿，精神上时时为一些问题所困惑。但是，每个学生都信心百倍，对未来充满希望，人人努力奋进，争取将来做个合格毕业生，以便回应国家的召唤。

1965年夏，我们毕业班被团中央抽调担任首届中日青年大联欢的口译工作，这是遵照中央指示精神组织的一次空前大规模的两国青年交流活动，我们每人都当作一项政治任务投入其中。我被分派在南方路"民青"（日共领导下的青年组织"日本民主青年联盟"的简称）代表团任"主翻"，领队是全国学联主席伍绍祖。从深圳（当时还是个小渔村）经广州、长沙、韶山、武汉、九江、庐山、杭州、北京、上海等地，一路专列护送，每到一地，鲜花笑脸，美酒清歌，是我人生之中最难忘的一个多月。不但口语获得绝好的锻炼机会，而且二年级时腰部手术留下的长年不愈的神经痛，经过一番忙碌，竟然大有好转。大联欢使我对自己的专业产生浓厚兴趣，从而促使我更加坚定地迈上外语人生之路。

回校后，获知被分配到中央机关 W 部作为出国储备干部，立即到上海参加该部下属各大进出口公司"四清"运动的锻炼。不久，"文化大革命"兴起，随即卷入其中。后来，下放 W 部河南息县干校，再转入小汤山。因长年夫妇分居两京，力请调离，经过几番周折，遂于 1973 年秋转往南京大学，从此进入一个人生转型期。

当时的大学，疮痍满目，校园荒草离离，寂悄无声，偶尔驶过一辆自行车，车上斜斜投来一副孤清冷漠的目光。当时，南大外文系只有英、法、德、俄、西五种语言，调我来据说是为创立日语专业。但那时，一切都还谈不上，只得临时寄身于该系的欧美文化研究室，一边会同其他几位老师为创立专业做准备；一边根据仅有的两份日本左派报纸，编印《日本文学资料》，寄送全国各地机关和学校。其间，我还为人民文学出版社内部刊物《外国文学情况》供稿。工作虽然微不足道，但心情愉快，生活充实。我觉得自己就像一个游子，被时代的浪潮播弄一番之后，又被推回从小挚爱的文学港湾，这尤使我欣喜非常。

1976 年，历史翻开新的一页。外国文学园地春风初至，坚冰融解。这一年，我翻译了日本作家夏堀正元以日本北方领土为题材的小说《北方的墓标》。虽署名为"欧美文学研究室译"，但其实全为我所译。此书由江苏人民出版社出版，是该社"文化大革命"后最先出版的外国小说之一。书底虽然标明"内部发行"，但也公开出售。在书店一上架，立即抢购一空。我知道这不是因为内容多好，情节多吸引人，而是文学市场长期萧条，读者饥不择食，不管好坏，先睹为快。

接着，我又在江苏和浙江先后翻译出版了反映唐朝扬州鉴真大和尚东渡的剧本《天平之甍》、苏加诺日籍妻子黛维夫人的自传《我与苏加诺》，以及根据森村诚一推理小说改编的电影剧本《人生的证明》等。

1973 年到 1978 年这五年，是我从事日本文学翻译与研究的准备阶段，也是思想调整与业务练笔时期。经过"文化大革命"时代的迷惘和失落，重新找回自己的人生坐标，从而将个体生命同文学翻译事业紧紧联结在一起。

1977 年，南大日语专业正式发足，招收首届本科生，我从此开始了一边教学一边研究（写作与翻译）的"鸟之双翼，车之两轮"式的学人生涯。

二、名家小说翻译时期（1978—1988）

1978 年暑假，我参加在母校北大举办的首届短期日语教师进修班，课余时间应人民文学出版社之约，同柯毅文合译著名作家岛崎藤村长篇小说《破戒》，我担任前半部，柯担任后半部。本书作为该社"外国文学经典丛书"出版，1991 年获首届国家图书奖特别奖。1981 年，同他人合译藤村另一部长篇小说《家》，署名"枕流"。我为此书写了简短的译序，由江苏人民出版社出版发行。1997 年，人民文学出版社将《破戒》和《家》合为一集，出版了豪华精装本。

八十年代初，我到北京语言学院（即今天的北京语言大学），参加国家教委（教育部前身）主办，并由日方提供资助的全国日语教师进修班（俗称大平班）第一期，历时一年，其间于 1981 年 3 月，赴日研修一个月。这是我第二次访日。我在夏目漱石学习和任教的东京大学的"三四郎池"畔徘徊良久，这里就是小说

《三四郎》故事的舞台。我决定回国后继续翻译漱石的"前三部曲"中的《三四郎》和《门》。这之前，已经完稿的《从此以后》，于1982年4月由湖南人民出版社出版。1984年11月，三部曲以书名《夏目漱石小说选》（上）问世，当时我正要启程去早稻田大学进修，接到泛着油墨香的厚厚的合集，兴奋不已，成为我遗赠日本朋友最好的礼物。

1984年2月，福建人民出版社出版我翻译的岛崎藤村的《春》，该书是作者第二部自传体长篇小说。两年后的1986年，海峡文艺出版社又出版了我翻译的夏目漱石的《哥儿》和《草枕》，作为国内七家出版社联合策划出版的"日本文学流派代表作丛书"之一种。1987年，海峡文艺出版社再版岛崎藤村的《春》，连同他人翻译的田山花袋的《棉被》以及德田秋声的《新家庭》等，作为丛书的"自然主义"一派，我为这一流派撰写了序言。

1979年9月，在长春举行中国日本文学研究会成立大会暨首届日本文学讨论会，汇集了全国老少日语界名流。选举领导机构，名誉会长夏衍，会长林林，副会长李芒，秘书长卞立强。理事会由11人组成，我亦忝列其中。这年年底，大型外国文学季刊《译林》在南京创刊，我为创刊号翻译了当年芥川文学奖获奖作品宫本辉的处女作《萤火河》，撰写了短评《近年来的日本文学》。我首先将这位刚刚走出学校大门、尚不为人所知的青年新秀介绍给中国读者，为他日后的"走红"开启一方之门。《译林》创刊号发行全国及域外，犹如春霖普降，浇灌着读者饥渴的心灵。发行量数十万册，反复增印，仍供不应求。宫本辉从他的大学同学那里听到自己处女作在中国发表的消息，立即写信来表达感激之情，信中详细介绍了自己的家世，述说他的父亲如何热爱中国，自己从小就对中国抱有好感，等等，并随信赠送我一册钤有印章的自作小说集。1981年春，我访日时，正值新婚燕尔的宫本辉夫妇到大阪大饭店看我，送我一支花杆自来水笔作纪念。1986年10月，江苏人民出版社又将《萤火河》连同他人翻译的另外几篇小说合在一起，出版了专集。

那时，我也爱读井上靖作品，十分钦敬他为中国历史投注的一番热情。我满怀沧桑之感，翻译了他描写一代天骄成吉思汗征战南北的历史小说《苍狼》，鉴于当时情况，其中涉及狼与鹿的文字一概删除，书名也改作《一代天骄》，这是国内最早的中文译本。二十世纪末，我将《苍狼》全文补译出来，由郑民钦教授收入他所主编的《井上靖文集》，1998年，由安徽文艺出版社出版，这是最初的完整本。该社同时另外出版了单行本《成吉思汗传》。2016年8月，该书又由上海译文出版社全新推出，印装精美。作为译者，我本来想写一篇译后记，向读者交代一下版本的历史，但终未如愿。译文社一般不希望译者"穿鞋戴帽"，故我在该社的译作，除重版《阴翳礼赞》外，均无序言或后记。我不大赞成此项做法。对于读者来讲，好比一位不速之客，闯入筵席，只顾大嚼，既无别人举荐，亦不自报家门，显得极不自然。

1985年，我在东京池袋阳光城见到井上靖，经他首肯，我又把他当年连载于《文艺春秋》杂志的长篇纪游文字《我的西域纪行》译出，交新疆人民出版社列入出版计划，不久即排出校样，没想到后来因编辑退休，无人接管，遂不了了之。

此外，这个时期，我还翻译了一些散篇零作，如推理作家黑岩重吾的中篇小说《黄昏的山崖》（载于1979年《钟山》创刊号）、横光利一的《蝇》和井上靖的《莺哥》（载于花城出版社《花城译作》）等。

三、名家散文翻译时期（1988—1998）

出于对散文的挚爱之情，日本散文翻译始终贯穿我的整个翻译和研究过程，尤其集中于世纪末的十余年。日本散文散荡优游，有一种特殊的气韵。最为熟知和关注日本文学的前辈作家刘白羽，认为日本散文的成就远在日本小说以上。他呼吁国内日文界要重视日本散文的翻译与介绍。我深有同感，立即响应，迅速付诸行动。在主攻名家小说翻译的同时，我选译了东山魁夷的《听泉》《一片树叶》，川端康成的《我的伊豆》，岛崎藤村的《落叶》《暖雨》，德富芦花的《晨霜》《芦花》《我家的财富》，永井荷风的《虫声》，井上靖的《季节》《岁暮》《元日》《少年》，水上勉的《雪三景》，濑户内晴美的《嵯峨野赞歌》《月夜》，以及檀一雄的《山梨花》等，分别发表于《散文》《译林》《国外文学》《当代外国文学》等刊物。其中部分篇章，在中学和大学文科青年学子里，几乎人人皆知。

1982 年，我向国内日文同行征稿，首次编选了《日本散文选》，由江苏人民出版社出版。书中收入古代和现当代名家五十五篇散文，并做了简要的点评。以后国内陆续出版的日本散文选本和学校教科书，许多篇章皆源于此书。《日本散文选》获取1991 年首届国家图书奖二等奖。以下，我想以几位作家为重点，谈谈我翻译日本散文的情况。

○东山魁夷（1908—1999）

日本散文作家中，第一个吸引我注意的是著名风景画家东山魁夷。

1978 年暑假，我回母校北大参加日语教师短训班，在日文版

《国语》教材里发现一篇奇异的文章——《一片树叶》，作者东山魁夷。这之前，我只朦胧知道他是画家，从事日中友好工作，没想到文章也做得如此好。这篇作品以一片树叶的生死荣枯比喻人生的兴衰浮沉，通过自然界万物变化，解读生命的要谛，构思新奇，寓意深远。我即刻译出，刊登于《散文》1980年8月创刊号。这篇译文不但开创了我在百花文艺出版社出版散文译作的时代，同时也是我结识该社副主编、散文家谢大光的中介者。从此，我和大光通过散文结成文友，使我在散文创作与翻译上寻到一位知音。

后来，我又发现东山魁夷另一篇文章《听泉》，作者以鸟儿和泉水象征人类世界，亲切、诚挚而富于警策的语言，别具一格的表述手法，震撼着读者的心灵。这篇译作首次发表于1980年第三期《译林》杂志。

1981年新年，我接到《译林》编辑部转来的贺年片连同一册小型挂历，是东山魁夷寄给我的。两者都是画家自制的风景画的缩影，上面用毛笔写着热情的贺词。原来他在日本读到了《译林》上的《听泉》译文，主动向我这个从未谋面的译者表示感谢之意的。

1985年夏，我初访位于千叶县市川市的东山住宅，受到画家夫妇的热情接待，临别时，他将新潮出版社出版的十一册《东山魁夷画文集》题赠予我，并在他的书房兼客厅里摄影留念。回国后，我写了《在东山魁夷家里做客》一文，表达了我从画家身上所感受到的伟大与平凡和谐的统一。这种印象获得老作家郭风的赞许，他在《光明日报》撰文，向读者热情推荐我的文章，令我十分感动。1989年，我作为日本国际交流基金会访问学者，赴国学院大学研究岛崎藤村，曾到日本桥高岛屋参观"东山魁夷回顾展"，在会场里同东山夫妇欢聚畅谈。1994 年，我再到东海大学研修，东山夫妇写信来嘘寒问暖，并题赠两大本画册，因包装纸盒太大，还塞了肥皂，附言道："寄上几块肥皂，是为了填空，先生可以自由使用。"

1999 年，东山魁夷不幸病逝，结束了九十一岁充满波澜的人生。我给夫人发了唁电，向她表示一个中国学人深切的悼念。2001 年，我到长野县参谒城山公园内"东山魁夷馆"，坐在公园松树下，沉浸于同他交往的一幕一景之中，久久不忍离去。我在悼念他的《看花满眼泪》一文中说道：

> 东山魁夷正是在寂寞冷清的生涯中参悟了生命的要谛，达到了光辉的顶点。他在完成孤独的人生之旅后，同时获得了艺术的永恒。

如今，东山魁夷的绘画与散文广布中华大地，为众多读者熟知和评说。中国对于这位艺术家的理解与认可，远远超越他的故国，成为中日文化交流史上一个值得注意的现象。

目前，我关于东山魁夷的散文译作集有如下几种：各式各样的百花文艺版《东山魁夷散文选》（1985），人民日报版《东山魁夷散文精选》（1997），人民文学版《和风景的对话》（2013）等。

○德富芦花（1868—1927）

一个偶然的机会，我接触了德富芦花。

1982 年前后，我所教的班里一个学生，参加某访日青年团体。这个学生热爱文学，用有限的日元买了书，其中有《自然与人生》。上课时我看到，随便翻翻，立即被吸引住，决定翻译出来。百花社谢大光对此书也很感兴趣，交稿后很快付梓，于 1984 年 9 月出版发行。此书经过再版、三版，十分畅销，一时洛阳纸贵。刘白羽看了中译本给予热情肯定，连连写来七封信，令我备受鼓舞。

我在初版《译后记》里写道：

> 本书是一部运用艺术手法描绘自然风物的写生文集，也是作家对美丽的故国山河的一曲赞歌。……
>
> 《自然与人生》的作者，一方面讴歌自然之美，对生活怀抱着积极进取的态度；另一方面又能以清醒的头脑，冷澈的目光，透过生活的表象，洞察现实的底蕴。……
>
> 《自然与人生》里的散文，篇什短小，构思新巧，笔墨灵秀，行文自然，语言晓畅而富音韵美。……

1994 年，我将《自然与人生》以及《蚯蚓的呓语》《谋反论》等篇章，编译成《德富芦花散文选》，由百花社出版。

鉴于图书市场较好，人民日报社又于 1998 年 1 月，将《自然与人生》作为少男少女名著读本——青鸟文丛推出。

2001 年 8 月，台湾地区的志文社以"新潮文库 444 号"，出版繁体字本。这个集子装帧典雅，印刷精美，前面附有介绍作家生平的照片，书末有作家详细的年谱。

2008 年 12 月，人文社出版"外国散文插图珍藏版"《德富芦花散文》，此书增加不少新的篇章，并附有作家妻子和学者介绍芦花有关情况的文章。

○岛崎藤村（1872—1943）

在日本现代作家中，岛崎藤村是我着力最多的一位。自 1985 年起，我曾数度到他的故乡长野县木曾马笼以及他青年时代任教的小诸市（《破戒》故事的舞台）访问，同作家的后裔以及那里的乡民有过一段深深的交往。我翻译了他的几部长篇小说（有的同他人合译），在日本国际交流基金会的资助下，两次赴日进行专题研究。我也爱读他的散文，名作《千曲川风情》，以白描的手法，状写日本北国山地简素而质朴的风俗民情，充满浓浓的乡土气息，令我联想起自己的童年生活。

1980 年，我在北京"大平班"进修时，语文教材中有岛崎藤村《落叶》一文，这篇文章写到柿树的叶子"肉质肥厚，即使经秋霜打过，也不凋残，不蜷曲"。我从未见过柿子树，不知道这种树落叶时到底是怎样的情景。我在学院校园内转了好几圈儿，都没有发现此树，谁知当我失望地回到教室，却在门口发现两棵柿子树，此时正逢霜期，树根边堆着肥厚而殷红的落叶，我拾起几片，放在案头细细观察。有了实际感受，译语的选择也就有了把握。《落叶》和《暖雨》载于 1981 年第 3 期《译林》，一经发表，立即得到广泛传扬。

1985 年，在早稻田大学依田憙家教授陪伴下，我首次访问浅间山麓的小诸市。这里是岛崎藤村青年时代从事教学和写作的地方，他在这里创作了《嫩菜集》《夏草》《一叶舟》和《落梅集》四部诗集，以浪漫主义诗人享誉文坛。藤村还在这里完成了写生文集《千曲川风情》，并由诗和散文转向小说创作。当时的小诸市长盐川忠巳和教育委员长依田公一热情接待了我，给我留下极深印象。盐川市长不久又去东京后乐寮看望我，表示想同中国发展文化交流。于是，我提议由小诸市和译林出版社共同举办一次岛崎藤村文学翻译奖和爱读奖。盐川市长欣然同意，并表示给予积极协助。1987 年 5 月，首届颁奖仪式在南京隆重举行，盐川市长亲自率领小诸市友好代表团莅临颁奖，江苏及南京市省市领导和文化界人士汇集金陵饭店钟山厅，度过难忘的一天。那年，我为参赛者选定的题目是《千曲川风情》中《沿着千曲川》一文。此后，"文化大革命"后最初创办的这一外国文学奖项，遂定位于南大，代代继承下来，每年在南京、小诸两地交替举行，已成常态。但愿此项活动健康发展，成为南大日文系全体师生广泛接触日本民间文化的窗口。

1994 年，我到东海大学文学部研究藤村文学，完成《岛崎藤村研究》的写作。此书获得国家社科基金立项，于 1997 年 5 月由人民日报社出版。至此，我的藤村翻译与研究告一段落。

1994 年 2 月，《岛崎藤村散文选》由百花社出版，全部收入《千曲川风情》以及《静静草屋》中的部分文章。其中，《落叶》《暖雨》《三位来客》《短夜》《秋草》等，都是我国读者熟知的秀作。2013 年，《千曲川风情》由新星出版社作为"圆角书屋"之一种出版袖珍本。2008 年，人文社出版我独立翻译的"名著名译插图本"《破戒》，小诸高原美术馆馆长、画家田中良则亲自为本书制作精美插图。新书再版后，画家给我寄来自制的贺年片以表祝贺。不久，田中先生溘然长逝，令我痛惜不已。

除了上述三位作家之外，拙译结集出版的日本古今名家散文集还有：松尾芭蕉、幸田露伴、永井荷风、夏目漱石、芥川龙之介、薄田泣堇等。1997 年，我将各个作家的名篇散作搜罗起来，合成《日本散文百家》，交由人民日报社出版，书中收入一百五十余篇名作，算是我翻译日本散文的一次梳理和总结。

除了个人翻译之外，我还为百花社编选《世界经典散文新编》系列丛书中的《日本卷》，在卷首的《导言》中，概述了日本散文随笔文学发展的历史，表述了自己的看法。《日本卷》网罗国内学者、翻译家主要散文译作，约六十七万字，是二十世纪中国日本散文翻译成果的一次检阅。

四、偶像作家翻译时期（2000—2016）

经过新世纪初期调整与著译交叉期（这期间的著译有：自作散文集《花吹雪》和《樱花雪月》，译作散文集《日本名家随笔选》，谷崎润一郎的《阴翳礼赞》等），自2009年起，我的翻译发生重要转变。近几年来，主攻川端康成和三岛由纪夫，稍稍接触了太宰治。

日本诺贝尔文学奖首次获奖作家川端康成，一直是我研究和翻译的重点。我在国内外选用的教材，大部分出自川端作品，《伊豆的舞女》是我历年文学翻译课上的传统教材，至今不变。2012年，我为人文社"世界文学大师文库"翻译《川端康成读本》（包括《伊豆的舞女》《雪国》《古都》和《千只鹤》），即将付梓之际，不巧版权为国内一家出版公司买断独占，随之胎死腹中。

数十年来，国内川端文学研究和翻译名家辈出，译作众多，传播较广的版本有四五种之多。但依我所见，国内读者尚未获得川端文学之真面，这是有些译作没有圆满传达原作意象造成的。例如，被某家小报记者用来号令其他川端译作一律下架、并被学者们推崇为权威的《伊豆的舞女》的所谓"经典"译本，经过屡次修订之后，一篇一万多字的译作，不折不扣的"误译"仍有两三处未能彻底铲除。其中一处传统性"误译",犹如拿破仑顽癣,竟为各家译本所共有。

多年前,上海译文出版社约我翻译谷崎润一郎名作《阴翳礼赞》,收到初版样书后,于无意中我发现书内文章同我的原译多有龃龉,立即警觉起来。经过反复磋商,方恢复译文原貌。因此,我在这里不得不交代一下,《阴翳礼赞》花皮初版本,未能完全代表原译原貌,但从第二版(上白下绿小型本)开始至后来的昼版夜版,均按原译改订,恢复了原貌。该社不久又约我翻译三岛作品。鉴于历史原因,我一直对三岛抱有成见,曾打算予以婉拒。但编辑再三恳请,这才勉强接受下来。谁知一旦接触三岛,我就有了新的认识。对于三岛文学,我由排斥一转而为痴迷,对此,我很感谢上海译文出版社未曾谋面的多位编辑的牵线与联络。这几年,我为译文社翻译了三岛戏剧名作《萨德侯爵夫人》(同时约译的另一剧本《我的朋友希特勒》未出版),长篇小说《禁色》,作者自选短篇小说集《仲夏之死》《鲜花盛开的森林》和《殉教》,交稿待出的有短篇集《女神》和《天涯故事》。三岛另两部短篇集《上锁的房子》和《拉蒂格之死》(译本书名改为《魔群的通过》),由广西师大出版社列入本年计划。此外,人文社出版了我一人独立翻译的三岛长篇小说系列,包括《爱的饥渴》《金阁寺》《潮骚》,以及《丰饶之海》四部曲——《春雪》《奔马》《晓寺》和《天人五衰》。三岛早期长篇小说《假面的告白》和游记随笔集《阿波罗之杯》,以及译者编选的第八部三岛短篇小说集《绿色的夜》,正在商购版权途中。

这些译作初版发行后,我陆续发现一些谬误,大都于再版或三版时做了订正,例如《禁色》的第二次精装本,以及人文版系列均如此。相信未来的精装修订本,将进一步贴合原作本色。

目前最负盛名的西方日本文学研究家、美国哥伦比亚大学唐纳德·金教授，曾经说过这样的话：若举出两位最有成就的日本作家，那就是川端和三岛，若举出一位，非三岛莫属。我赞成他的这一评价。

我还认为，三岛文学的全部意义，不在于所谓思想内容而在于表现形式，在于作者独有的语言表达艺术。评论家野岛秀胜对此有过精辟的论述。他指出：三岛是一位"用绚烂的语言铠甲，包裹纤细、脆弱肉体的孤独的现代艺术家，他将一切都赌给了语言的世界"。野岛还说："对于他来说，人生就是'语言'，'语言'就是人生。未熟的肉体，已经成为'语言'的囚徒。正是在这种地方，有着三岛由纪夫走向人生和文学的出发点所孕育的幸福和不幸。"（三岛短篇小说集《〈拉蒂格之死〉解说》，新潮文库版）

目前，三岛文学在中国已经获得广泛认可，拥有一大批"粉丝"，如何全面而公允地评价三岛文学，已经成为当前国内日本文学研究者一项很难回避的任务。

与川端、三岛构成"三角"的另一位作家，是隶属于无赖派的太宰治。2013 年，我应约为重庆出版社主编一套由五部名作组合的"太宰治系列"，并翻译了其中的长篇小说《斜阳》。这套书同样获得读者的肯定，但译文质量参差不齐，编辑过程比较仓促，纸张、印刷略显粗糙，还有不少错别字。这些都有待于再版时加以修正。

五、文学翻译之我见

半个多世纪以来，时代反复，社会多变，酸甜苦辣，百味备尝，我对文学翻译有了个人的认识。我在人文版《德富芦花散文》的《前言》中说过：

> 我认为翻译不是再创造（或再创作），也不应该再创造，更不需要再创造。翻译的实质仅仅在于文学意象的转化，译者的全部活动都应归结于如何做好'转化'这个基本点之上。任何所谓的'再创造'，只能是对原作的不忠与悖逆。

我依然坚持这个观点。

我的"翻译三原则"是：以文学为使命，以精品为指归，以读者为鉴戒。

韶光不为少年留。风雨五十年，岁月匆匆，回首往事，感慨万端。我学日语用日语已经半个多世纪，在大学的讲坛上度过四十年春秋，至今尚手执教鞭，继续教书、读书、写书、译书。文学写作与翻译占去我大部分生命，今后还将沿着这条路继续走下去，这条冷板凳是铁了心一坐到底了。摆在面前的是，除了争取早日将川端译作推向社会之外，余下的时间还想向日本古典文学进军。继昨年交稿的古典随笔《枕草子》之后，还打算翻译另两部古典随笔《方丈记》和《徒然草》，遴选能乐文学底本谣曲中的"鬘物"（kazuramono，以女性为主角，多属情爱题材），编译一本《日本谣曲选》。这些都是以往国内学者和翻译家很少涉足的领域。对我来说，尤其是艰苦卓绝的工作，夐夐乎难哉！能否胜任心中没底。我将"苦其心智，劳其筋骨"，孜孜不倦，以求其成。

至今，我大约有五十种译作（不包括各种再版本或多版本），这些译作或多或少都存在一些不足，除了自己在有生之年不断借再版机会及时修正之外，还有赖于广大爱我读我的读者朋友多多指教。

有的朋友问我，你对自己哪部译作较为满意？我效法前辈导演谢晋先生回答：下一部。

我一生将屈原的话奉为座右铭，时时刻刻鞭策自己：

路漫漫其修远兮，吾将上下而求索。

生命不息，求索不止。

2016 年 10 月

（原载《随笔》杂志 2017 第 1 期，总第 228 期，刊文有删节）

回乡日记

9月4日（三）

正午 12：00 乘柴君车，沿名神高速西去关西机场。一路上，天象壮观，窗外云聚云涌，阳光时隐时露。车行一半许，至某休息所，下来小憩。忽暴雨骤至，广场上万箭齐发，电闪雷鸣。回车内等候雨住，开车门透气，水珠高溅，湿我衣裳。片刻，继续前行，遂觉心中不适，欲吐。终于在午后 4 点左右抵达目的地。候机室内，椅子很少，只得在手推车基座上坐片刻。检票入关。飞机准时起飞。服务尚好。抵南京，L、H 夫妇及侄孙专程来迎。

9月5日（四）

一夜疲劳，一觉天明。上午降雨。出外办事归来。晚间给诸友发信联络。

9月6日（五）

上午夫妇二人去金润发采购（假中我只去过这一次），买杂粮，食品及杂物。中午吃盐水鸭，开瓶旧藏洋河"梦之蓝"，其味甚佳。顿觉天下至乐矣。下午，内君外出，再买萝卜、青菜、四季豆等。晚餐，青菜挂面，清淡可口。

9月7日（六）

晨发现标有"鲜牛奶"的牛奶，冲咖啡时呈豆腐脑状，估计冰箱不制冷了。

近午，内君开门，一青年女子趁机挤入，兜售擦油烟用液体，呶呶不休。我见此女花言巧语，恣意骗人，随即拒绝。彼立即转喜为怒，匆匆离去。

9月9日（一）

上午去南行办理业务，颇费时间。联系修冰箱者，迟迟不来。手机鸣响，王宇来电，多所问候。此时，冰箱师傅上门，检查后说，需要换零件。约十分钟修好，自取400元，嘻嘻而去。

9月10日（二）

上午夫妻去中行办业务，路过工行后门口，见四五猛士荷枪实弹把守门外。一人端冲锋枪，手扣扳机，环视四周，虎视眈眈。有人告知，今日发行债券，将有运钞车来。随释然。

重庆社《斜阳》接手责编W女士联络。

随后，内君去金润发购物，我独蹒跚回。小路逼仄，街桐森森。白墙花窗，人家小院。草木葳蕤，秋花艳红。草叶出墙外，恋恋牵我衣。草木有情，令我感动。

冰箱恢复制冷，高价消君愁。

侄孙买黄鳝来，中午烫黄鳝再演去年旧场面。热汤下注，群龙乱舞，顿时，铅桶中好似击鼓传花。其中一条猝然跃出桶外，蜿蜒瓷砖地上，奔窜不止。随即摁住，宰杀之。血流遍地，颇觉残酷。纵使老衰，人鳝之斗，尚可取胜。一阵紧张过去，中午小盆蒸红烧辣味黄鳝，油炸花生米，炒毛豆、藕片，饮梦之蓝。始感生活依然有味。

接重庆W女士手机邮件，言接手看稿，并谈及初付稿费未及时汇出，深深抱歉，云云。

晚，内君与H女士手机聊天。

9 月 11 日（三）

依旧晓雾迷蒙。天气闷热。熬杂粮稀饭。午睡。接 R 教授联络。下午来查煤气，相约走前电话上门收款。

9 月 12 日（四）

上午，H 女士来，二人去超市，久不归。电话督促之。

午后，顾老师来，送校发诸卡及所购蘑菇类，语多时。人文社寄来样书。红梅来件，言谷崎《幼少时代》上网事。

9 月 13 日（五）

上午内君去超市，王奕红来。杂谈许久，并为我和 G、J 等老友建微信群。中午，吃米饭和杂粮稀饭。下午同 G、J 通话聊天。

晚上赵开晨来，为曹凯和孙德慧先生签书。八点方去。

9 月 14 日（六）

中午，花城《雪后庵夜话》样书到。取塑料绳拖地面，踉跄拽入电梯，上楼，拆封，热汗湿衣衫。下午，内君诉眼睛不适，随请 H 女士一同打滴滴去市立医院，张伟医师为之诊断，无大碍。返回，欲找鸭血汤店，渡桥东访，过乌衣巷，朱雀桥。路人告已搬走，失望而返。老顾电告，去金陵饭店为儿子过生日。

9 月 15 日（日）

天气稍有缓解。上午张鹤军全家来。徐凤赠自笔山水图一幅，自制团扇一枚。女性笔墨，柔润可喜。欢谈多时，合影。午间返回。送《雪后庵夜话》两册（题字出错故）。中午炒毛豆小鸡，吃米饭。饮梦之蓝。饭后小睡。

9 月 16 日（一）

天气依旧晴热。

上午泉生受夫人之托，送礼品来。述其体况。冰冻鸡头米、蒙牛盒装牛奶、干菇、红枣、小米、玉米、瓜果类，周全细致。病中依然关怀旧友，令人感动。题赠《丰》四部。中午小睡。晚上食鲁产陈克明挂面。青菜小煮，味道甚佳。

下午给顾夕林电话，闻说已转至仙林。

晚上同黄、萧女士交信。

9 月 19 日（四）

人文社 C 君要来南京一会。他打算周日（22 日）到。奕红约 G、J 等老友周六午餐聚会。雅众 F 女士告川端散文已出炉。据说是印刷最慢的书籍之一。

9 月 20 日（五）

沪上华师大社 X、C 二位编辑约下周来宁，具体时间另定。

上海 F、C 二位女士商谈 27 日上午来宁会晤。当日下午 2 点 30 许，坐顾车前往南大西苑，出席 80 岁老人联席会。据闻外院约有八人参加。

9 月 21 日（六）

中午 11：30 小雪老师来接，打滴滴去南大南苑芳草园三楼汇文厅。菜式丰富，饮红酒稍稍。下午 3 时左右回。休息。洗脚。下午译能乐《邯郸》，不支。小睡。

9 月 22 日（日）

下午 3 点 30 许，人文社 C 君到。畅谈。中间吃蛋糕，饮咖啡。索赠书 7 册。晚 7 时许匆匆返程。

9 月 23 日（一）

方总将四部散文发手机朋友圈，变更来宁日程。相约 10 月 11 日（金）。小 C 告直接从印厂寄样书，索要地址、电话等。

蒸鳜鱼，未等化冻即上锅。未熟。继之改红烧。中午喝鸡汤半碗。晚上，吃梨数片。

四川社 X 女士，来电言该社欲出三岛，签订短篇三种。

9 月 27 日（五）

中午收华师大校改稿，快件三包。

下午乘顾老师车去南大出席西苑整寿老人（90 岁、80 岁、70 岁）重阳茶话会。内君与顾夫人去校医院开药。外院 8 人，除子清外，均在坐。相顾两不语，报名方惊异。邻桌 X 君，闻说脑梗，坐轮椅，言语恍惚，表情淡然。想起当年同他还有长山等友诸多交往，怅然若失。会后，欢笑，悲叹，惋惜。

青春已逝去，老迈多不适。

嘈嘈一团白，踽踽缓行止。

东突西又奔，错乘中程梯。

你进我又出，归路难寻觅。

出来同老陆一起乘顾老师车回。途中过金银街，小径曲曲，草木交织。陆言及曾于此出车祸，从此不再开车。

9 月 29 日（日）

下午 2：00，华师大二位编辑老师到达。就稿件交换意见。甚契合。吃蛋糕，咖啡。下午 5：00 返沪。各送题签《岛国走笔》一册。合影留念。

9 月 30 日（一）

气候燥热，反常。晚上，奕红联络，说有几位学生想来访。

阴天，雾霾。光线昏暗不清，视野模糊，看不清楚。内君一早买菜包，我煮稀饭。

看不了书，力劝数人上豆瓣。言者谆谆，听者藐藐。

翻看老照片，发给同行，不禁沧桑之感。

中午奕红所教一研究生，来电探讨翻译事。

气温剧降，腹部略不适。

10月6日（日）

昨夜睡眠较好，但早起后头脑依旧昏昏然。

早餐，吃烧饼卷油条。

窗外，水雾沆荡，一派空濛。写作依旧不甚灵便。

10月9日（三）

天气转冷。上午内君购物路遇擦油烟机者，遂引之来家。入厨房，未征询主人意见，即登高扯去排烟筒，并建议更新之。其后，对油烟机揩拭之。索价300，欢笑而去。

中午小睡。数度打电话联系大全，颇费周折，未果。下午，顾老师约请明去吃鸭血粉丝汤，因有事而谢绝之。

10月11日（五）

下午2：30沪上F、C二位女士光临，所寄供签售用20册样书正好已到门厅。掺掺女手，不知如何拖上楼来。随即摊在桌上，C拆封翻页，我一一签名，F女士立刻就原纸箱粘贴包装，迅即捆扎，胶带缠裹，嘎嘎有声，动作快捷，干净利落。约快递来，瞬间寄上海。

新签三种名家散文，三岛小说五种、戏剧四种。4时另有约，匆匆离去。

此种电击式来访，未及寒暄，只是相互一瞥。F女士巴尔干归来不几日。旅途微倦，未减优雅。小C第二次见面，任多种责编，认真细致，名副其实。临别，题《岛国走笔》等著译三种，以资纪念。

晚上广学教授来我家，闲聊多时，教我养病及锻炼术。高声朗语，高兴而返。

10月12日（六）

10时许，南大图书馆李佳等二女士受史梅副馆长之托，光临寒舍，谈图书特藏等事宜，并展示场景照片。

10 月 15 日（二）

天晴风冷，秋高气爽，乃南京少有天气。

中午随顾夫妇至湖南路狮子桥美食街吃鸭血粉丝汤和汤包。午餐美味，内君亦赞之，难得。所余，装盒携归。又同车至白云园社区，办理 80 岁老人月 50 元关怀费。回来午睡。下午，奕红来访，送茶叶一长盒。

晚间，顾老师再约明日去古南都吃日本炸虾。

晚，R 教授再来电，就藏书事交换意见。

10 月 16 日（三）

上午办理业务。随后乘顾夫妇车去古南都吃日本料理。回来到楼下办理业务。又乘出租车去苏宁。乘 56 路艰难回。H、G 各有问，回告抵家。

10 月 17 日（四）

可嘉应前日联络回电，言及大阪接送事。随即决定改动返程计划，从大阪乘新干线回名古屋。既可减轻我等途中之苦，亦能省却柴君来回之劳。

10 月 18 日（五）

上午缴管理费至年底，近两千元。下楼将剩余零钱存入，顺路购牛黄解毒丸一瓶。洗晒被褥衣物。清理杂品，整理行装。

晚，开晨来，告南京直飞名古屋班次。携回电脑。

10 月 19 日（六）

晴天丽日，石头城下，轻雾迷离。旭日临窗，光耀全室。

一早收拾行装，打扫房间，应酬来电。11 时，L、H 夫妇来接，一路谈笑，不觉抵达南京禄口机场。飞机晚点，入关后，吃兰州牛肉面，每客 68 元，比去年便宜 2 元。尚可口，一碗即饱腹。四清真小碟，风味尤佳。航班由下午原 2 时起飞，一直延误至 4 点半才登机。机上服务草草。出机场后，即看到可嘉向内张望。赶紧乘上他自家车，夫人驾驶，路上一小时许。等到接近新大阪时，一侧修路，堵车严重，可嘉邀约称，来不及可至他家借宿，但我一直担心赶不上东去末班车。所幸越过工事地点，车速稍畅，提前十分钟到站。可嘉购票，进站，尚有余裕，请过路人摄影留念。夫人去停车，不在其内，遗憾。10 时许，乘上开往终点站名古屋"希望号"。柴君和 bb 来迎。归宅凌晨，东方既白。

随口吟俳句一首：

あずまかな　ねぐら戻るや　サンマ色。

2019 年 10 月草就

向国内辞书编纂者进一言

一个经常读读写写的人，须臾离不开工具书。对于我来说，读写日文时，离不开日语辞书，那么读写中文呢？就自然离不开中文辞书了。工具者，工作之器具也。"工欲善其事，必先利其器。"这是人人皆知的道理。然而，据我常年体验，查找汉字词语，我比较习惯于使用日本出版的辞书，而不太习惯使用国内出版的辞书。抛开其他方面不论，仅就检字来说，国内版很不方便。比如，要想查一个汉语的字或词，日本版一翻就得，国内版费时费力。原因在哪里？很简单，日本人编的所有汉文类辞书（包括日汉两类），几乎全都把检索手段——"汉字部首"或"五十音图"放在首页和扉页一大整页上（不跨页），翻开或硬或软的封皮封底，全部"部首"豁然在目，所需词、字，瞬间即可捕获。有的辞书，如《汉语林》等，首页是"部首"，末尾几页是"四角号码"，读者各取所需，十分便利。即便不懂日语的人士，也能自由使用。但我们国内的辞书，开篇往往是前言、凡例、编辑人员名单、这个那个说明，"部首"和"检字表"藏在深闺人未知，且"跨页"多不合理，翻来翻去，不易寻找。五卷本的《辞海》"附录、索引"已经把"部首"提到第三页，如果直接印在封内、再增添"检字表"就更好了，那页空白纸多余又碍事。新版《辞海》，竟然恢复了四角号码，令我异常欣喜。不过，还是有些缺点，比如有些较为冷僻的繁体字，皆由简体字引路，一旦查到页数，门牌下多为空宅，又要回到简体。这时，早把页码忘掉，等于白费力气。

一本好辞书，除了内容、体例等方面之外，首先要使读者感到使用起来快捷、简便。中文辞书最重要的检索手段是"部首"和"拼音"，而"部首"必须先按笔画查出页数，进入"检字表"，再按笔画查字或词所在页数。辞书编纂工作应该力求在这个节骨眼儿上下功夫，尽量使读者减少麻烦。对于这个简单的道理，国内辞书专家们不会不明白，那些这个说明那个说明为何不能退后几页呢？须知，读者不是每次都要阅读这些文字的。为什么对日本人的这一套行之有效的简便做法不能"拿来"为我所用呢？这难道是他们的专利？或者我们对这种做法不屑一顾？

前年，我在南京购得商务印书馆第 10 版小型《新华字典》，"双色本"，装帧精美，十分可爱。我怀着极大期待，希望一打开那漂亮的软封皮，就能发现一阵惊喜，谁知还是失望了。我们的编者宁愿让雪白的首页白白空着，也不肯留给"部首"，不太常用的修订说明之类，占据了一二十页，而部首部分，排版又不合理，开始就跨页，不紧凑，且最后白白剩下半页"荒地"。匪夷所思。

我不知道编辑先生，用起自己编纂的辞书是否觉得略有烦琐与不便，有没有感到这方面的一些缺憾呢？

上面提及的四角号码检字法，在二十世纪五六十年代十分流行，当时读书人，几乎人人都会使用。后来不知怎的，渐趋式微，知道的人已经很少了。去年，我向居住附近书店的一位中年女职员，索购带有四角号码检字法的工具书，她一脸茫然，回答我：从来没听说过。

我平日读写，最爱使用的便是日本大修馆书店出版的《汉语林》，这本辞书除了内容广博，条目丰富、释语详备，翻检便捷之外，优长之处，莫可尽数，简直就是一部百科全书。比如，它兼有部首、四角号码两种检字法，查字时非此即彼，自由选取，使用起来，如鱼得水。此君伴我二十余年，虽已形同败叶，然"佳人"难得，爱之弥深，百般修补，不忍丢弃。

　　我国辞书编纂工作，近年来多有进展，成就斐然，但还留有不少可以改进之余地。我个人以为，在检字法方面，不可太守旧，应将拼音、部首和四角号码等结合起来考虑，力求更大改进。

　　门外之谈，仅供参考。

2017 年 12 月 9 日

与网友聊日语

（一）

应网友之约，说说初学日语的问题。

前几篇文章或多或少说过自己，大致是：农村娃，丑小鸭。历高考，进北大。志中文，学日语。既来之，则安之。（不知不觉，弄成三字经了）……

赶紧回到主题上来。

北大外语分俄、西、东三系。为满足国家外交事业需要，60级一部分中文系新生，临时调转外语三系。我8月底进校，报到时被告知转入东语系，立即落户于学生宿舍40斋。将近一个月的入学教育——时政学习、劳动锻炼，最后进入填表选科阶段。东语系十多个专业：蒙古语、朝鲜语、越南语、印尼语、印地语、波斯语、泰语、古尔都语、阿拉伯语、梵文、巴利文……新生们大都成竹在胸，三两下填好志愿表，提交上去。少数（当时谁也不认识谁）从中文系来的人，有的犹豫不决，举棋不定。我呢，当时的心境，好比贾宝玉娶了宝姐姐，而不是林妹妹，根本无心思挑来拣去，学哪门都可以。最后听了一位日语高班老乡的劝说，随便在"专业"一栏里，填上"日语"二字，从此定下了今后人生的道路。

10月初，正式在外文楼开课。拿到手的讲义是几页手写油印教材，粗糙泛红，时时见有稻壳草屑嵌进纸里。内容大都是《赤旗报》社论，或《人民中国》日文版月刊的译文。记得第一堂课单词表列着"会议""议会""切手""怪我"之类的汉字词语，下面括弧内标日语发音。一位同学翻来覆去边读边笑："KAIGI""GIKAI""KAIGI""GIKAI"……突然把讲义一扔，说道："这叫什么玩意儿语言啊！"……

过来人说，学外语过三关：记单词、查辞书、解文意。多读、多学、多思。

首先说记单词，这是基础的基础。但凡吃外语这行饭的人，谁也躲不过去。而且只能靠笨办法，死记硬背，没什么捷径可走。下课后走进外语系学三食堂看吧，多少男女学生手里拿个小本本，一边排队，一边记单词。有的摇头晃脑泛白眼儿，有的手捧辞典查来查去。

其实，再铁的东西也有镚眼儿，只要细心琢磨，擀面杖也能用来吹火。

我有我的办法，甚至可以说"优势"。我有较强的记忆力。我从小学到中学再到大学，历届校长和教过我的老师以及同窗学友，直到现在大都可以报出他（她）们的姓名，详述其音容笑貌以及爱好志趣。我不死背字典，在我看来，字典条目按特定规律排序，犹如居民楼单元的住户，各自独立，互不交通，缺乏横向来往，没有或很少有横向思维方面的联系。我也曾耳闻某某大人物，学外语就靠背辞典。但大人物毕竟是少数，我学不来。我一向主张通过阅读具体文章积累单词。也不反对小本本，碰到什么记下来，随时翻读，长期坚持，积少成多，大有裨益。日语假名夹杂汉字，课堂上老师讲授语法，阐释意义，解答疑难，剩下的全靠自己消化、熟悉。

我的办法就是反复阅读，最好高声朗读。北大校园广阔，从40斋走到外文楼，快速步行至少也要15分钟，到俄文楼7、8分钟。没有固定教室，往往是在"一教"上完精读，必须立即跑步去外文楼上听力，因电化教育室在系办那里。有时还要远去"外平"（外文楼后头几排平房）上课。俄文、外文两幢老楼，都保留旧时装备，尤其是前者，设施古雅庄重，平素清静幽寂。桐木楼梯，拟宝珠栏杆柱头，鱼骨式铜质水暖气，单腿式朝颜男便池。

冬季，上完课我就把讲义摊在二楼的窗台上，双腿紧贴热烘烘的暖气片，面前或艳阳高照，或风雪漫天，我只顾高声朗读。夏季，我把俄文楼北头和"一教"之间两棵白皮松六角形大理石基座当书桌，念外语，写单词。

其次是多问老师。孙宗光先生二年级担任我们精读课，他日语口语稔熟，用词灵活多变，音声铿锵悦耳，听他讲课，简直就是一场绝好的语言音乐的享受。他对人平易谦和，我们学生在他面前无所顾忌，可以和他随便开玩笑。因为我经常抓住他问这问那，无所不问（譬如烹调之类），后来他一见到我，不再叫名字，直接喊我"鸭丸烧"或"羊水煮"什么的。有一次，孙先生（顺带说一句，当时北大一律称老师为先生，不但学生喊老师先生，教师之间也如此称呼。）跟我们下乡支农，休息玩扑克，我不仅向他学了全部有关扑克方面的日语单词，还记住了众多其他方面的知识。在我眼里，他就是一部活字典、大百科，面对这座日语宝库，我就像一个急红了眼的顾客，一头闯进这座"孙记コンビニ"，恨不得将全部生鲜食品，全部装进如饥似渴的求知的菜篮。

创设特殊记忆与形象记忆，这种记忆只属于个人，充分利用

想象的翅膀。什么叫特殊记忆呢？比如，我先学得了"空姐"的日文，后来又从日文版学了『别了，スチュワート』。为了记住司徒雷登发音，费了老鼻子劲。后来，我发现"空姐"スチュワーデス（stewardess）下边，去掉デス不就行了吗？至于那个"ト"自然就连起来了，也可以不管它。没想到这一发现几年后发挥了异乎寻常的效果。

前文说过，1965年毕业前夕，我参加首届中日青年大联欢，担任主路主翻。活动临近结束时，中国贸易促进会勇龙桂副主席应团中央邀请，为全体日本青年做报告，题目是《中日两国贸易发展的回顾》。团中央权威翻译王达祥先生担任现场主译，我是他副手。开会前，老王对我说："陈さん，坐得不要离我太远。"我点点头。其实，听归听，根本没往心里去。王先生和我同在"民青"，朝夕与共，混得很熟。他是久经沙场的老翻译，是日语界少数权威之一。一个月来，几场重头戏都是他出马，从来不难为我。

勇副主席如数家珍，滔滔不绝，根本没有稿子。老王一路下来，顺水行船，"舟遥遥以轻飏，风飘飘而吹衣"。当演讲人提到司徒雷登这个人物时，老王猝然"卡壳"了。一瞬间会场静息下来，空气有些紧张。老王朝我转过头来，我低声说"スチュワート"，他迅即采撷而去，立即又"斯拉斯拉"继续翻译下去了……

形象记忆说白了就是自造形象、自撰逻辑，实现牢固记忆。比如，我在某场医学专业口译之前，需要记住同位素这个日文单词isotopes，背了半天老是记不住。后来突然发现，不就是"阿姨烧豆腐"吗？一旦记住至今不忘。这种创意高中时代学俄语时，同学之间都有过，比如"星期日"这个词儿，又长又难记，后来一想，不就是"袜子装在鞋里头"？一周忙于上课，到了星期天，袜子装在鞋里头——睡觉。此种记忆带有私密性，不可滥用。

日汉交混，部分汉字彻底变异，产生许多说不清道不明的复杂问题。日语中的汉字，既是初学习者的拐杖，又是盲目者的陷阱。大凡学日语的人，或许都有这方面的体验。

············

酸甜苦辣，类似的话题有的是。本来计划写一本专谈个人学用日语的自传性书《我与日语》，70岁第二次停年时就拟好了目录，一拖再拖，过了"洗寿"① 也未动笔。

想想，该是"自我走笔"的时候了。

············

2018年1月4日夜匆草

（二）

再随便说几个细小问题。完全是一孔之窥，一己之见。

关于查字典：我们学日语时，根本没有什么辞典，只有图书馆几册旧工具书。陈涛先生主编的《日汉辞典》很难弄到。记得二年级时，统一从外文书店购得报纸版两大册。大家知道，词典是专门用纸，十分考究，必须既薄且韧。报纸本正相反，又厚又重，装订又不牢，没用多久都"散瓣儿"了。有的同学前后背着两册辞典上课，跑图书馆，像骡马身上的驮（duò）子。查日语时，左右两册倒来倒去翻，很费时间。后来有人搞到小开本整册字典纸印制的《日汉辞典》，令同学们艳羡不已。

现在看到人手一册的电子辞书，如此轻巧便捷，再加上有了

---

① 源自一首自作小诗："喜寿无喜，亲朋未到，素面一碗，洗洗睡觉。"

网络，连我等"老派"学人都学会了讨巧的良策。譬如有些西文地名或人名，照原文一 copy，标准译语就出来了，真的成了小和平鸽先生所讥笑的"机翻"了。不过，他说得不都准，我只限于固定的人名地名搞"机翻"，其他一概还是"脑（恼）译"。至于小和平鸽先生所责问的"这位翻译官的语文是体育老师教的吗"，不妨顺带说明一下。——我可以告诉您（这好像是哪位大师的口头禅，怎么被我无意用上了？）首先我要郑重声明，我可不是什么"翻译官"，别把这个帽子加在我头上。没听过"一枪打死个翻译官"的歌词吗？我只是一个普通的日语译者。懂得"翻译官"这个词儿的轻重吗？不妨去问问自己的父母或祖父母。不要拿自己的无知无感，强迫我等和你一样"哈哈哈"！其次，遵照阁下的责问，在下又仔细回想了一遍，很遗憾，教我中文和日语的北大老师，没有一个是搞体育的。

·············

大家都说，日语意思暧昧，拒绝和应允都不像中文那般爽快。这话大致不差。书上所写，老师所教，你照搬照用，往往行不通。必须通过反复实践，才能真正属你所有。比如"いいです"这句话，基本意义就是"好，行，可以"等等。我都记住了，但不懂得这个词语还需环境、背景或其他语法手段加以衬托，才能起到更好的表达效果。二十世纪六十年代，我参加广交会组织的在长沙橘子洲头的中日青年交流活动，听取当地领导介绍毛主席少年时代的故事。当时有位日本青年学者佐久间，他是留苏学生，写过一本很有影响的书——《苏联是社会主义国家吗》，我在北京时读过。那天他也来参会了，并派人过来给我传话，说想见我（我当时是活动联络人）。我爽快地回答："いいです。"说完赶紧整整衣冠，等他会面。那人向他汇报后，我远远见他似乎有些意外，结果一等不来，二等不来。这到底是怎么回事啊？坏了，问题肯定出在我的回应上。但又想，我不是"いいです"了吗？他干吗坐着不动呢？后来才知道，"いいです"这句话，虽说一般意义是"好，行，可以"，但我用在这里正相反，等于是"行了，不用，算了吧……"佐久间以为我不愿见他，自然有些不悦了。两方面弄拧了。这是很尴尬的一件事。那次教训一辈子也忘不了。

在日本书店买书，店员往往要包上一层薄书皮。这时会征求你意见，要不要包（那张小薄纸毫无用处，徒增垃圾罢了）。你如果说"はい、お願い"，他会高兴地包好后交给你。你要是为了赶车上课会朋友，时间特紧，就说句"いいです"，他或她会更高兴地直接将书捧给你。假如你想讨她欢心，多说一句"ありがとう"，她会回你嫣然一笑，白送你半日欢喜。

再说"お元気"，基本意思是"健康，有劲头，充满活力"等，课堂上老师以"お元気ですか""おかげさまで、元気です"教学生会话。我向孙先生讨教过这个词还有没有更广更深的含义，孙先生笑笑说："死不了。"后来经过实践考察，确实如此。有时候朋友住院，你很忙，没时间探视，会时常打个电话问问情况，医生护士或患者家人，一般都简单回一句"お元気です"。开过刀再问，还是"お元気です"。时间久了跑去一看，病人远非"お元気です"。这句话带给你的假象，有时会使你大失所望，后悔莫及……

属于模棱两可、宽深无度的日文词语，不胜枚举，何止什么ご遠慮、お断り、冗談じゃない、辞令、果敢ない、お大切、お大事等等，光靠教科书、工具书远远不够。问哪位博学，都不可能给你一个完美的回答，包括那位赫赫有名的孙师之师、权威日语世家传人——金田一春彦先生。

提起金田一先生，我听过他多场讲座，包括大平班时代。那都是无法再找回的语言文化的盛宴，学生时代青春的奢侈。现在想来，只有无言——留春不住，费尽莺儿语。

这里只说一个例子，作为本节的结束语。

二十世纪八十年代，金田一先生全家访问南京，到南大做报告，同事们有人提出希望讲讲がは问题。我打心里反对，杀鸡焉用牛刀？这并非这位语言大师的"强项"。干吗不叫"远来的和尚念真经"？我问陪同李强老师，他苦笑着说，在北大也是讲的这个题目，我也只好顺其大流同意了。我向金田一教授提出来，他照例倾着头，眯着眼微笑着，答应了。讲座完毕，忽然接到孙师来信，告诫我：不要叫金田一先生讲がは，可请他谈谈语言和文化的关系。我嗒然若丧，一切都成十日菊了。

2018 年 01 月 06 日

（三）

依旧想到哪儿说到哪儿。

自从 1960 年入学开始念"KAIGI GIKAI"时起，我同日语"摽"在一块儿 58 年多了。我吃过它的亏，上过它的当，尝过它的苦头，沾过它的光。总之，恨它，爱它，离不开它。它毕竟是我的饭碗子，生命的另一半。半个多世纪的交手，当初我觉得这是一种非常特殊甚至很怪异的语言，外表上假名汉字交混而出，疏疏密密，意义上朦胧、暧昧，模棱两可。拿日语和西方语言比较，前者像小木车，后头像小轿车。小木车谁都会推，不必考驾照。而学开汽车就不那么简单，有一套复杂的操作规程（我不会开车，很可能净是外行话）。但小木车入门容易出门难，或许和开汽车正相反。学一辈子都难掌握好那种东歪屁股西扭腰的"驾驶技术"。日语不仅外国人觉得难学，有些词儿连日本人也搞不清楚。比如说在国内读一本书，碰到不懂的地方，求问周围的人，尤其是恩师或权威，总能获得满意的回答。但在日本就不一样。你有时一句日文的 nuance 拿不准，查字典，昼夜以思，为伊消得人憔悴。你去问教授、专家，很少能获得一个事理分明的回答。至少在我是如此。翻译经常遇见这样的事。你向他或她先あいさつ一番，再把书递过去，对方先慢悠悠念上一两遍，微微倾斜着脑袋："そうですね、おん——"。这个"おん"有时拉得很久，连你都不耐烦了。弄来弄去，干脆撤退了事。有时，尽管周边"学者如云"，你的某些久久未解的学术上的"症结"，很难找到一位推心置腹的专家，通过果断而明晰的论辩，为你铲除长期盘桓于心头的痼疾。这时的你就像雾都孤儿，走不出眼前"浓重的迷离"……

开始念"会议议会"，哈哈，不就是一堆汉字吗？尤其是那些汉学修养深厚的古近代作家写的东西，有的几乎全是汉文词语。当年梁启超一周学会日语，并翻译出《佳人之奇遇》传为神话，但凡有点儿日语知识的人，听了不当回事。对于满腹经纶、有学问有文采的任公先生来说，不过是小菜一碟。……

学日语越向前越难，这是谁都知道的道理。虽然部分词语与汉语相同或相近，但也有相当部分，在形音义以及节奏、搭配、感情色彩等方面，和汉语有着各种错综复杂的重叠、交叉关系。这些词儿对学日语人来说，既是大道通衢上的竹杖，又是湿原草地中的陷阱。举个简单的例子，当初看到"油断怪我"这词儿，一头雾水，油断加油，干吗怪我？这或许是个笑话，但下面的一个实例，却是我亲自体验。事情依旧发生在广交会，当时一个月的会期结束，部分日商要去北京，这些人需事先填写《申请表》，以便于接送单位做好准备。有一次，大会交通科负责人哭丧着脸找上门来，说这么多人要坐汽车去北京，他们无法安排车辆和司机。我接过《申请表》一看，噗哧笑了，原来"交通工具"一栏，除了大部分人写着"飞行机"之外，还有不少"会社社员"，赫然填着"汽车"二字。

这种哭笑不得的事，我亲身经历以及耳闻目睹者夥矣，尤其是口译时代五年。

＊＊＊＊＊＊＊＊＊＊＊＊

古人讲究"居移气"，日本学者市岛春城主张读书也应如此，并提出"读书八境"。幼年时代穷得叮当响的农家子弟，豆棚瓜架，菜园草地，照样念《论语》《孟子》，高声背诵"浴乎沂……"根本想不到也根本没条件"居移气"。即便那些紫衣绶带的高官显宦、满口子曰诗云的文人学士，也未必都经历过"居移气"。欧阳修的学问来自"三上"——马上、枕上、厕上。此公根本不讲究什么环境。读书为求知，贵在执着，有点儿像找对象，爱你没商量。现在，多少人住进豪宅，过些时候豪宅也住厌了，再搬进花园别墅，可谓"大哉居乎！"但不一定能对读书起到多大推动作用。

改革开放以来，爱读书蔚然成风。我有个学生，毕业后回家。我问她为何不继续"读研"，她说母亲开书店，忙不过来，要回去帮忙。我又问，都是什么人买书，买哪一类书？她说各行各业什么人都有，包括大款、老板，他们钟情于中外名著。我感叹又惊讶。最后她又补充一句，不少人只订购硬书壳。

＊＊＊＊＊＊＊＊＊＊＊＊

读书如交友。你选择书，书也选择你。有的人博览群书，不但读得精，记得牢，甚至连文章页数都能一口说出，如陈寅恪先生。但这样的天才毕竟极少，我等寻常人，即使坐拥书城，一生又能读得几本？古人说"半部论语治天下"，《三字经》有句话："人遗子，金满籯；我教子，惟一经。"今天谁还能听进去这句古训？

季羡林先生直到晚年还在订书买书，几乎压塌地板。顶天立地的大书架，危乎高哉！老先生寝床摆在其中，犹如大洋上的一叶扁舟，出没风波里。我怀疑要这么多劳什子干什么？全部读得了吗？虽然我也明白，藏书不等于读书……

就我自己而言，除了几本古今散文，几乎不买什么书。由于大都从学校到学校，占了不少便宜，所接触的书不算少。但终生相守的"三上"（"马上"改成"车上"）书，数得着就那么几本……

既然改成学外语，那就安心学吧。但旧情一时难却。一二年级时代，上完日语，赶快跑到文史楼听课，连只有七八个人的研究生课，我都敢贸然闯入，老师反正不会把我赶出去。但也不是毫无顾忌，逢到胆怯，我便"随人潜入室，听课静无声"。就这样我坚持一年多，听了杨晦先生的"文心雕龙"和冯仲芸先生的"杜甫专论"两门课。到了二年级下学期，专业课增多，我也只好死了心，决定"从一而终"了。

当时，我很在乎系名，每次经过办公楼或外文楼，总是盯着左侧布告栏中的有关通知仔细瞧，怎么俄、西两系的全称都带有"文学"二字，唯独东语系没有？还有没有"扶正"的希望呢？暗自嘀咕，看来这辈子别想搞文学了。

此种担心自然是多余的。我看刘振瀛和卞立强两位先生，经常发表日本文学方面的评论和译作，还有李芒、萧萧、文洁若，以及上海的瞿麦等日文界大腕儿的名字，也常常出现于报端，自己的一颗心又柳暗花明起来，跃跃欲试了。我从二年级下学期起，作为练习试着翻译了小林多喜二的《杀人的狗》和荒畑寒村的一篇小说。

我发表在报上的"处女"译作，是大联欢时代我所担当的"民青"代表团川濑副团长的一篇访华观感。当时在八月的庐山，川濑连夜写成，我连夜翻译，记者连夜电传北京，刊登在翌日的《中国青年报》上。这篇译文虽然被掐头去尾砍掉大半，但毕竟占有黑压压一小片，真真使我兴奋了好一阵子。

读书（包括外国文学），不能碰到什么看什么，要善于选择。"知我者，二三子"，人与书也一样。不仅脾气相投，还要相濡以沫。中国诗文，群峰攒聚。王国维评说，大体分三种：有句无篇，有篇有句，无篇无句。舍其最后，留下一二，则为大家所望。幸田露伴以苏东坡和黄庭坚相比，他认为坡翁的才分远优于山谷，任性情作诗，妙手偶得之，而且都是杰作；山谷不同，每作诗则别开境界，苦思苦想，千锻万炼，皆成佳构，到火候才肯示人。但不论哪一种，在读者一方，一般能记得住的，多数还限于个别作品的个别文句……

读书要多思考，多比较，取譬联想，凤骞龙翔。边读边调动自己的生活体验和学养积累，变被动收益为主动受容。课堂上给学生讲"清明时节雨纷纷，路上行人欲断魂"，随即有人问道："诗人为何要断魂呢？没有'宝马'乘，也该有真马骑呀。"这就是未经过思考的例子……

一向认真得有点儿叫人不耐烦的日本人或日本学者，也会出些"漏子"。日本书籍很少有印刷上的错误，难得碰到一个。但也不全是，尤其是古代汉籍，由中国传过去，难免有鲁鱼帝虎的现象。一代代以讹传讹下来，有的也传到日本。清代大学者、诗人朱尊彝，他那个有点儿奇特的尊号"竹垞"，仅据我所接触的部分日本典籍，全都错成"坨"字，连我最心仪的汉学家幸田露伴，也一不留神上当受骗。

不要盲目甚至凭感情随便肯定一本书或否定一本书。子欲弃之，彼欲求之。要想读懂一本书并不容易。如果想进一步借助书籍同作者对话，必须首先立于一定的高度。我等面对岛崎藤村、夏目漱石这样的大作家、国民学者，就像打排球，对方来个短平快，即便不能果断还个探头，起码也要能接起来。对于他们的译作，诸如《破戒》小说或《暖梦》中的散篇，抛开译者因素不说，即便不对自己胃口，可以暂时放置或干脆废弃，能写写书评更好，不宜单凭个人喜好简单下结论，或曰索然无味，或曰平淡无聊。这或许因为您没有作者那种苦难的历史，对于身份歧视和长期卧病等，缺乏炼狱般的生存之痛。幼少时代的苦难成就一代大家的例子，在世界文学史上不胜枚举。因而，我不大赞成凭借"星级"来判断一部作品好坏。我可以告诉您（我想起来了，这是大作家李敖先生的口头禅，姑且再借用一下吧），我根本不在乎甚至从来不知道自己的著译属于几星级。评旅行经验，有些星级大饭店，连睡衣拖鞋都没有，比不上一个没星没月的日本"下宿"。

这里不妨推荐一篇我才读到的网友"水在"写于 2011 年、题为《〈破戒〉读后》的短论，窃以为这是我目前看到的最富深度、独具只眼、胜过许多长篇专论的书评。

我当初爱读藤村也是出于同样缘由。我之所以多次跑作家生活过七年、《破戒》故事发生的舞台——信州高原小诸，最近一次是去年 7 月 16 日，远远超过跑伊豆，正因为总觉得那里的山民同我有着太多的相似。

因属急就章，观点及用语不当之处，企望批评指正。

谢谢。

草于 2018 年 1 月 9 日侵晨

（四）

前三篇写完，本想就此打住，总觉得有点儿突兀。联想起少年时代赶集听大鼓书，在紧要关头，说书人戛然而止，干什么？齐钱。齐完钱接着唱。他一手击鼓，一手拿起牙板在耳边晃，先来上一句："唱着唱着猛一松，好像拉车断了牛经——"我的几句干瘪语，自然比不得大鼓书有趣，但言犹未尽，还想再啰唆几句。或许退休后也有"猛一松"的感觉，一时闲不住嘴。这大概就是做教师的通病，总想把肚子里的那点东西，传达给学生、青年后进……

今天要说的或许是前几篇的补充和强调，没有什么太多的新意。首先是多问，抓住老师死乞白赖地问。一个不爱多问的学生不是好学生，一个不喜欢学生多问的教师不是好教师。自打我做教师以来，不管是国内国外，课余很少有学生盯住不住问，这使我颇感寂寞。尽管他们好心照顾老师休息。尤其是学外语，应当充分利用大学时代的资源——图书、教师、人文环境，不放松任何机会，力争做个无所不通的"杂家"。因为，你很可能将来会从事口译，别人皆可各有专长，而口译者非杂家不能胜任。当然，社会实践是至关重要的强化自我实力的阶段，然而一旦走出校门，因工作繁忙，很难再有学校如此优越的环境和求知的余裕。

…………

学日语后，我问得最多的老师，除了教精读时间最长的孙宗光先生外，就是陈信德先生和刘振瀛先生。陈先生教语法，从现代语法到古典语法。他的有关日语语法著作，早为学日语者奉为经典。此外，他还特地为我们编写一本刻写的讲义，供高年级使用的《日语文语助词用法》（题名记忆不确）。陈先生常身着一件洁净的薄花呢旧西装，白衬衫，不打领带，不扣扣子。想想那个年代，他的这副打扮不仅奇特，简直有点儿胆大妄为了。上课时他的手表不在腕上，也不在讲台了，而是套在左手四个指头上，不停地揉搓着。一张红红的圆脸，稀疏的白发，声音洪亮，讲一句，喘一口气。

刘先生骑一辆破旧的 26 型自行车，筐栏中装一保温壶，课间休息时抽烟、喝茶。他为我们讲授大和、飞鸟、奈良、平安文学，讲《古事记》，讲近松戏剧、芭蕉俳谐……刘先生沈阳人，浓重的东北口音，总是把"农民"说成"能民"。意犹未尽，钟声已响，这时才想起饥肠辘辘，屁股张帆般地向学三食堂飞奔……

刘先生同陈先生相邻居中关园教师宿舍区。平房广院，四季花开。刘先生喜养花，常以盛时花草置于客座几上，清香四溢，怡人眼鼻。陈先生爱弹钢琴，常于春晨秋夕，弹一曲舒伯特小夜曲。琴声悠扬，很远就能听到。同学们一起去过二师家几次，记得有一年寒假，我把一只手套丢在陈先生家，陈师母辗转托人送给了我。

经过我的反复追问，陈先生告诉我，学日语千万别被语法捆住手脚，作为格助词，管它什么がは，想到什么就加は，想说什么也加は，没错。比如：「今日は、私は、ご飯は、食堂で食べます。」，这就是好句子。在陈先生的启示下，再经过自己总结，我大致知道了：自然界风物和人开始出现时，属于新情报，用が；再度复述时，属于旧情报，则用は。例如：「月が明るい、秋の月は特に明るい。」「むかしむかし、おじいさんがいました。そのおじいさんは……」，用于疑问、强调或提示，则用が；一般叙述和说明用は，其他当然还有种种，但我主要只记得这两点，凑合着也够用了。所以，我对语法一向不太重视，聊知大概罢了。当然，各人有各人的方法和经验，不可盲目照搬。

有人主张，要学好外语就要像外国人一样，运用外语思维，云云。我很不以为然，且不说作为中国人，运用外国人思维甚难，也根本做不到，更没有必要。一旦全部外语思维，就很难脱出，原来的母语一套容易赔进去，得不偿失。等你外语"学好"了，你的中文很可能就恍惚起来，面对一封中文来信都回不好。

还有，我主张，课堂上学习外语，不管老师要求与否，最后一道工序，务必把它翻译过来，哪怕粗一点儿也行。就像整地，只有经过深耕翻土，才能清除遗留的埂子、草根和碎石，这块地才能为你长庄稼。

…………

2018 年 1 月 18 日草

（五）

既学日语，就要力争再学一门"二外"，最好是英语。未能谙熟于英语，可说是我学业中的最大遗憾。想来，错过了几次机会，早在初中时，看到高年级学生有英语课，很眼馋，升级以后，课程变了，没有英语了。高中时代开始学俄语，十分认真，同时阅读苏俄文学。小学初中读过《古丽雅的道路》《卓娅和舒拉的故事》《钢铁是怎样炼成的》《静静的顿河》等革命文学，高中读了几册一套的《远离莫斯科的地方》以及托翁和普希金，脑子里渐渐织成一张玫瑰色的苏俄文学网。

大学时代有了公共外语"二外"，不是俄语，更不是英语，而是世界语——Esperanto，听说过吗？兴味索然。因为是必修（当时没有什么选修），跟一位西语系老先生"孩儿爸，淋个否"了一年，毕业后统统还给了那位先生。

2018 年 1 月 18 日

（六）

前边已经说过，外国人学日语，最后总会有意无意通过母语加以 check（检验）。我所说的不可单方沉溺于日语思维中出不来，也就是这个意思。鉴于日汉两种语言"既融合又独立"的历史渊源关系，在二者相互转化过程中，独立思考尤为重要。根据我的体验，这种独立思考主要表现在语言敏感性上。什么叫语言敏感性呢？就是说，你对这个字这个词，在组词造句中的敏感程度。往昔，我在少年作文课上，没有把握的句子问老师，老师立即回答："不讲。"换个词儿再问，老师立即回答："讲。"这里的"讲"就是"通不通""能用不能用"的意思。老师为何能如此作出快速判断，那就是出于对每个词语的透辟的理解与熟知，亦即敏感度很高。在文学写作与翻译中，这种语言判断能力尤为重要。我们通常所说的直译，我以为并非真正意义上的直译。而是出于这种所谓"直译"可为读者所接受的一种敏感认知，一种判断能力。随便举几个例子：日语中的"受容""遍历""長閑（のどか）""果敢ない""覚束無い"之类，对于我们一代学人，都是比较难以准确把握的词语。我在学习翻译实践中，逐渐提升自己的认知水平，对"受容""遍历"等类似词语，也敢照用无忌了。原因很简单，因为在翻译过程中，我发现这些词语都是我们上几代的"七姑八大姨"，录用这些词语，等于接她们回娘家（顺便说一下，前两天有网友质疑"发足"是否可"移入"，其实也是接她回娘家）。当然，回娘家不一定照搬，是否需要改制一下，那是另外一种性质了。但也不必硬性改成"关于……的接受""遍游"，我翻译东山魁夷散文就是这样的感觉。"長閑"，也是汉语词，因为长久没有"叙旧"，觉得是个日文词儿，其实她也是家住中华文化之乡。早年我译谷崎松子短歌就是直接引用的："世间若无樱花艳，春心何处得长閑？"至于"果敢ない""覚束無い"日语意味较浓的词语，似乎更难把握一些，需要从实践中逐步加深自己的理解。

作家在创作中，运用这些敏感词语创造"文眼"，强化文章的气韵。读者阅读，依靠这些典型性的词语加深理解，强化记忆。我早年读鲁迅文章，当时十分谙熟的故事情节如今多半淡漠，但是对于那些富于感染力的敏感的文句却记得很牢，比如"浑身油腻的灯盏""铁铸般的乌鸦""乌裙、蓝夹袄，月白背心……有时间或一轮，还显出她是个活物……我真傻，真的，我单知道……"等。其他诸如朱自清的"热闹是它们的，我却什么也没有"；老舍的"北京是美丽的，我爱她，像爱我的母亲"；闻一多的"鞭着时间的罡风，擎一把火"；臧克家的"有的人死了，他还活着"；余光中的"我在外头，母亲在里头"……这些经典著述中的 keywords（关键词），在我脑子里，就是这样的感觉，永远抹不掉。

在翻译中，对于一句英文或日文，也应有一句或两句最接近原意的汉语表达，译者的本领就在于能否于自己的文学苑囿中迅速捕捉这样的文句，拿来应用。靠的是什么？靠的是对原文和母语的深刻理解与准确把握。

　　学习语言有时是枯燥的，有时又很有趣。问题全然在于你自己的发现与开掘。这里，好奇心就是动力。比如日语中的汉语发音，可以说既有规律又无规律。单说地名，你坐在旅游车或电车厢中，留意沿途站牌上的汉字、日语和罗马字标音，回来编一部日文地名旅游词典，那将是一件很有意义的事情。因为日本地名中掩藏着许多趣闻。这里单说读音，试举一例：游览箱根乘坐登山车，一侧车壁上的导游图所标示的"大涌谷"与"小涌谷"两个场景，就有许多故事。"大涌谷"读音为：おおわくだに（Ohwakudani），小涌谷读音为：こわくだに（Kowakudani），但此外还有个"小涌谷驿"，偏偏发音为：こわきだにえき（kowakidani station）。无独有偶，名古屋鹤舞公园和鹤舞车站中的"鹤舞"读音也不同。处处留心皆学问。旅游的目的当然是为了愉悦身心，若附着以文化与求知，则更加具有深层的意义。

　　上次闲聊所提及的我的那首"中奖"俳句，其实就是我在上野或御徒町车站等电车时，看到对面站台下的墙壁上写的礼仪广告词，略加添改而成。原广告为：吸殻は、吸殻入れに（意思是：请将烟头丢在烟灰桶里）。我当时突然发现，这其实就是大半首川柳（俳句），已有5、7，再加5——"入れるかな"，不就成了？而且三句话首尾相叠，颇具节奏感。

　　——吸殻は 吸殻入れに 入れるかな——

　　结果，借此巧赚了一场掌声和两杆彩色水笔。

　　…………

　　以上仅属个人一管之见，一己之说，难免偏颇。所引文句，仅出于记忆，未查对原文，或有讹误。一切应以原作为本。

刚入大学，因为对日语抱有成见，茫然地又对俄语给予异乎寻常的热情。一是因为高中时代有了一定的基础，放弃了很可惜；二是苏俄文学毕竟有广阔的发展空间。就是没有想起来学英语。随着课业增多，腰椎病住院，俄语也荒废一空，最后只剩下"喝了瘦""袜子装在鞋里头"了。

苦学俄语除了来自缥缈的文学引力之外，还有一个缘由，同班一位别的大学代培生刘桑，经常写俄语信，每次都获得一位漂亮的俄罗斯女孩儿厚厚的彩色回笺，附带许多伏尔加河畔的风光卡片。我们也希望有他这么一位通信"相手"，也好为平淡的大学生活增添几个亮点。

现在想来，要是利用那些时机自学英语，即使学个七八成，也是另一番景象了。不但大部分日语的外来语尽入彀中，还会使得日语长长点儿翅膀，免得局限于狭小的天地之内。鉴于日本人一向崇尚西洋，语言文化心理也随之多所西斜。原有的日语常用单词，已渐次不再有人惠顾，而宁肯绕弯子寻找同一意义的外来语使用。随着网络语言的发展，甚至可以说，所有的日语词儿都可能这样转换下去。

懂英语的教师，围绕英语随便开几门课，就有学生来选。每逢"open campus"时，随手弄些英语会话和动漫，就能吸引男女学生趋之若鹜。你独守研究室，在这里办书展，搞书法，"江天小阁作人豪"，最多也只能引得他或她转转头看一眼，各人照走门前路。

进一步说，假如你是实打实的英文教授，到日本来走一趟，不仅会赢得鲜花笑脸和周到的服务，还会额外获得一份尊崇。而这一点，正是日本人最不愿轻易赐人的。日语的发音特色，不太利于日本人学英语，所以大部分人的英语发音不很准确。早几年我的一位南大同事 Prof. Liu 到日本出席学术会议，他不谙日语，但他的一口"英语秀"迷倒一路。乘车、住宿、用餐、座谈、旅行购物，走到哪里都是一片惊异和赞叹——多么流利的英语啊！

学外语最佳年龄就是自幼年至大学毕业前这段"时光的黄金水道"，这里始终聚满了青春时代知识的运粮船，自然也应有外语的一艘艨艟巨舰。好在现代多数人中学时期英语学习积累了丰富经验，如今作为日语"二外"，锦上添花，已经远非我辈可比了。这是时代的惠顾，珍惜啊，努力啊！

2018 年 2 月 1 日

我的散文观

不是冤家不聚头。恋上散文就别想轻松。

日里想着，夜里梦着。看似若即若离，实则割舍不得。

散文是以心换心的艺术。写散文如敬神，斋戒沐浴，心诚则灵。虚情假意，匿影藏形，足对散文的亵渎。

生活里的诗情冲动，如鱼游于流水。疾手攫之，精心烹之，遂成佳肴。稍一走神儿，猝然从指缝间溜走，长游而去，再不回头。

我每每于中夜醒来，思如泉涌，丽辞美句，躁动腹中，若婴儿欲呱呱坠地矣。于是披衣而起，跣足奔书案，展纸提笔，不觉早已倏忽。远逝，了无痕迹。翘首窗外，徒叹奈何。

散文的成败不在题材大小。三峡工程固然可成佳构，花叶露滴，亦能酿美文，关键在于巧思运营。

散文靠才情，更靠苦心。我常为一篇千字小文旬月以思，废寝忘食，犹如日本童话中的鹤女擢羽织绫罗。

有缘于散文乃人生一大幸事，非人人可拥有也。

我的生活平凡又平淡，但充实而富于情味。

因为我有散文。

得"妇"如此，南面王不易也。

原载《散文》，1998 年第 5 期

后　记

一

两年前，在朋友们的鼓励下，我将从前访日的游记略加筛选，出版了一本《岛国走笔》。去年夏天回国休假，任利剑教授来看望我，闲聊中又提起我的那些余下的篇章，他建议再出个集子，作为前一书的姊妹篇，岂不更好。

任教授的建言正合我意，经协商，南大出版社也欣然纳入本年度的选题计划。和前一本一样，我将那些"余下的"旧作集合在一起，整理一番，大体上排排序，就寄给编辑三水女士了。结果便有了这本《鸽雨雁霜》集。

同多数人一样，我也主张不悔少作，对于过去的"肉笔"著述，保持原生状态，不着意"修正"和润色。译作除外。

二

我的平凡的生命旅程，有两种"爱好"伴我一生——音乐与散文。我喜爱音乐，凄苦的生命底层始终鸣响着心灵的乐符。不论困顿或欢乐，不论笑颜或眼泪，我都有歌声伴随。关于音乐，我将另有记述，这里单说散文。学生时代，在我阅读过的中外文学书籍中，大部分属于散文一类。

大学时代，周六、周日或假期，同学们进城、会友、看电影，我则爱去新华书店、图书馆，或办公楼礼堂听"星期天讲座"。我在会场初睹了陈白尘、崔嵬、川岛等文艺界名家的风采。东语系外文楼二楼的阅览室，更是我每天课余时间必到的场所。我在那里读到不少本校外语界名师的新作，记住了冯友兰、冯至、曹靖华、季羡林、金克木、冯钟芸等闪光的名字。我特别留意外国散文题材的写作与翻译。给我留下鲜明印象的有季先生初访亚非等地的游记散文，还有当时日语教研室主任卞立强先生翻译的日本作家江马修的散文《狗》和手冢英孝的《小林多喜二传》，刘振瀛先生关于夏目漱石文艺书简的论述等。

三

1965 年夏，我参加首届中日青年大联欢，泊于庐山牯岭。夜寒风冷，霜重露浓，灯下翻译"民青"川濑副团长讲话稿，翌日摘要发表于《中国青年报》，那是我首次铅印的译作文稿。调转南大之后，我开始写作散文，收在本书中的《我的第一篇散文》，记述了首篇创作出炉的经纬。后来，我又试着写了一些国外见闻与"城南旧事"之类的文字，陆续发表于《人民日报》《新华日报》《散文》（月刊或海外版）《环球》《天津文学》《译林》等报纸杂志。

如今，八秩人生，耄耋之年，何所求矣。对于老人来说，已逝的东西，经过岁月的淘洗，会成为晚年生活中挥之不去的冥想，或日夜绕于心头，或饭后化为谈乐。在我眼里，过去的艰苦经历已变为晚年生活一方精神园囿。思之忆之，不忍丢弃。我觉得，往时的困苦正好增强了人生的况味与厚度。对于社会来说，一个人的价值不在于享受与消耗，而在于贡献与创造。

记住先贤的告诫：生于忧患，死于安乐。

四

不少青年人，包括我的家族子孙，生在和平时代里，长于幸福环境中，却厌倦安然的日子，有意寻求各种刺激。多数老年人，包括我在内，不忘历史伤痛，珍惜寻常岁月，知足常乐，时时以过去的苦难，警示目前之安逸，展望有限之未来。平静中追求刺激，随处可寻；苦难再回返平常，没那么容易。

失去的方觉珍贵。

人问："甘于平静，何言'苦居'？"

我答："居安思危，借以励志。"

五

《岛国走笔》出版后，有人评论道，平淡而缺乏刺激，宛若一本流水账。朋友之言，我当思之。我觉得这位读者看得很准，只是对提到的问题，我有着不同的理解。

我们中国人写文章讲究构思炼句，精雕细镂，作文最忌平淡。"文章千古事，得失寸心知。"这是对的，我初为之，亦秉承此旨。后来我翻译日本散文，发现日本作家写起散文，十分随意，笔触所至，行云流水，另有一种自然朴实之美。或许受此影响，我也不再局限于旧有的条条框框了。雕饰自有雕饰之奇，平淡自有平淡之趣。奇趣并存，兼而有之。一般地说，平淡的文章较为"易作"，少有"刺激"，很适合老年所为。

至于流水账，就更不用说了。挂历是时间的流水账，日记是岁月的流水账，存折是财富的流水账，道路是车马的流水账，天空是风云的流水账，年龄是生命的流水账……

人们厌恶流水账，须臾离不开流水账。

时光赛流水，人生一瞬间。

说着说着，再献上一本流水账吧。

六

关于书名，也没有什么深意，只是借古人文字，略抒心中思缕罢了。

除了寺门静轩两句，还记得沈周《鸠声唤雨图》的题识：

> 空闻百鸟群，啁啾度寒暑，
>
> 何似枝头鸠，声声能唤雨。

也知道更早些的辛弃疾有"雁霜寒透幕，正护月云轻"的句子。

仅此而已。

陈德文

2020 年（庚子）2 月草于春日井

图书在版编目（CIP）数据

鸽雨雁霜 / 陈德文著. —南京：南京大学出版社，
2021.5
ISBN 978 - 7 - 305 - 23207 - 7

Ⅰ. ①鸽…　Ⅱ. ①陈…　Ⅲ. ①散文集-中国-当代
Ⅳ. ①I267

中国版本图书馆 CIP 数据核字（2020）第 063566 号

出版发行　南京大学出版社
社　　址　南京市汉口路 22 号　　　　邮　编 210093
出 版 人　金鑫荣
书　　名　鸽雨雁霜
著　　者　陈德文
责任编辑　李　博
照　　排　南京紫藤制版印务中心
印　　刷　江苏扬中印刷有限公司
开　　本　880×1230　1/32　印张 9.875　字数 242 千
版　　次　2021 年 5 月第 1 版　2021 年 5 月第 1 次印刷
ISBN 978 - 7 - 305 - 23207 - 7
定　　价　55.00 元

网　　址：http://www.njupco.com
官方微博：http://weibo.com/njupco
官方微信：njupress
销售咨询热线：(025) 83594756